夏天敏 著

鲁迅文学奖获得者夏天敏倾情力作

手指向北

云南人民出版社

图书在版编目（CIP）数据

手指向北 / 夏天敏著. -- 昆明：云南人民出版社，
2023.11

ISBN 978-7-222-22178-9

Ⅰ.①手… Ⅱ.①夏… Ⅲ.①中篇小说—小说集—中
国—当代 ②短篇小说—小说集—中国—当代 Ⅳ.
①I247.7

中国国家版本馆 CIP 数据核字（2023）第 203967 号

责任编辑：张晓岚
责任校对：肖 薇
装帧设计：蓓蕾文化
责任印制：窦雪松

手指向北

SHOUZHI XIANG BEI

夏天敏 著

出版	云南人民出版社
发行	云南人民出版社
社址	昆明市环城西路 609 号
邮编	650034
网址	www.ynpph.com.cn
E-mail	ynrms@sina.com
开本	720mm×1010mm 1/16
印张	15
字数	210 千
版次	2023 年 11 月第 1 版第 1 次印刷
印刷	成都新恒川印务有限公司
书号	ISBN 978-7-222-22178-9
定价	68.00 元

如有图书质量及相关问题请与我社联系

印制科电话：0871-64191534

云南人民出版社微信公众号

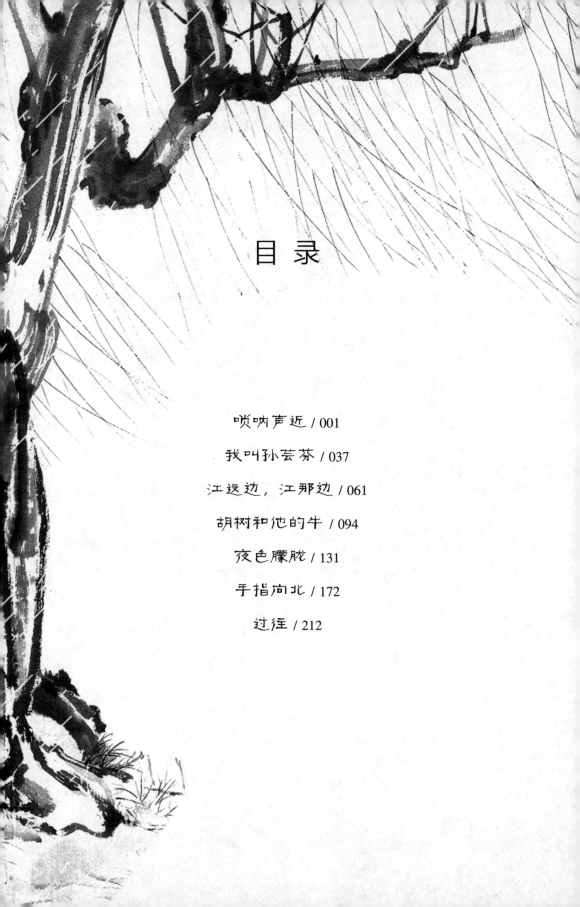

目 录

唢呐声近 / 001

我叫孙芸芬 / 037

江这边，江那边 / 061

胡树和他的牛 / 094

夜色朦胧 / 131

手指向北 / 172

过往 / 212

唢呐声近

一

赵云山和儿子有个约定，谁先死谁就睡那口棺材。这个决定是他思谋了很久做出的，他相信，自己必然是要死在儿子前面的，他已经七十六岁，这个岁数在农村已经是高寿了，能活到这个岁数的人有多少呢？跟他一茬的老兄弟，差不多都死了，整个村子就剩他一个了，他还有啥理由不死呢？活着也就是活着，活着也就是挣扎着活着，每天也就是上山放牛，那牛和他一样，也是活得衰老，活得疲乏，活得步履蹒跚，活得有气无力。一个老汉，一条老牛，在山坡上慢慢挪动，牛吃草，吃得缓慢，吃得艰涩，半天吃一口，草在口腔里缓缓咀嚼，闭着眼，吃一会儿，歇一会儿。人呢？躺在坡上，睡一会儿，醒一会儿，看山，模模糊糊、混混沌沌。看树，飘飘移移，乱云一般。太阳照在身上发烫，让人迷迷糊糊，是睡？是醒？身上有凉意，他艰难地爬起来，人牵着牛，牛牵着人，高一脚，低一脚，趔趔趔趄趄回村。

这样的年纪，这样的状态，活着还有啥意思。

云山老汉渴望着死，他渴望死已经走火入魔了。有时在山坡上他好像明明已经死了，他听到唢呐凄厉炸耳的声音和鞭炮噼噼啪啪炸响的声音；看见漫天飞扬的长长的纸幡和惨白的纸写的挽联；还听到和尚念经的嗡嗡声，看见纸钱焚烧的火焰，自己躺在卸下的门板上，身上穿着簇新的青色寿衣，脸上还盖着一张白色的绵纸。他满心欢喜地睡着，灵魂升腾起来，轻轻快快，无羁无绊，快乐地巡视着屋里屋外，听到儿子哀哀而哭的声音，心里不耐烦起来，正要呵斥，怎么也发不出声，却被什么人拖着他朝前移动，身下似乎被什么硌了一下，有些疼，醒了，是那条该死的老牛。他的手和牛缰绳连在一起，老牛见夕阳沉沉，雾霭升腾，想着该回家了，而他还在僵僵地挺着，老牛兀自走了起来，拖醒了他。

他无比的沮丧和愤怒，说你慌个球，回家还早呢。老牛将头扭向正在落下去的夕阳，他说老子好不容易死一回，你也要坏了老子的好事，人容易死么？老子好不容易死了享受一回，还是被你弄醒。

一人一牛，夕阳下踟蹰着移动，每走一步，他浑身都感到疼痛，感到身子朝下坠得沉重。想到梦中身子如羽毛般轻盈，想到可以随着心愿在空中飘来飘去，想到他想看什么就能看什么，自由自在，无羁无绊，心里就有了欣喜。他不明白人为什么那么怕死，尤其是老年人，死亡一天天逼近，死神的脚步已经叩响每一个日子，无端的恐惧使他们惊惧。他不怕死，他太想早点结束自己的生命，轻轻盈盈地踏上不归之路，高高兴兴地躺进那口漆黑的棺材里，四肢舒展，无论何时，没有病痛，没有忧心，放下一切，多么舒心。

可他不能死，他死不起，他死了，他那瘫痪在床、吃喝拉撒都要靠他照顾的儿子咋办？他一死，儿子无疑也就死了，他能忍心么？

二

云山老汉的儿子顺来已经瘫痪在床四五年了，他现在基本上就是一个活死人，除了头能转动，眼能眨巴，嘴会吃饭，几乎全身都不会动了。云山老汉除了放牛，每天还要操持他的吃喝拉撒，哪天他起晚一点，顺来就屙屎撒尿在床上了，他得清洗屎尿，那间屋子永远弥漫着令人窒息的气味。云山老汉也是一大把年纪了，手颤抖着，费尽天大力气帮他脱衣裤，帮他翻身擦洗，云山老汉倒不怕脏臭，这间上了年岁的黑漆漆的堆满杂物的房子，屋里任何时候都是又脏又闷，空气里弥散着臭味，他早已习惯了。早年能动弹时喂得有猪，猪就在爷俩床脚下躺着，山区天冷，没有猪圈，又怕被人偷，不喂在屋里放心么？猪在屋里吃食、撒尿，把泥地踏成泥坑，不也过来了么？

云山老汉还是愤怒，儿子虽然瘫痪了，但毕竟还是有那么一坨，虽然骨瘦如柴，身上的肋巴骨条条可数，腿和脚细得麻秆似的，他照顾起来还是吃力。岁数在这里摆着，身体在这里摆着，他也是浑身是病的人，走路高一脚，低一脚，浑身是病，气喘吁吁，老眼昏花，他一边为儿子翻身一边咒骂，声音嘶哑而且凄厉，像刮骨一般。他骂儿子，骂他咋个不早死，活着受罪，还带累自己人不像人，鬼不像鬼，生不能生，死不能死；他骂自己，骂自己前世作的孽，不晓得偷过谁家的牛，放过谁家的火，欠过谁的钱，奸过谁家的女，老天让他来就是来遭罪，来还数不尽的孽债。他还骂那个早早就死了的女人，黑心烂肝，毒心毒肠，说走就走，你倒走得撇脱，把一个瘫痪儿子丢给我，让我一个人受罪。儿子木然地听他骂，已经习惯了这毒辣的骂，脸上没有任何表情，眼里空洞无物，枯井一般没有涟漪。有时他眼里会有惶恐、自责和痛恨，但对自己，他是万般无奈，和父亲一样，他想死的心都麻木了，死是容易的么？不是想死就死，死要有条件，以头撞墙，他没这力气，连爬都爬不起来，头酥软耷拉咋撞得死？吃农药么？更奢侈，他一步不能移，哪能去买农药？他太后悔先前还能以手撑地，一点一点地挪动时咋不去买药。生不如死，生不如死，连死都死不了了，还谈什么？

云山老汉气喘吁吁地骂，气喘吁吁地帮他整理，完了，还得忙着到门外小河里洗脏物，天气是太冷了，河面上罩着一层雾气，水面上结着一层薄冰，木然地洗，木然地叹气。

太阳升起来，麻木的手已经不再麻木，回去做饭，日子再怎么难，饭还是要吃的。饭是极简单的，蒸了一大甑饭——苞谷饭，山区海拔高，气候冷，只出苞谷、洋芋、荞麦，还是队里特别照顾，否则苞谷也吃不上哩；菜是一锅白菜，打一个糊辣子蘸水，有时也炒一碗洋芋，但少炒，费油。儿子吃得少，吃得艰难，苞谷饭干，难咽，咽得瞪眼，他骂，你狗日的好好吃，你这鬼样子是存心想死在老子前头哩，你有良心你就不要和老子抢，你就让老子享受那棺材，也不枉老子照料你，受够了罪。

顺着摇摇晃晃的楼梯，爬上摇摇晃晃的楼，云山老汉浑浊的眼睛立即清亮了许多，烦乱的心情也好了许多。茅草覆盖的房顶塌陷了一块，阳光洒落进来，照在墙角那副黑漆漆的棺材上，那副棺材熠熠生辉，仿佛是黄金铸就的棺材，这样的棺材，人躺进去是有福了。它被人抬着游弋在大山崎岖的山道上，一起一伏，悠悠扬扬，像船在水中行，龙在江中游，迎亲的花轿在颠，觅食的鸭子在漂流，漫山的梨花随风飘落。

云山老汉颤颤巍巍走过去，他双手扶着棺材，棺材上斑斑点点的金光使他眼里尽是金色，这口棺材漆得太好了。上好的来自梭山的油漆，漆了七七四十九遍，一般的棺材漆过就行，没有光泽。他这口棺材是退光漆，漆好后一般要用最细的水砂纸一点一点打磨，打磨完要用棉质、麻布摩擦，那可是细致活，要有时间，要有耐心。就像武庙里的石狮子，几百年来被不知多少人的手摩挲，变得黑而细腻，像小妇人的手一样光洁。这些年，云山老汉最大的乐趣就是坐在棺材面前，一遍一遍地用细棉布擦棺材。他不知道用了多少张细棉布，连缝一件衣服他都舍不得。他本想用手摩挲，听人说手上的精血会润泽棺材，但他的手掌太粗糙了，手上的老茧比树皮还厚，摸到细腻如小儿皮肤的棺材，棺材发出沙沙的声音，立即有了细微的痕迹。他心疼得倒吸一口冷气，仿佛把一个娇嫩的婴儿弄疼了，他不得不用细棉布尽量让手不接触到棺材。

每当触摸到棺材，他的心就无比熨帖，无比踏实，每天的烦心事立即消失，心里清亮。人的一生，还有啥能比拥有一口上好的棺材重要。一生一世活得窝窝囊囊，活得困苦无比，尤其他，几乎人要遭的罪、要吃的苦、要受的磨难，他都遭遇了。临近解放那一年，这片山区下了半个多月的雪，家家的房顶都被雪压塌了，雪堆得齐门高，怎么推都推不开。那年，他爹冻饿死了，临死前，他爹拉着他的手，说儿呀，我好冷好冷，能有一口棺材就好了，到那边去我也暖和点。他说爹，哪里有棺材，门都出不去，出去了哪里有钱买？爹身子僵直，目光呆滞，只剩一口气了，用手指了指房顶就断气了。他和娘哭了，娘说你安心走吧，天晴了，请人来给你做棺材。

天晴了，雪化了，又过十来天了，他爹的尸体就躺在屋里。好在天冷得像冰窖，尸体也没腐烂，房梁拆下来，哪里还做得成棺材。上百年的老屋，风吹雨打、雪压霜欺，房梁黑漆漆朽得像一泡糟，木匠张四耶说做啥棺材，把几块还没烂糟的房梁绑个棺材吧，他这里不说打，说绑，斧子砍下都朽成渣了。砍砍削削，剩下几块还没完全朽的木料，长的长、短的短、方的方、尖的尖，不成形状，找来麻绳，围着他爹的尸体捆，好在他爹冻得像石头，把木料绑在他爹身上，用麻绳缠起来，终究也像棺材了。其实，他爹不是睡在棺材里，而是绑在烂木里。

唢呐声近

他看见他爹冻得像石头一样僵硬的脸仿佛疼得抽凉气，他爹像一截木头立在没有化尽的残雪里，簌簌地抖，发出冰冷的游丝样的声音，好像在说冷、我冷、冷……

娘很快也死了，老牛老马难过冬，那年的雪，是几十年未遇的雪；那年的冷，想起来还会起一身鸡皮疙瘩，全身还会有掉进冰窖的感觉。云山老汉至今不敢去想那年的冷，一想起来就会打摆子、发疟疾。爹死后，娘熬了半个月也死了，娘死得缠绵，死得拖沓，也死得痛苦和绝望。娘的眼枯井似的深凹着，头发稀疏，枯草样凌乱，眼老是闭不上，她剩一口气时，断断续续地说你爹倒好，好歹有些木头绑成棺材……她黯淡的眼望着拆了的豁着的房顶，说也没啥拆了，儿啊，再拆就成空窟窿了，娘不忍心，你将娘软埋了吧……那时他十九岁，还没成家，这个家就剩他一人了。他说娘你放心吧，墙里还有柱子哩，我不能让你软埋，我就是睡岩洞，也要刨出柱子……

在村民的帮助下，推倒墙，刨出几根柱子。墙里的柱子也糟朽得很了，木匠张四耶砍、削，一根柱子砍下来也就小碗粗了，再锯成片，也就长的长，短的短，厚的厚，薄的薄，成一堆了。棺材是无论如何做不成的了，只得像绑他爹一样绑在娘的尸体上。娘死时天气已经转暖了，尸体不像爹当时如石头样僵硬，木片绑在她身上，有的陷进去，有的凸出来，就像楔进人的肉一样。他难过得哭起来，请他们轻一点，再轻一点，他听见娘喊疼的声音，这个声音带着冷气和疼痛，"咝咝"地钻入他的骨髓，他也疼得脸色惨白，冷汗直流了。棺材，这生命终结后人的最温暖的归宿之地，成了他一生最大的梦想，最奢侈的追求。

云山老汉再一次地擦拭棺材，他一手扶着棺材一手擦拭，扶的那只手他用一块布垫着，他怕自己树根般开裂多茧的手划破棺材；另一只手用力均匀，不急不缓，耐心细致而恰到好处。他怕用力过猛擦伤棺材，也怕用力不到没起到作用。这样他的头必须勾着，身子必须倾斜，擦一会儿支撑的手就麻木了，他就眯着眼歇息一会儿，接着又擦。他想象得到，这口棺材出现在村民眼里会引起怎样的惊奇、赞叹。全村人没有谁的棺材有他的好，在这片贫穷荒凉的山区，周围几十里都是石山石坡，树木经过一代一代地砍伐，早就没有了，到处是白花花的晃眼的石头。这些年，政府严禁砍伐，封山育林，但石漠化的山区要长树何其难，山陡峭，土早就被雨水冲走，光石上长得出树来么？渐渐地，山上也有点绿色，那是人工栽的荆棘类植物，粗放而耐旱，但长了十多年，依然只有小娃娃的手臂粗，荆棘类植物是蓬生了，但是长不高，成不了材，要指望在这里取棺木是痴心妄想了。

这个古老的山村对棺材是异常渴望的，村里的人对吃喝、住房、穿戴都不在意，只要活得下去就行了。严酷的生活使他们对另一个世界充满幻想，一口好的棺材几乎就是一个人一生的念想。村里的人从年轻时就一点一点地攒钱，他们把舍不得吃的鸡蛋、一挂腊肉、一只猪脚捎到乡场去卖，实在没值钱的，一捆葱、一筐辣椒、几棵白菜也要卖了攒起钱来。他们不修房盖屋，这里山区的房子都破破烂烂的，实在住不下去了，用泥土补一下山墙，用茅草苫一下草顶，节约好些年，就是为了买口棺材。房子稍宽点儿的人家，把棺材摆在耳房；窄的人家，就直接摆在屋里。来了人，问你这寿材买了多久了？真有本事，还是三合头的呢。主人说苦了一辈子，也就这个念头了。攒了半辈子，几个儿子凑一点，终于买了，就在棺材前的小桌子边坐下，喝茶，咂旱烟，吃烧洋芋，摆家长里短，说生活艰辛，鸡在脚下啄食，狗卧身边，自得其乐哩。

想起棺材的事，云山老汉心绪复杂，既自得又惭愧，既满足又歉疚；这副棺材，是用儿子的命，用儿子的血汗钱买的。以他的经济能力，大概也就是软埋了，他的爹娘还有破房烂屋可拆，还有朽木绑身，他是没啥可拆的了。住的房子是队里的牛厩，后来牛多了，队里重新修起了牛厩，队长看他年纪老大不小的，三十多岁的光棍还住在拆毁的老房边的一个偏偏房里，说是房，其实就是倚着半截山墙搭的一个棚棚。队长说你该讨个婆娘了，他说我住在这狗窝里，谁会嫁给我。队长摇头走了，走了又回来，说你搬去老牛圈住，这事我做主了。他感谢队长，这是他不出五服的三叔，但要娶妻生子，他不具备条件，谁会看得上一个除了一身力气，连个锅灶都没有的人。队长说你狗日的命苦，我们这支只有我一个老人了，我不管你谁管你。

忽一日，队长带来一个衣衫褴褛、蓬头垢面的女人，女人目光呆滞、痴痴傻傻，问啥啥不知，只痴痴地笑，笑得他背脊发冷。队长说不知从哪里来的，来村里几天了，只会要饭。王大林家娃儿那个小狗日的拿泥巴、石子打她，也不躲，还笑，我看她除了傻点，零件也还齐全，你就留下吧，找个日子我喊人来帮你收拾下你这狗窝，也了了我的心事。他心里不情愿，自己只是穷点，四肢是齐全的，头脑是清醒的，咋就娶这么个痴傻的要饭女呢？队长说我晓得你狗日的心思，好女人倒有，轮得到你吗？张家全比你有力气，还有父母、哥哥，不也是光棍；李二娃比你长得齐全，好歹还有房有牲畜，照常打光棍。你别看她脏、傻，洗洗也是个母的，该会的自然都会。队长看着他笑，他晓得队长的意思，低着头不讲话。第二天队长带人来帮他简单收拾一下屋子，也就是捡捡瓦、刷刷墙，还送了两张队里淘下来的桌子，说这就对了，这就像过正经日子了。

他的日子按队长的说法是正经日子了，可那日子能正经得起来么？这个痴傻女人也会做活，但只能做直门子活，让她挖地，也就挖地，可挖得深一锄浅一锄，沟不成沟，垄不成垄，歪歪斜斜狗啃一般；让她挑水也就挑水，但挑来时反正只有半桶，泼泼洒洒，总挑不平稳；做饭是千万指望不上的，不是生的就是半生不熟的，只能加瓢水搅糊糊；做菜就更不敢了，她能把半罐盐倒进菜里，油瓶里的油必须保管好，否则一顿饭就全倒进去了。这些他都认了，最使他难堪的是，每次做那事她都杀猪一般叫，叫得全村人都听得见，以至全村人都晓得，遇到他就说你是屠户呵，天天杀猪。这又认了，好歹她也是个女人，村里人愿意笑任他们笑去。最使他伤心的是，他们的儿子也是个半傻之人，好在还没傻到他娘那程度。小学读了三年，年年都是一年级，回回把全校倒数第一名包了，读到三年级，老师说不要读了，再读我要被开除，三年了连加减乘除都还不会，连字都认不齐五十个，还读啥书？

　　不读就不读，儿子和他有一身力气，到生产队种庄稼，可力气不值钱。生产队是按人头分粮食的，他、儿子和痴傻老婆都能吃，别人家吃饭用小碗，他家吃饭用大碗，煮那么大盆饭，顿顿都不够吃，每天最操心的事就是填饱肚子。别人家的娃娃机灵，可以半夜去偷些苞谷、洋芋，他是不能去也不敢去的，偷了被逮到会被挂牌游街，被批斗，小娃娃呢，总不至于拿来游街吧，队长也就睁只眼闭只眼了。儿子笨，不灵便，不会随机行事，有次饿极了，儿子哭着要吃的，他说哭个球，晚上去村东地头掰些苞谷回来，儿子说能吗？他说能，别家的娃娃可以去，你也可以去。儿子笨，到了地头才开始掰，看守苞谷的人听到响声喊哪个偷苞谷，被老子逮到打断你的脚，出来，出来，老子看见你了。看守的人都知道是村里的娃娃，喊喊也是放个风声，也是尽尽责任。其他人早就一溜烟跑了，儿子老实，规规矩矩地提着几个苞谷出来，看守的人见是他，说哪个喊你来的？你不晓得这是队里的庄稼？你别看见别的娃娃来偷你也来偷。儿子呆在那里，说我爹叫我来的，我不来，他说别人偷得我们也偷得。看守的人可怜他，本想递个点子放他走，哪不妨他这样讲，看守的人就不好办了，况且看守是两人呢。

　　后面的结果不用说也知道了。他被队长拿去挂了纸牌游街，

唢呐声近

队长说这事我也保不了你，谁叫我是你三叔，全村人的眼睛盯着呢，我不能徇私。队长看看跟在他身边的儿子，叹口气，憨杂种，真是个憨杂种……

三

摸着光滑、细腻、金光闪闪的棺材，云山老汉眼睛湿润了，苦了一辈子，节衣缩食一辈子，甚至是儿子的血汗钱买了这口棺材，是值得的。但他又感到难过，自己配享受这么好的棺材么？爹娘没享受过，痴傻老伴没享受过，自己倒享受了，心里能舒坦么？痴傻老伴跟了他一辈子，她虽然头脑不好，却也尽了一个女人的责任，帮他生了个儿子，使他不被人骂是绝户；帮他做活计，虽然做不好，也是使尽了力的。她经常被他骂，甚至被他打，但她傻傻地哭一会儿，又去做活了，像头等着下汤锅的老牛，呆滞、笨拙又无助，老伴跟着他没过过啥好日子，家里本来就穷，有一点东西都被他拿去卖了，攒着钱买棺材。有一次老伴病了，连续几天吃不下东西，天天都是洋芋酸菜汤，或者苞谷饭、清水白菜，她的皮肤都浮肿了，她说我想吃鸡蛋，给我煮几个糖水鸡蛋。他正要到乡场上去赶场，篮里正好有十个鸡蛋，他厌烦地说你硬是金贵得很，尽想好的，好不容易凑齐十个，你吃了还卖啥？现在想起来，他心里一阵阵懊悔，老伴再痴傻，也是个人呢。她都病成那样了，想吃个鸡蛋都被他拒绝，他也太不像个人了。十个鸡蛋能卖多少钱呢？一想到她那可怜巴巴的乞求的眼神，他的心就一阵一阵疼起来。

也许是受到他的影响，痴傻老婆对那黑漆漆的棺材也深入到灵魂里去了。每当儿子想吃点肉，譬如梁上那一小挂肉，她就说吃啥吃，你爹要留着卖钱哩，啥好东西吃下去就变成粪土了，人活一辈子死后没得睡处，自己遭罪，还要受人笑话哩。

儿子说你只会重复他的话，是我，宁肯吃也不愿为睡那里把人都整成枯瘠了。她说你爹说你爷爷、奶奶天天托梦来，说他们冷得很，说他们遭水淹、遭雷雨。儿子说你听他的，他为棺材人都疯了，村里人都说他是疯子。她说我不懂，反正他说啥就是啥，我弄不明白。

云山老汉有时真觉得自己是不是疯了，自己对那黑漆漆的棺材爱得那么执着，爱得那么深沉，这山区本来就那么穷，这日子本来就那么艰难，活着都那么不容易，能活下去就更不容易，还一天到晚想着那棺材，那棺材睡进去真的那么舒服？就像住金銮宝殿，可他还是一心一意地想，一心一意地看重这东西。日子本来就苦，来这世上就是遭罪，村里的人谁不看重这东西，活了也就活了，但死了该有个好归宿，这是盼头，在这世上活得窝囊，活该遭罪，死了总要有点盼头。在村里，家家户户最操心的就是棺木，每家的老人其实在没老的时候就操心起来。这里山大，气候寒冷，又是石山区，每座山、每座梁，山上横七竖八卧着的都是白花花的石头，树是长不起来的，有的人从生下来那天他爹就为他栽树，指望人长大了，长成老年人了，树能做棺材，但这些树从来长不大，长得人高时就不会长了，冰凌太大，树就永远只有人高，成小老头树了。正是这样，家家户户最操心的也就是棺木了，唯一的就是节衣缩食，从牙缝里省，从鸡骨头上刮油，攒起钱，到几百里以外的地方去买。如果说有目标，村里人的目标就是奋斗、节省，一点一点攒钱，变着各种法子攒钱，去买一副棺木了。谁要是没有棺木就埋，死人遭罪不说，活人也会一辈子受嘲弄、歧视，被人看不起。他一辈子抬不起头，一辈子被人看不起，不就是他的爹娘没有棺木埋，用房梁上的朽木烂板绑在身上埋了爹娘么？

有一次，他和村里的郑德刚打了一架。那些年，村里要积肥，每家送的肥是记工分的，他一大早就去捡粪。天气冷，霜冻大，他穿着空心棉袄，那棉袄铁一样坚硬，冰一样冻人，冷得他牙齿磕个不停，幸好起得早，刚转过巷口，他就看见一坨冻得像石头样的牛屎，正要去捡，墙角钻出一个人，用脚踢动牛屎，抱起就要跑，他说凡事有先后，我先看见的，你咋个不讲规矩？那人说你先看见的，我在巷那头就看见了，我的眼睛比你亮，谁不知道你是青光眼。他说你放屁，我是青光眼，你是睁眼瞎，明明是我看见的你要半路拦截，你抢屎还是抢人？两人争执不休，郑德刚说算了，我不好跟你争了，不就是一坨牛屎，拿去也买不到一副棺材，还不是拆点烂木头板板，装去埋。这话说到他的痛处，啥他都能忍，唯独这不能忍。他当即就气得跳起来，日你先人，你爹妈才是烂板板烂木头捆着埋的，哪个不晓得你家都是逃荒要饭的叫花子，你还说我了。两人讲的都是戳人痛处的事，于是两人就扑上来扭在一处打起来了。后来村里人说他俩为一坨牛屎打得头破血流，其实只有他俩清楚是为啥打。

村里谁家在打棺木了，立即惊动一村人，大家都跑去看。打棺木那家人喜气洋洋，要在大门处悬挂一个红绣球，还要请村里的胡先生写副对联，一个村也就胡先生写得好，他念过私塾，晓得至大莫过孝亲，至孝莫过入棺为安，棺材都没有孝啥亲。打棺木的那家老人，穿着过年才穿的衣服，满面红光，喜盈盈地招呼大家，递上提前裹好的叶子烟，叫孙子给大家倒茶，还有一盘炒好的葵花籽，简直像讨孙媳妇一样高兴。大家围着看，兴奋地议论着是什么木料？什么地点产的？路上咋运回来的？其实大家都知道这不会是什么好木料，柏木、红松、青杉他们是买不起的，但他们对棺材的研究还真有一套，所谓有一套也是听来的。他们听过很多传闻，过去大财主郭家用的是沉香木，四个头，也就是四块整木，上了七七四十九道漆，照得见人影，还请了手艺最好的木匠刻了字，嵌了金，抬的时候是七八五十六个人，太沉，龙杠都是两副。讲的人是七爷，他在这户大户人家当过长工，一生最得意的是他不仅见过这户人家出殡全过程，还有幸被选去抬龙杠。抬龙杠呵，不是啥人都可以的，得膀大腰圆，腿长腰健，还得五官端正，相貌齐全，你们说容易么？大家齐声夸赞，真心敬佩，不容易，不容易，七爷为我们长脸了。

其实他们看到的棺材是用白杨树做的，白杨树也只有坝区有，坝区水多、地沃，气候温和，白杨树极贱，插枝即活，且长得极快，坝区人家多栽在河旁沟边，水分足，土地沃，栽上十来年就有水桶粗，就可以盖房了。但白杨木质软，做家具是不行的，盖粮仓倒是极好，据说由于木质软，耗子咬噬只会把牙陷进去。做棺材是无可奈何的事，只有山区人家才来买，就是这样也使村里人羡慕不已。

云山看着白花花的木头，闻着白杨木的香气，眼里尽是艳羡，尽是贪婪，心想啥时才攒得够买上这样一副棺木的钱。有人打趣，云山呵，啥时要去买我们帮你去抬木头，你准备好香烟、瓜子，吃顿饭，只要有老腊肉、豆花就行，讲的人带着嘲弄的意味。他的心疼痛起来，他知道爷俩连肚皮都混不圆，不知何年何月才买得起，弄不好，人死了，尸体都僵硬了还没着落。但他嘴上却硬，说白杨木好是好，只是松软点，埋土里怕很快就腐了哩。棺木的主人听了很不高兴，心想这人脑袋少根筋，你买不起还讲这种面子话，便对云山说你得买好的，谁不晓得你有本事哩，你倒是买副柏木的棺材给我看，买了我用手掌心煎鸡蛋给你吃。气氛一时僵住，大家都是来贺喜的，只有他不识时务，讲些不中听的话，于是纷纷指责他，让他灰溜溜地抬不起头，冷冷清清地兀立着。

又是一日，村里响起噼噼啪啪的鞭炮声，不用问，又是谁家买了棺木了。他知道村里的人又都蜂拥而去了，他们要去看

唢呐声近

热闹，看木匠怎样做棺材，和主人说些祝贺的话，交流一些有关棺材的信息，顺便还可以混上叶子烟吸，葵花籽嗑，浓茶水喝，有时运气好，兴头上的主人还会留大家吃一顿酸菜红豆汤、腊骨熬萝卜、苞谷饭。云山倒不一定想混吃，但他特别迷恋那个做棺材的现场，大红绣球高高挂，大红对联闪亮发光，地下有一层零零落落的鞭炮屑，空气里有好闻的爆竹味，还有人们喜气洋洋的脸，热情的问答。他走出院门，快到那里，看见前次打棺材人家的主人，他一下僵住了，心里很忐忑，怕那人挖苦他，揭他的疮疤，那人虽上了年纪，但是出了名的尖酸刻薄。他往回走，到了门口，听见那里人声鼎沸，是众人帮着抬棺木的声音。那是圆木，要支好再由木匠解板，圆木有水桶粗，在场的青壮年都会搭上一把手，抬圆木就和抬喜桥一样会沾上喜气。他实在忍不住，实在想搭一把手，过过抬圆木的瘾。

他还未走拢，那家人的狗就冲着他狂叫起来，那狗原是拴着的，目的就是让它好生蹲着别添乱。也是不知何故，原来乖乖待着的狗见到他就企图挣脱链子扑过来，咬不到人，就汪汪汪地狂吠，他心里一阵懊恼，这狗和人一样么？别人来了不咬只咬他，狗眼看人低。他说不就是做副破棺材么？也这样猖狂，不信你的主子和你一样。说着硬要往里闯，狗的主人出来了，说今天抬木料的人多，就不麻烦你了。他知道人家怕他吃饭，凡是搭把手的人都要留下吃饭的。他说我就看看，来晚了帮不上忙，就看看。人家说有啥看头，就是几根白杨木，还怕是柏木、松木、青杉木？他呆呆地站着，脸上罩上冬瓜灰，讪讪地说那好，那好，等你家再用好木料做时又来看。这话一出，那人变了脸，说你狗日的放屁哩，你家才做棺木，你家不停地做，做到没人。他噎住，知道自己犯忌咒了人。他恨不得打自己的嘴，他朝地下吐了几泡口水，说晦气、晦气，今天连续不顺，早晓得如此上门找气受，不如待在家里。

往回走，他不由得咬紧牙关，攥紧拳头，说有啥稀奇的，老子无论如何要买副柏木的，让你们这些狗日的羡慕，等着嫉妒吧。

四

暖暖的太阳光已经照到草房正顶了，他听到老牛在院墙下哞哞地叫，他知道该把老牛带到青草坡吃草了。牛老了，牙口不好，光嚼干草不行，还得让它去有草坡、有溪流的地方，吃吃青草，晒晒太阳，发阵呆，养阵神。

可今天他却不想动，阳光暖暖的，棺材亮亮的，心事长长的，他把棺材擦了一遍又一遍，擦得铮明瓦亮，擦得细腻如脂，也把心情擦得忽明忽暗，忽喜忽悲。他想站起来，可是浑身疼痛，关节麻木，手脚都使不上力，每次起身，都要扶着凳子几番挣扎才起得来，起来了，大脑却一片眩晕，不稳住神就要跌倒。他心里一阵悲哀，知道自己时日不多了。对于死，他是一点不惧怕的，甚至是心怀渴望的，人一死了，就可以舒舒心心地躺进棺材，就可以无忧无愁、无挂无碍地享受安宁。可他现在最为忧心的，也是最难决断的是，这棺材到底该谁来睡，因为他和儿子有个咬牙咯血的约定：谁先死谁睡。这本来是顺理成章，没有疑难的事，他都七十有余了，不说年龄，就是这身体，也是棺材囊子了。成年累月的艰难生活，一辈子不曾离身的各种磨难，营养是奢谈，一年吃洋芋、苞谷饭、白菜叶子、老酸菜，还谈啥营养，逢年过节吃顿肉打牙祭，也是不敢敞开肚皮吃。也挣到点钱，但那是牙缝里、肠子里刮出来的，一有点钱马上攒起，就为这盯心盯肺的棺材。病了死拖硬挨，撑不住了找点草药吃。有一次在山上跌伤了，脚踝骨都露了茬，被村里人抬到公社卫生所，才治了几天，怕医生要医疗费，半夜

唢呐声近

· 015 ·

趁人不注意，硬是咬着牙偷偷跑出来，在山上找到根棍子，疼得钻心也顾不了，连走带爬地摸回来，差点废了一条腿。后来又得了哮喘病，不要说冬天，就是赤火大太阳的夏天，早晚也喘得透不过气，他想他死于儿子前面是必然无疑的。可谁曾想到，痨病人不死，弯腰树不倒，他吭哧吭哧地竟然活到今天，尽管活得腻腻歪歪，活得没个人样。

儿子快五十岁了，正是撑起门户的年纪，可儿子从来就没有啥盛年可言，从来就撑不起门户，这也怪不得他，谁叫自己讨了个痴傻老婆呢。想起这事，他就有些恨他这个三叔如果不领一个痴傻的婆娘来，他就不可能有这么智力不全的儿子，他就是打光棍，日子也比现在好过。可他又不能怪三叔，没有他的热心，他就连女人是啥滋味都不知道，更不会有个家庭，有儿子。儿子比他更惨，他还讨了个痴傻老婆，他是因为她只有一个人，没有拖累。儿子呢？有个痴傻的娘，还有个浑身是病、半截埋在土里的爹，自身条件又不好。他也四处张罗给他找个媳妇，找了几十年，托了很多人，根本找不到，即使是家境不好的，即使是有残疾的，人家也看不上，眼看快到五十，儿子死了心，他也死了心。

一个远房亲戚来，看了他家情况，也看了他儿子的情况，儿子虽然智力不好，但还不至于呆傻，身体好，还有一把蛮力。那人说我们那边小煤窑多，他体格好，那活儿不需动脑，有力气就行。工资高，只是危险，常出事故。他想想，儿子做不了啥，这地方随你咋劳动，也就是混个肚儿圆，不如让他去挣一笔钱，只要有了一笔像样的钱，也给他找个婆娘来，也让他有个家庭，自己死了，也有人照顾。儿子也愿意去，他说危险不危险倒不怕，做啥不危险，只要有钱，只要工资开得高。

儿子随了那人去，那是邻县的深山区，那里产煤，煤虽多，但不是大煤矿，不成片，只是零星的鸡窝煤，找到了，开个简陋的小煤窑，挖完就废弃。那里的小煤窑多，这里一个，那里一个，煤窑只有人高，用小碗粗的木头支撑着，人下去腰都直不起，下窑的人只穿一条短裤，甚至短裤都不穿，浑身上下和煤一样黑。儿子去了，小煤窑老板打量下，说行，今天休息下，明天下窑，煤窑老板丢了张纸，说这是合同，签了名字按手印。儿子有力气，能吃苦，他喜欢按产量计算工资的方式，他背的煤总比别人多，背的次数也比别人多，他想多挣钱，挣了钱到底干啥也没多想，他潜意识中还是希望找个媳妇的，钱交给爹，由爹安排，爹老了，他的棺材梦也还没圆，总之，把钱挣够，才能实现梦想。

第一个月领到钱，厚厚的一沓，那钱和他背的煤差不多的黑，不知被背煤的人数过多少次。那天老板杀了只羊，请他们几十人吃饭，老板有三口小煤窑，背煤的人不少，他们吃得欢天喜地，吃得风卷残云。吃完，跟他住在一个工棚的人说走，打炮去。他蒙头蒙脑，说天都黑了，还打炮？老板没安排嘛。他们笑起来，说不打炮，打洞。他更懵，说现在洞里的煤还没背完，又要打洞，那些人笑得打滚，说可怜你了，活了一辈子连打炮、打洞都不晓得，那东西生在哪里都不晓得，你说是生在肚皮上还是生在膝盖上？他瞪着木然的眼，说不晓得，我不晓得你们说啥？有人说你莫逗他了，直接告诉他，去日×。他终于听明白了，摇着头说不去，不去，那要多少钱哩。他们说不要钱？哪样不要钱？买棵白菜、买把葱都要钱，这是人哩。他心里还是动了下，他说要多少钱哩？他们说好点的、年轻的150元，老的没看头的50元，一听这价，他动摇了，在村里，除了吃饱是挣不到钱的。这里虽然能挣到钱，但苦不说，是用命挣钱的。小煤窑事故多，前几天另一个窑塌了，还死了人哩。

看到血肉模糊的死人，看到断脚断手、疼得撕心裂肺喊叫的人，他还是惊悚、震颤的，没有寒风，依然抖个不停，他想事故是避免不掉的，只要在小煤窑干，谁也不知道哪天那种事会落到自己头上。那天，这座山的小煤窑上跑了几个工人，他们约他一起跑，跑到山口，他站住不走了，那些人催他，他说等我想想，等我想想。他们说想个球，钱重要还是命重要？他说命重要，想想又说钱重要。那些人说钱是你爹，命都没了，要钱做啥？他说我爹说要给我讨媳妇哩。他们走了，说不要跟憨杂种多说，啥都想不清的人，讲了也无益。

又干了几个月，总算平静，干完这个月就半年了，他打算该回趟家了。他攒了笔钱，因为他不知道上乡场上的邮政所去寄钱，觉得钱在手上最实在，就把钱这里藏那里藏：长筒水鞋里，用塑料布绑好，床板下、窑洞外的石缝里，到处都藏过。终究不放心，最后交给老板，说这是我的命哩，我把它交给你，也就是把命交给你了。老板说放心，苍天在上，我吞了你的钱汽车碾、岩石砸，不得完尸。他放了心，不再一天到晚为藏钱操心。

该来的终究要来，还没等他回家，小煤窑出事了，那天本该下班，其他人都走了，称秤记账的人都催过他几次了，他还想再背点。结果煤窑塌了，他被埋在里面，等被刨出来，已人事不知了，连夜将他送到县里医院，经过一番抢救，命是保住了，人却瘫痪了。

他得到一笔钱，这笔钱是他，也是他们这一家见过最多的一笔钱，如果拿去娶个媳妇，应该是没问题的，问题是他现在不需要媳妇了，他的脊椎断了，胸口以下的功能完全丧失了，瘫痪在床，吃喝拉撒都需要人照顾，你就是有钱，谁愿嫁给一个活死人呢？

儿子遭罪，云山老汉同样遭罪，都到晚年了，原指望儿子来照顾他的。他浑身是病，一起床就喘个不停，咳个不停，咳得地动山摇，喘得海啸云奔。他在山崖上摔断过腿，没有钱也舍不得钱好好医，落下残疾，走路歪歪倒倒，疼得冒冷汗。现在要照顾瘫痪儿子，那个艰难、那个艰辛就不用说了。

　　为儿子做吃的，他手拙，也没啥好做的，家里反正都是粗粮，粗粮细做他是不会的，眼花、手颤、脚发抖，能囫囵做出来就不错了。儿子睡在床上消化不良，吃他做的食物吃得恶心。想吃点好的又开不了口，只是忍着。那天儿子看见老爹捧了几个鸡蛋进来，挺新鲜，母鸡才下的，突然想吃碗鸡蛋，开口讲了，他听到了，也答应了，本想存起来的，但看到儿子乞求的眼神，终是不忍。但他从来没做过鸡蛋，想象着别人怎样做，敲碎、乱搅一气，也不放油、盐，更不知道撒把葱花，就放在火上煮，结果做出来的不是味美的蛋花，而是焦黑的一坨，吃得儿子发恶心。

　　最使云山老汉头疼的是儿子屙屎屙尿，儿子脊椎断了，屎尿失禁，想哪时屙就哪时屙，根本不听指挥。有时人没走到床边，他早就屙在床上了，弄得一个房间臭烘烘的，再怎么脏怎么臭也得弄，总不能让儿子在尿屎上打滚，他要去擦、去换、去洗。他把儿子换下的衣服、被褥抱着到小河里去洗，热天还好，冷天河里结了一层薄冰，把人冻得手指发疼。有一次他在河边蹲得久了，头一晕，一下就扎进河里去了，好在河水浅，但一身湿透了，只好挣扎着回到家，病了一场，躺了三天，尽管如此，他还要挣扎起来给儿子做吃的。他绝望地大喊大叫，伤心得老泪纵横，儿子听到他的叫声，更伤心。这种生不如死的日子啥时是个头，儿子号啕大哭，说爹你弄死我吧，你弄死我吧，我不想再拖累你了……听到儿子的哭声，他不哭了，他知道儿子早就不想活了，他苦于爬不起床，要不早就去买农药来喝了。儿子几次试图自杀，但他连自杀的能力都没有。他想撞墙，爬挪个半天接触不到墙；想吊脖子，连把衣服撕成筋、

唢呐声近

扭成绳的力气都没有。人呀，活着不容易，死也不容易，人最悲哀的是连死都死不了，连死都是最大的奢望。

五

村里响起了鞭炮声，云山老汉知道又有谁家要做棺材了。这个古老、沉闷、贫穷、僻远的山村，做棺材和结婚讨媳妇一样喜庆、一样热闹。村里人笃信死是件"大事"，笃信死是一种超脱，一种享受，一种待遇。死了万般烦恼、千种折磨都没有了，人可以安安静静地躺着，不必像牛马样劳累，不必像猪狗样生活。精骛八极，心驰九荒，四处游荡，不必为吃喝操心，不必为医疗费操心，不必为修房盖屋、讨亲嫁女操心，运气好，转世投胎到坝区，到好人家去，也就过上好日子了。运气不好，做个孤魂野鬼到处游荡也没啥不好。做棺材成了村里人最大的事，比修房盖屋、讨亲嫁女重要，儿孙自有儿孙福，死了连副棺材都没有，躺在荒山野岭里，那才是最大的不幸，最大的悲哀。

云山老汉不想出门，每逢人家做棺材，他上门去，不仅遭到人们的白眼，还有冷言冷语和挖苦讽刺。从他父母那辈起，买不起棺木成了他最大的心事，也使他活得直不起腰，最难堪的是，村里人谁都不相信他能买得起棺木，他注定要和他的父辈一样被软埋。现在他有钱了，大家都知道他的儿子在小煤矿被压伤，得到一笔赔款。有了赔款，村里人又有了一番言语，说云山老汉你现在有了钱，儿子又瘫痪了，你该把这钱拿来买好的给他穿、给他吃，他是用命换来的血汗钱。有的说云山呀，你怕是要留着钱买金棺材，你买得太好了，我们就没脸了。有人说你该把你儿子的赔偿费拿来给他讨媳妇，你死了，他也有个照应，你不为他讨，莫不是留着打金棺材。那人明明知道没

· 020 ·

有哪个女人愿意嫁给他儿子，即使是寡妇，可他偏要这样说。

云山老汉对儿子说："你的赔偿费我不能再捏着了，村里的话难听哩，都说我想为自己打金棺材，我想有副棺材是真，但不能用你的钱，钱够买口薄木的，不够买几块板板埋了，我攒的够了。"儿子说："爹你莫管他们嚼舌头，你说我这样了谁会嫁给我，就是有人愿意，恐怕钱一到手就跑了，我娘虽然痴傻，但她不会跑，现在哪里找这样的人去？"

云山老汉纠结，一方面他确实想买副好的棺材，一方面儿子确实需要人照顾。先前在村里物色对象，小小的村子里谁不知道谁的底细，就是村里唯一的寡妇张翠花，也把头摇得像拨浪鼓，脸上现出了被侮辱的神色，气愤地说我没见过男人的么？他也能算男人？云山老汉不死心，帮着儿子托了些人去外村找对象，范围扩展了很宽，他想只要有人愿意嫁给他儿子，不买棺材也罢了，他死了给儿子有个交代，也就放心了，至于棺材，不想买了，有几块薄木板也就行了，眼睛一闭，村里人愿说啥说啥，听不见就清静了。

费了很长时间，托了很多人，找了好些个村子，听说是他们这个村，是他这种情况，没有一个愿意的。他基本绝望了，想找了这么多人，也怨不得自己了。村里人知道他托了很多人，跑了很多地方也没人愿意，只说谁愿意呢？那是个火坑，谁愿睁着眼跳呢？此外就没说什么了，谁知后来来了一个人，是云山老汉的一个远房亲戚带来的，年纪有五六十岁的样子，看上去比实际年龄更老。她的男人死了，唯一的姑娘嫁到外地，她几乎成了无人管的孤寡人，她说只要有个住的地方就行。

云山老汉心里五味杂陈，经过一次次的失败，他已经死心了，谁知道来了一个，她说她的要求不高，只要有房住，只要有饭吃就行。这个愿望终于实现了，只是她说了一句话：你儿子的赔偿费我保管着，我会好好伺候他的。他听了心里一阵惊

唢呐声近

悚，这不是奔着钱来的吗？把这笔用命换来的钱交给她，如果自己死了她跑了咋办？不交给她，人家凭啥来伺候他儿子呢？她如果一走，村里人会咋说？看呵，有人愿意上门来了，他死死拽着钱，不管不顾儿子死活，留着钱打金棺材吗？云山老汉又伤心又纠结，该不该把钱拿给她呢？

看他顾虑重重、心事万般的样子，远房亲戚说这事你也不要太急，我看你先考虑两天，想清楚了给个答复，但不能太久，人家也好有个选择。远房亲戚走后，这女人一边伺候儿子，一边催促钱的事。儿子知道她是为钱来的，哪有人还没进门就不停催钱的，这种女人做得也太明显了，一点都不遮不掩。催来催去，云山老汉隐忍着，儿子忍不住了，怒吼滚，滚出去，我不要哪个伺候。女人眼神迷茫，她想他会接受这个事实，拿了钱有人伺候。女人说你想好了，这话是你说的，你不要后悔。儿子咬牙，是我说的，你滚，你滚……

六

云山老汉和儿子做了决定，打一副棺材，且要打最好的棺材，了了几辈人的愿望，又和儿子做了个决定，谁先死谁睡这副棺材。

云山老汉想儿子虽然比他年轻，但也是五十岁的人了，主要还是他瘫痪了这些年，吃喝拉撒都在床上，骨瘦如柴，各种疾病都来了，气息奄奄、命悬一线，好几次病毒感染，人已虚脱，死过去了，请了村医来，扎了几针又奇迹般活过来。走出门，村医说他已病入膏肓，只剩一口气了，活一天算一天吧。他想这也是无法的事，活一天算一天吧。儿子想老爹死在他前面是顺理成章的事，毕竟是七十多岁的人了，就年龄不说，这些年他百病缠身，脚还摔断过，一天喘得像风箱，他挣扎着是不放心他，这个念头支撑着他，但毕竟是这种状况了，一口气上不来说完就完了，他一辈子心心念念睡口好棺材，无论如何是该了他这个心愿。自己也是生不如死的人了，死了倒干脆，一了百了，但有了这个谁先死谁睡棺材的决定，自己咋也要支撑着，为老爹活着，为他的棺材梦活着。

儿子开始不折腾了，他调整自己的心态，睡得实在太难受了，他还伸出瘦骨伶仃的手活动一下，还想撑起身子，还左右扭头，他甚至让老爹做好东西给他吃，他甚至还想吃水果罐头，吃才下过蛋的老母鸡。云山老汉心里透亮，哼，还想和我比谁先死，你比不过我哩，老子不是为了你，早就一命呜呼了，老子怕死了没人管你，我死了，你活不过五天，啥时死在床上，啥时腐烂发臭都没人晓得。想到这，云山老汉心里着实难受，生不容易，死更难，连死都由不得自己，自己多活一天，儿子也就多活一天，自己死了，儿子也就死了。

儿子有儿子的想法，老汉有老汉的念头，他们努力地、艰难地活着。儿子的精神似乎比过去好些了，所谓好，也就是那一个念头支撑着，甩胳膊也就是那么几下，就软耷耷地甩不动了，扭头摇胯，没摇几下就晕了，但他觉得是要好些了。云山老汉呢，每天早上起床，喘着咳着给儿子做吃的，换洗衣裤，然后把牛牵到小河边、山坡上，他深深地呼吸、吐纳空气，觉得肺里清爽些了，还满山去找治平喘止咳、跌打痨伤的草药。

棺木买来了，是从邻县深山区买来的，那里有森林，也只有那里还有上好的柏木，这些柏木都是那里的山民留着卖高价的，都有上百年的树龄，栽在房前屋后或者祖坟地里，数量都是有限的。

云山老汉为打棺材时请不请村里人很纠结，很忐忑。他原是不想惊动大家的，尽管他心里藏着一口憋了几十年的气，像报仇雪耻似的想展示，想扬眉吐气，想哈哈大笑，想一饮而醉。

唢呐声近

但他又担心树大招风，羡慕是有的，赞叹是有的，心里酸溜溜的，讽刺挖苦、刻毒暗骂也少不了的。但他想这么大的棺木也不可能悄悄抬进村里，更不可能悄悄做成棺材，既然绕不开，何必藏着掖着呢。

那天在乡场上，云山老汉买了不少东西。多少年，他来赶场都是卖东西，十多个鸡蛋，一只鸡，或者一背篓白菜，一串干辣椒，买也只买点盐、油。今天他背着背篓，狠狠地买，一大个猪头，一刀十多斤的肉，一斤茶叶，五斤炒瓜子，十多饼鞭炮，就连味精、酱油、水果糖都买了。他要热热闹闹、欢天喜地做棺材，要让村里人过节般喜庆，让自己长舒一口气。

一切如他所料，那天村里过年般热闹了，知道他家无女人，村里的老婆婆、年轻媳妇都来了，洗的洗菜，煮的煮饭，凡村里有事都要出面掌厨的宋五耶，系着围腰，提着他的专用菜刀也来了，他要亲自操刀炒菜。青壮年个个跃跃欲试，抬沉重的棺木自然少不了他们，小娃娃们放羊似的涌了出来，他们嬉戏打闹，抢瓜子和水果糖，这些都是很少吃得到的。

十几串鞭炮，一串接一串地放，把村子震得微微发抖，人震得喜笑颜开。淡蓝色的烟笼罩天空，硝烟叫人肺腑清爽，有人路过村子以为讨媳妇，说喜庆、喜庆，出门讨喜。一看到白森森的棺材，以为看错眼，忙掉头而去。

云山老汉穿了件新衣服，多少年了，村里人从没见他穿过新衣服，那件又脏又破又是夹袄又是单衣的对襟衣，村里人已经习惯了对他形象的认知，可今天他这一身新衣让村里人眼睛一亮，气氛是更热闹了。人们在吃饱喝足后都一致地恭贺他，恭贺他能打柏木棺材，这在全村是没有先例的，柏木的呀！赶得上皇帝的金丝楠木了。那些上了年纪的老头、老太婆围着柏木棺材赞叹着，眼里尽是羡慕，当然还有嫉妒。他们说人活一世、草活一秋，累死累活能睡上这棺材也就值了。有人说你够得上，你能有云山老汉那样的儿子吗？能拿命来换。说起他的儿子，大家一阵叹息。云山老汉讲了他和儿子的约定，谁先死谁睡这副棺材，有人说这不是明摆的事吗？云山老汉你也太有心机了，你儿子咋可能死在你前头？云山老汉说我不能死，我死了谁管他，恐怕烂在屋里也没人晓得。人家说这由得你，阎王叫你三更死，你能活过五更？你都大半截埋在土里了，还想熬过儿子。他说我倒是想死得很哩，我命苦只有等他死了才能死，前世欠下的债呀。大家心里戚然，想想活着真是不易，连死也由不得自己，叹息一回。有人说你一辈子苦，一辈子攒，不就是想睡口好棺材么？你这不是白费劲了么？他说有啥法，听天由命吧，总不能为了睡口棺材就先死，死了我也不瞑目呀。大家叹息一阵，有人说云山你也不要太难过了，不管你爷俩谁先死，村里肯定会全部出动，热热闹闹地送上山去，谁不去，谁是孙子……

七

太阳光穿过草屋的豁口射了进来，金黄色的阳光把漆黑的棺材镀上了一层金，凌乱、破败的草屋楼上一派祥和、温馨。云山老汉停止了手里的擦拭，深情款款地抚摸着坚硬而细腻的棺材。光洁如玉的棺材像玉般温润，云山老汉心里温暖无比。但他心里浮上一阵愁绪，这棺材自己不一定睡得上了，儿子近些日子似乎好一些了，他不再吵闹，不再寻死觅活，还向他讨要吃好点的东西，还伸胳膊、扭头、摇胯的。他知道儿子的想法，儿子想让他睡上一辈子心心念念的柏木棺材。他心里又欣慰又难过，自己何尝不想呢，只是死不起呀。想到他死了儿子饿了没人管，他就看见儿子伸着手，挣扎着，嘴里喊着，无助无望的样子；他就看见儿子屙尿拉屎在床上沤得腥臭，人最后叫不出声死掉的样子；他就看见儿子尸体腐烂，蛆虫爬满一身，长出绿毛的样子。他心里一阵阵疼，老眼里涌出浑浊的泪，他说我不能死，我死得起么？又一阵一阵怨恨，恨儿子不孝，恨儿子咋就让自己来伺候，让自己活不抻展，死也死不了呢。

他费了老大劲才爬上棺材，他移开棺材盖，棺材宽大、宽敞，没上漆的里子散发出百年老树的柏香，棺材是干透了的，用手指敲，发出金属般的响声，里面很暖和，氤氲着甜蜜的气息。接通了另外一个世界神秘的气息，他想象盖上棺材盖的一瞬，世界一片漆黑，但并不寒冷，漆黑里渐渐有点点星光，有点点萤火，灵魂飘升，游弋在无边无际的旷野，见得到村庄，见得到死去的亲人，一身轻灵，一身病痛都没有了，有时依附在一片树叶上，有时依附在坟前的石碑上，倦了，起风了，下雪了，打雷了，回到棺材里，四面坚壁，温暖如春。

他在棺材里尽量舒展着四肢，太阳照在身上暖暖的，他好想就这样一直睡下去，好想尽情地享受彻底放松、彻底放下的惬意，但却不能，他怕这一睡就永远睡去了，儿子呢？这是他放不下的魔障，挣扎着爬起来，用手摸了摸内壁，长舒了一口气，他想他总算是睡过这棺材了……

八

儿子死了，他死得既突兀又自然，为了那个约定他挣扎着活，活得痛苦，活得勉强，更活得厌烦，他其实早就离腐烂不远了，就像一截泡在污水里的木头，腐烂是不可避免的，连树心都腐烂了，离彻底腐烂还远么？他做的一切都是徒劳无益的。

儿子喘息着，说爹你不要管我，随便把我埋了就行，那口棺材你留着，那是你一辈子的心念。他说这事你不消管，我们有约定，一切都是命。儿子说爹，你要答应我，这口棺材你一定要睡，你不答应，我死不瞑目……儿子喘息着，气若游丝，就是闭不了眼。他说该死就死，不要想这想那，老子不为你，早就死了，至于棺材，我不后悔，你就放心死吧。儿子喘息着，爹，你一定要睡一回，你睡过了我又睡……他说死吧，死吧，我会睡的……

事实上，他早想好了，这棺材他是无论如何要睡一回的。他不是没睡过，做好棺材的这些年，他不知道爬过多少次楼，擦拭过多少次棺材，棺材光可鉴人，细腻圆润，上面有他多少汗和血，他不知道什么是包浆，但他听村里做过道士的七爷讲，凡是物件，用手细细摩挲，人的精气神就渗进去了。七爷手上有两个核桃，也不是什么珍贵材料，也就是山野核桃，长年累月地在手上摩挲、搓揉，变得珠圆玉润、晶莹剔透。他像七爷一样上心，只要有空就去擦拭、抚摸，棺材就细腻如脂，照得见人了。每次擦拭完，抚摸够，他就闭着眼，享受着死的空寂和宁静，享受着百般苦恼、千般灾痛摆脱后的轻松和惬意。

但真正的死一回，真正的按丧葬程序走一遭，这是他心里最大的愿望。他早就为自己的丧事做了精心的准备，寿衣是必须有的，黑色的棉被，长袍、布鞋和黑色的包头，没有谁用四个兜或者西装啥的，这是村里千古不变的标配，丝绵的衾被，上好的绵纸，所有的都是一式两份，在这上面他是舍得的，他要比村里所有人家的都好。就是丧葬要挂的纸幡，要放的鞭炮，要待客的腊肉、腊猪头，纸烛香蜡一应俱全，就是给吊唁的、守夜的、抬棺的香烟，也比村里人家好，是红梅烟，他做这一切都悄无声息，一个人背着背篓不知往返了多少趟乡场，一点一点地攒起来，耗子搬家，塞满旮旯。

他把他的那份丧葬用品清理出来，一式两份不多不少，不能让儿子少什么，是他的血汗钱，他不能亏他，清理完，他把儿子的房门锁了，出去找七爷商量。

天降大雪，冷得他缩头缩脑，却满心喜悦。天冷了，儿子的尸体摆得住，不至很快腐烂，让他有足够时间办自己的事。天降大雪，是个好兆头，是儿子的喜事也是自己的喜事，白山、白水、白树、白村庄、白茫茫的大地为儿子为自己披麻戴孝，多好。再有钱的人，能有这样大的排场么？

七爷是被全村敬重的人，也是他最敬重最信得过的人。七爷无儿无女，一生以做道士为业，其实他这道士不是真正的道士，道场上那些东西他并不精，看风水、选阴宅、做法事都是他自己估摸着弄的，他没师傅，也就是没师承。他读过两年私塾，粗通文墨，在乡场上买几本旧书，自己估摸着做。也正是他没有师承，他做的一切都是随心所欲，任意发挥，这一任意发挥倒成全了他，他会根据丧家的情况，发挥想象，讲得合情合理，做得有情有义。七爷秉性好，热心、诚信、讲情义，凡经过他手做的事都滴水不漏，完完美美。

七爷听了他的要求，惊讶得半天说不出话。在村里，七爷也算是见多识广，可他还没听说过一个活着的人要给自己做丧事，并且是所有程序一个不能少，场面要大、规格要高、人数要多的那种，七爷说你这是何苦呢？不是我咒你，你本来也是黄土埋到嘴边的人了，离死不远，说死就死的人了，何必要搞这一出？等你真的死了，钱也遭光了，我看谁来送你？

云山老汉说你不消问，你只管按我说的办，咋死不是死呢，我能风光几回？只能一回，既然一回，我就要睁着眼看一回自己的热闹，看咋把我装进棺材，穿些啥，穿上、戴上、垫上、裹上有啥感觉，死了能知道？我要看全村人咋为我烧纸、磕头、守夜、挂纸幡、贴挽联，我要听鞭炮响，要看炮仗硝烟飘满全村，还要全村人为我披麻戴孝。七爷说你想得美，村里人和你不沾亲、不带故，是你的儿子？孙子？凭啥给你披麻戴孝？云山老汉说他们和我不沾亲、不带故，不是我的儿子、孙子，可我就是要他们披麻戴孝。不是说有钱能使鬼推磨，我有钱，拿钱还不行么？七爷听说拿钱戴孝，就说行，这事肯定能行，不要说你在村里是老辈子，就是不相干的事，有钱不就能办么？

云山老汉拿出一个猪尿泡，干了的猪尿泡柔软，有韧性，包东西最好，里面厚厚的一沓钱，全是百元大钞。这些钱是他几十年来从牙缝里省出来的，他没穿过一件好衣裳，穿的都是筋筋绺绺、跑风露肉的；也舍不得买点好吃的，更舍不得修缮加固一下房子，有点值钱的东西都拿到集上卖了，攒多一些拿到信用社换成大票子。拿钱的时候，他的手抖得不行，嘴唇直哆嗦，说我这是以命相托哩，七爷，我信你，你安排着用。七爷神色凝重，跪下来，朝天空磕了几个头，说苍天在上，承蒙你信得过我，我若昧了你一分钱，不得好死。云山老汉忙扶住他，说请起，请起，两双苍老的手握在一起，久久不能松开。

九

村里积满白雪，七爷蹒跚着一家一家去敲门，此时天还没亮，村街寂寥，白雪覆地，天气冷得狗都懒得吠叫。七爷苍老的声音在村街上回荡，孝子报丧，云山老汉驾鹤西去，七爷代孝子磕头，正在熟睡的人听见七爷苍老沙哑的声音，从热被窝里爬起来，见七爷跪在门口，震惊不已，也感动不已。七爷是啥人？是村里德高望重的长者，是村里最有学问、最有威信的老人，这么一位尊者为云山老汉下跪报丧，是什么概念？是什么待遇？是什么感情？还没等七爷磕完一个村子，全村的人都起来了。

在云山老汉的院子里，来的人从家里带来炉子，把火升起来了。陆陆续续，院里站满了人，有人把院里的积雪铲了，把院子打扫干净，七爷坐在火炉边，他对来的人进行分工："福顺，福顺在哪？"一个瘦瘦的年轻人站出来，七爷指指旁边的桌子，这桌子就是你的了，你去买纸笔来，写挽联、做表格、扎

唢呐声近

纸幡、记账都是你了，需要帮手由你点。福顺当过村里的会计，村里就他读过初中，文墨好，记账清。福顺得命，点了两个半大小子，领了钱去了。七爷喊，王木林、周其华在哪？人群中出来两个壮汉，腰里系着油腻腻的围腰，七爷说你俩会杀猪，又会做厨，村里的红白喜事都是你俩掌厨，这场丧事就靠你俩了，上心点，云山老汉的丧饭要办好，工钱另算。两人说七爷信任，肯定做得全村人满意，只是肉是去买呢，还是杀猪？七爷说他家有猪么？你们看谁家的猪肥，买条来杀。村人咂舌，妈耶这架势，太大了么，云山老汉有钱么？七爷说放心，云山老汉的钱在我手里哩，云山老汉穷一辈子，抠一辈子，就是要死了风光一回哩。两人嘀咕一阵，领了钱，说王虎，王虎，全村的猪就你家的肥，去你家拉猪吧。王虎有些不情愿，说猪正长膘，留着过年再宰，一家人一年的荤哩。七爷说云山老汉的事是我的事，也是全村人的事，这个面子你不给？王虎说给，给，七爷说了就行。王木林、周其华又点了几名壮汉，提着杀猪刀雄赳赳去了。七爷说刘翠花、孙桂芬、蒋二嫂、周四孃在吗？四人从人群中走去，七爷说云山老汉这丧事阵仗大，你们四人负责洗菜做饭、掌盘摆席、切菜配菜，其他的人你们挑选。领头的说七爷放心，我们不是第一次了，保证圆圆满满，不出半点差错。七爷说周庭祖呢？周庭祖说在。七爷说龙杠不是在你家的么？你去把龙杠、绳索收拾好，抬云山老汉要十六人。周庭祖说村里只有八人抬的龙杠，没抬过十六人的。七爷说破例，这次破例，你去其他村借副龙杠，顺便也请他们来，看看云山老汉的丧事，羡慕羡慕他们。有人来了要有人接待么？七爷自言自语，他又点了几名年轻俊俏点的小媳妇、大姑娘，说端茶倒水、迎来送往就靠你们了，礼数要全，态度要好，这是村里的面子，就靠你们了。其他的诸如垒灶的、打井的、守夜的、添油的、烧纸的，七爷滴水不漏安排了。

　　这时有人想起孝子的事来，这可是大事，云山老汉虽然有儿子，但瘫了好些年了，总不能扶起来跪在地上，捧着瓦盆摔盆吧。七爷说是了，是了，咋把这大事忘了呢，他儿子睡在里间，有人照顾，这就不消管了。只是谁来当孝子呢？七爷后悔当初没跟云山老汉商量这事，这是大事呀。七爷站起来，扫视了人群几圈，眼前一亮，云山老汉的一个远族的小子站在人群里，七爷想就是他了。云山老汉穷且抠，不但和村人生疏，和亲戚也生疏，多少年不兴走动的，逢年过节，一走动总要给压岁钱呀。七爷走进堂屋，云山老汉躺在门板上，身上盖着两床被子。云山老汉躺的时候对七爷说要躺两天哩，天冷，你给我多加床被子。七爷说你这个老杂毛死了还怕冷？云山老汉说不是没死么？我怕冷得遭不住，爬起来吓倒大家。七爷给他加了被子，要走，云山老汉又说柜子里有糕，你给我塞在被子里。七爷说你想得真周到呀，连糕都买好了。

七爷走进堂屋，走近云山老汉身边，嘴里说死鬼，你也可怜，有个儿子还是瘫的，只有让赵小小给你当孝子了，你要不满意我也没法了。云山老汉的头微微动了动，七爷知道他是同意了。七爷说这就齐了，啥子都给你安排好了，你放心走吧。

福顺回来了，抱着红的、绿的、黄的、白的纸，背着满满的一背篓香蜡纸烛、鞭炮。他说让开，让开，烧纸钱的来拿点纸钱，点香烛的来拿点香烛，我要写挽联了。一时间，有人来到堂屋在云山老汉床前支好桌子，放了香斗点燃香，又在他床脚放了长明灯，香烟袅袅，烛火闪烁。云山老汉闻到了熟悉的香烟味，看见了闪烁的烛光，云山老汉心里那个熨帖，那个舒畅，盼了几十年，不就盼望着这一天吗？什么时候自己家的院里这么热闹过，平时就爷俩，一个瘫了，一个半死不活，院里死气沉沉，晦气重重，人们从门前走过，从来不会进来，怕沾了晦气。今天，残败、脏脏的院子被大家收拾得干干净净，院里院外，大人高声讲话，小娃娃嬉戏追逐，热气腾腾，欢声笑语，自己一辈子没享受过。讨哑巴老婆的时候，也就是老队长上门，吃了三杯酒，蒸了碗腊肉，煎了一碗鸡蛋，就算是办喜事了。云山老汉一阵感慨、一阵欣喜，他想这辈子也算值得了，穷困一辈子，潦倒一辈子，悲惨一辈子，总算在死的时候风光了一回。他在心里骂了村里几个人，这几个人都是格外看不起他的，刘汉轩你这老杂毛，你不就是做了口杨木棺材么？你不就是放过两饼鞭炮么？你就瞧不起人，随时拿话讥讽我，你是狗眼看人低，今天也让你开开眼界，让你晓得赵云山也是办得起大丧事的。

云山老汉想着想着就睡着了，梦游中他就走出堂屋走进院子，看见福顺正在展纸写字，有人帮他抻纸，有人帮他端碗，墨汁盛在碗里，福顺神气活现，没了平时的窝囊样儿。他手握毛笔，在碗里蘸了浓浓的墨汁，"刷刷刷"，笔走龙蛇，一会儿就写完一副挽联，众人叫起好来，他也不知道福顺写些啥，只觉得字大墨酣，笔笔相连，墨汁亮，看着舒心。福顺又拿一张方形的纸，换了大笔，只写一个字，众人又喝彩，说好精神，立得起、站得稳，天方地圆，精神饱满。这字他倒是认得的，一辈子参加过多少次葬礼，牢牢记住这就是"奠"字了。就有人拿着挽联"奠"字贴到院门上、门枋上，院里立即生动起来。

云山老汉的眼也亮了起来，不同啊就是不同，贴上这东西，咋就鲜活了呢。

七爷说时辰到，放鞭炮。他看见几个年轻人高高兴兴地去拿鞭炮，鞭炮放在墙角，怕有二三十饼吧，他心里有些不爽，这得要多少钱？逢年过节自己都舍不得放一饼，他们崽卖爷田不心疼呀！鞭炮呈一条长龙铺在地上，接着又是一条、两条、三条……鞭炮一响，人声鼎沸，群狗齐吠，整个院子、村子噼噼啪啪、噼噼啪啪，山摇地动，热闹异常。人们躲闪着、赞叹着，小娃娃忙着抢还没炸响的鞭炮，硝烟弥漫，好闻的味道让人忍不住打喷嚏。他看见大路上过往的外村人也被吸引了过来，赞叹道这是哪家办丧事了，好大的排场，多少年没见了。他听了心里一阵喜悦，刚才的不快烟消云散，再听听村里的人，说没听说过，赵云山老汉呀，我们村也是办得起大丧事的，你们还没见过他的棺材，柏木的，上百年的树做的，漆了十几道漆，照得见人影，拿手敲敲，钢板似的。外村人咂舌，说真还没见过哩，白活了，白活了。

云山老汉真想领他们去看看棺材，让他们开开眼界，可他说不出话来了。说不出就不说了，这时他听到远处有猪的惨叫声。他知道这时在杀猪了，他朝村里走去，王虎家门口支起了案桌，地下挖个坑，坑上是口大铁锅，坑里柴火熊熊，铁锅里热气腾腾。他看见王虎家的那只大肥猪，怕有三百多斤吧，是村里最肥最大最壮的猪，王虎平时赶猪出来晒太阳，那个得意劲。有一次他走那里过，想过去看一眼，王虎说没啥看头，也就是两百来斤，还是你好，耗子都没养一只，清清静静。围观的人笑起来，嘲讽的话接二连三甩出来，他窘得灰溜溜地走了。哼，你喂得再好又咋样，到头来还不是我的，让你过年喝清汤去。

他似乎又看见他的院里摆了几十张桌子，村里的、村外的，和他同龄的、年轻人、小娃娃、一家一家地坐在桌边。院里摆不下，摆到外边去了，那个阵仗，那个场面，那个壮观，八大碗：酥肉、红烧肉、坨坨肉、烧白、粉蒸肉、大刀圆子、小炒肉片，碗碗肉闪巍巍，红烧肉红得耀眼，大刀肉圆子肉裹得瓷实，一道道菜热气腾腾，香气扑鼻，他的喉咙动了起来，清口水流了出来。多少年没吃过这么丰盛的宴席了，平时就是洋芋酸菜汤、清水煮白菜，吃得脸色菜绿，眼睛发花，儿子馋凶了，买半斤肉提回来，白水煮一下，加些干辣椒炒一碗，看他一人吃了。现在这么多人坐在他家院子，笑语喧天，还大碗喝酒，猜拳划令，欢得尥蹄子，他心里怒气冲上来，恨不得把桌子掀了，很后悔自己做了个无聊的决定，让全村人来白吃白喝。这时七爷说话了，七爷说村里举办过这么大的宴席么？大家说没

◆ 唢呐声近

有，几十年也只有云山老汉有这排场，七爷说云山老汉抠了一辈子，省了一辈子，图啥？就图个死后热闹，就图个全村人想他、念他、羡慕他，你们说值不值？大家说值，也只有云山大叔有这气魄，有这能力，我们呢，只有羡慕的份了。他听了心里热流滚过，一阵熨帖，刚才的不快烟消云散。七爷说吃了、喝了，送殡的时候大家要使劲地哭，真心实意地哭，把云山老汉感动得从棺材里爬起来。有人说那不把人吓死么？死都死了，就安心地死吧。七爷说放屁，他人死了魂还在，看得见听得到的，你是真心实意，还是虚情假意，他清楚着哩。大家说好，我们一定使劲地哭，真心地哭，感天动地地哭，哭得稀里哗啦，哭得两眼红肿，哭得掏心掏肺，哭得嗓子出血。

烧纸的时候到了，他忙回到棺材里去，半大小子赵小小跪在棺前充当孝子，来人磕头，他就回磕，磕得认真，磕得像模像样。还有人哭，真哭，哭着哭着就讲些自己的伤心事，七爷说莫哭了，你要哭就只能哭云山老汉，不要扯你家的事，让人不晓得你到底在哭哪个。哭的人说好好好，我哭他，云山大叔呗，你咋说走就走，招呼都不打一个，你死了，我们咋活呀……

哭丧的人一拨一拨地来了，有村里的、村外的。有人听说哭丧有钱，按人头发，于是一家一家地来，上至七八十岁的老人，小到几岁的娃娃，也被按住跪着磕头，堂屋里院子里挤满了人，排队磕头哭丧。云山老汉盖着两床被子，一是天冷，二是盖着点脸，有个眼动眉挑也不大看得清。这个时候，他是真正地感动着，真正地自豪着，窝窝囊囊活了一辈子，几十年中谁也不把他当人看，谁也不正眼看他，村里杀猪吃刨汤，全村人都去的，唯独不请他。哪家有红白喜事，村里人都去帮忙，都会受到招待，都会留下吃饭，唯独他去，人家厌烦，手一挥说你回家歇着，这里人太多了，忙不赢再来请你。人家是嫌他埋汰，嫌他穷，嫌他抠门，尤其是办喜事，人家更嫌弃他，像撵狗样撵他……他闭着眼，听着磕头的声音，听着哭丧的声音，得意地笑了。你们嫌弃老子，到头来你们个个都成了孝子贤孙，你们哪个能享受全村人甚至外村人的磕头哭丧，几十年也只有我一个呵，龟孙子些。云山老汉正暗自得意，院子里有了争吵声，有人说我家来磕头的是五个人，咋个只算四个人的钱。负责发钱的人说吃奶的娃娃不算，那人说好好好，我让他磕给你看，接着抱着娃娃过来，按着他磕头，娃娃不愿，大哭起来，其他人说算了算了，就算磕过了，发给他吧。云山老汉听得清楚，心里一阵厌恶，又一阵寒心，这些人呀，只要有钱，啥事都能做，啥都做得出。

最隆重的时刻到了，随着第一声鸡啼，七爷说时辰到了，入殓，装棺。棺材正被众人抬到院里，云山老汉兴奋得心里狂跳，仿佛是出嫁的新娘即将坐上花轿，而这花轿，是方圆几十里最好的花轿呵。他听见村里人对他的棺材啧啧赞美，有人说活几十岁，第一次见到这么好的棺材，四个整头的，这漆怕上了十几道，人都照得到影子哩，云山老汉这辈子没白活。有人说你不是说你的棺材好么？做棺材时云山老汉去摸一摸，你还骂了人家，那人说不怕不识货，就怕货比货，我不是没见过他的棺材嘛，就你能掐会算。

七爷来给他换寿衣，同时轻轻掐了他一下，示意他不要动，配合好，他在布单下挤了一眼，调皮又得意，就像出嫁的新娘一样兴奋。他想象着自己穿了新衣的样子，有些羞涩，有些新鲜，更有些欣喜。几十年了穿得破破烂烂、窝窝囊囊，当新郎官时也就是换了一套洗过的全是补疤的衣服，这次终于体体面面地让村里人饱了一次眼福。衣裳、裤子是青布的，白布衬衣、布纽子、白底青布鞋子，新崭崭，整整三套，看得村里人啧啧赞叹，都说自己是白活了，像这样的死，真是值得了。当把他放进棺材的时候，他舒服得差点叫出声来，几辈人就他一个人这么光鲜，这么体面，这么风光。人啦，草木一般低贱，到这

唢呐声近

份上能有几人，方圆几十里也就他一人了，这都不死，活着还有啥意思。他寻思着，是不是真的死了算了，功德圆满了，孝子贤孙一大片，丧事隆重而体面，棺材让全村人羡慕，再不死，活下去就无聊了……盖棺时，七爷按他们的约定给他留了一条缝，等热热闹闹、隆隆重重把他抬到坟山时，再把棺材盖掀开……

随着一声起棺，鞭炮噼噼啪啪响起来，两副龙杠，十六个抬棺人整齐而有序地走起来。孝子摔盆的声音清晰而响亮，全村人按老少长幼排着长长的送葬队伍，执幡的，抬灵牌的，念经的，披麻戴孝地白了山村，白了村路，迤迤逦逦好不壮观。哭声响起，长号的，短叹的，撕心裂肺的，缠缠绵绵的，苍老的，稚嫩的，还有婴儿的啼哭。云山老汉此刻心满意足又百感交集，欣喜若狂又莫名惆怅，他忧心忡忡，百般焦虑，去坟山的路说长不长，说短不短，哭声渐渺，路在一寸一寸缩短，他几次想伸手把棺材盖合拢，只要一合拢，他就真的享受了这场葬礼，就真的享受了这副棺材，但儿子呢？和儿子的约定呢？不能为了自己享受就真的死了，这让他很纠结，很痛苦，很难决断。随着棺材的颠簸，随着抬棺号子的呼叫，他知道坟山地快到了，快到了，这棺材盖，该不该合拢呢？

终于，唢呐声近，声音苍凉悠远，忽缓忽急，叫人心碎，白云悠悠，远山悠悠，唢呐声渐渐低了，他知道，坟山近了。他的手还是放下了，为了还躺在冰冷的后屋的儿子，他还是百般不忍地放下了死去的念头……两滴冰凉的泪水，顺着脸颊流了下来……

我叫孙芸芬

一

　　半斤酱油，一斤生醋，一包味精，一斤盐，民娃奶奶报出她要买的东西。小卖部周大爷一边应着，一边拿她要的东西，东西备齐，问要不要塑料袋。民娃奶奶说不要了，我用衣兜装，说着撩起蓝布衣服的下襟。周大爷说民娃奶奶，新房子都修起了，还舍不得一个塑料口袋的钱？也就是五毛钱，你省了干啥？钱还能带到棺材里去？民娃奶奶说新房子是儿子修的，他在外打工十几年，苦成了个废人，也就五十来岁，走路都挂棍子了，我忍心用他的钱？周大爷说你不要装穷卖苦了，我晓得这些年你是攒了些钱的，我又不找你借，你抠啥？民娃奶奶晓得大家知道她的根底，瞒也瞒不住的，就说我是鸡脚杆上刮油，米汤水里滤渣，推浆滤水磨手掌皮，攒了点钱，这点钱够干啥？还要攒起劲苦哩。周大爷说你攒了干啥？怕儿子不为你养老送终？

你儿孝顺哩。民娃奶奶说儿子是孝顺，为了修房子，人也苦残废了，我也不指望他养，我还苦得起。周大爷说你日子也过得太紧巴了，民娃奶奶不是我说了，你自己推豆花做豆腐，连豆花豆腐都舍不得吃，尽吃豆渣，还要掺黄白菜边叶，何苦呢？你这身衣裳，自打我开小卖店起，怕有十来年了吧，还是这身衣裳，烂成啥样了。买东西你不付现钱，钱都拿去存起，你攒起钱干啥子？民娃奶奶说我有用哩，说时脸上有了幸福的表情，暗淡的眼里难得地闪亮了一下。

在一本翻得卷了边的小本子上，周大爷把她买的东西记了数，然后写上民娃奶奶几个字。民娃奶奶说你写错了，我叫孙芸芬。周大爷吃惊地看着她，民娃奶奶，你识字了？你啥时识的字？民娃奶奶脸上有些羞怯，也有些骄傲，你不相信吧？你们都以为我是睁眼瞎，当面写骂我的话都不晓得。我笨是笨，学了一个多月，还是学会十来个字了，孙子教的。我的名字也学会了，孙芸芬，大大方方，亮亮堂堂的，不光会看，还会写哩，我写给你看。周大爷说别写了，别写了，我信。说着要把小本子收回去，民娃奶奶说别忙着收，你还没把我的名字改过来哩。周大爷说不消改了，全村人，甚至周围村里的人，谁不知道你是民娃奶奶，我还怕你讹我。民娃奶奶一脸固执，改过来，改过来，猪有名，狗有姓，我家的猫还叫兴旺，我家的猪还叫发财哩，我活了一辈子，快埋进土里的人，连个名字都不配有？周大爷见她有些生气了，忙说好好好，我改，我改。改了名字，民娃奶奶脸上有了笑容，她把本子接过去，看着上面的字，念叨着，孙芸芬，孙芸芬，好，好呵，我有自己的名字了，说着哈哈哈地笑了起来。周大爷一脸茫然地看着她，心里犯嘀咕，这民娃奶奶是咋的了，活了一辈子，黄土都埋到脖子了，却非要把民娃奶奶改成孙芸芬。年轻时，大家喊她家顺家妈，有了孙子，叫民娃奶奶，有啥不好呢？就是一个人，非要叫名字，叫了名字，大家反而认不得了，真是莫名其妙。

最近一段时间，民娃发现奶奶每天都要搬个小凳子坐在他身边，歪着头看他读书写字。他说奶奶你去忙吧，你不监督我也会好好读哩。她说我不是监督你，我是馋你写字哩，民娃说这有啥馋哩，又不是火腿月饼，民娃最爱吃火腿月饼，但一年只有中秋才吃得到。孙奶奶说比火腿月饼馋人，你说你这字，写得顺顺溜溜、整整齐齐，一篇写了密密麻麻的这么多字，奶奶不要说认识这么多字，能认得自己的名字都不错了。民娃说奶奶你还有名字？孙奶奶有些生气，咋没名字？你奶奶又不是从石头缝里蹦出来的，孙猴子还姓孙哩，奶奶连名字也没有了？民娃说那大家都叫你民娃奶奶，都习惯了，你也没说啥，咋突然想起要叫名字了？孙奶奶说以前是以前，现在是现在，我不能一辈子连个名字都没有。民娃说应该、应该，只是奶奶怎么突然想起名字？突然这么重视起名字来？孙奶奶一脸怅然，是呵，几十年了，就这么稀里糊涂过来了，人活一世，草木一秋，就是芨芨菜、羊贴根叶、水芹菜、蛤蟆叶都有名呢，我不能这么莫名其妙地活一辈子。

　　这些日子，她不断地做一个梦，做梦以前也有的，她爱做梦，一睡下去梦就一个接一个，像演电影样，只是那些梦是凌乱的，东拉西扯，藤藤蔓蔓，剪不断，理还乱，醒后就忘了。最近的梦却清晰得很，就一个内容，是她娘来找她，当然各个梦也有不同情节，不是这样就是那样，但都有个情节，就是她那死去的老娘，总是不断地叫她的名字，孙芸芬、孙芸芬，你这死姑娘，疯到哪里去了，还不回家吃饭。她在梦中很迷茫，娘是叫谁呢？谁是孙芸芬？她从来没听说过这个人，娘是不是老糊涂了，叫别人的娃呢？接连不断的梦里，娘都以各种方式出现，有时在山坡上割草，喊孙芸芬，你这死娃娃，你不要去追蝴蝶了，来帮娘背点草，我背不动了。娘抬起热汗涔涔的脸，递过一个小背篓，装了些草在里面。她不理，仍然去追蝴蝶，娘生气了，说孙芸芬，你是皮子痒了，三天不打，上房揭瓦，一天只晓得玩,家里的猪还饿着呢。她说我晓得你喊哪个?你喊孙芸芬,你就等她来背吧。娘更生气,喊你呢,你莫装聋作哑。她说我叫孙芸芬么?怎么我不知道,人家都叫我家顺家妈、民娃奶奶呢。娘更生气,你不叫孙芸芬叫啥子?连自己的名字都不晓得,你硬是猪狗不如了,娘的话让她又生气又伤心,娘说她连自己的名字都认不得,硬是猪狗都不如了。伤心的是你们跟我说过我叫孙芸芬么?她哇哇地哭起来,哭得好伤心好伤心。娘说哭啥子,记好了,你叫孙芸芬,叫孙芸芬,不要死了都没得人知道你叫啥名字。她在哭声中醒来,醒来还满眼是泪,醒来还在伤心不已,她的老伴已死了三年,如果活着,肯定会被她的哭惊醒的,肯定会问她为啥哭得这样伤心。

想起老伴,她有些想念了,与老伴的婚姻,是父母之命,媒妁之言,见都没见过一面就嫁过来了。她的家在山区,山高坡陡,风寒水凉,出产极差,老伴家在坝区,虽然也贫穷,但出产比山区好多了。他家来提亲,娘和爹连人都没见到就答应了,屋里放着提亲人送来的一百斤大米、一只火腿、十斤红糖呢。对山里人家,这就有很大的诱惑了。换了生庚八字,他们连叫啥名字都没问就走了。

结婚那天,有人问新娘叫啥名字?他爹说不晓得,没有问。人家说那咋称呼呢?他爹说叫家顺媳妇就行。没有娃娃的时候,一村的人都叫她家顺媳妇。乡街赶集天,她们说家顺媳妇,一起去赶集。她也没觉得什么,嫁给家顺了,就叫家顺媳妇也是好的,只要喊得答应就行了。家顺媳妇,这段布料鲜艳,正合新媳妇穿。她答应着哎,去看布料了。家顺媳妇,你家煤油还有没有?打点煤油呀。有人说人家天一黑就钻被窝,省油哩。她羞红了脸,说没有了,没有了,我家家顺在识字哩,费油。那个大嫂打趣,识字,怕是在你肚皮上识字哩,忙都忙不赢还识字,哄鬼哩。大家哈哈大笑起来,弄得她脸如红霞飞。

孙奶奶不禁恨起公公婆婆来,去提个亲,连名字都不问一个，好比她就只值那一百斤大米、一只火腿、十斤红糖么？就是买只小猪来，有的人家也要起个名字，叫顺生，叫发财，叫胖娃啥的，自己就猪狗不如了么？男人也混账，也不问她叫啥名字。反正是个女的就行了，一辈子没叫过她的名字，当然问了她也答不出来，只晓得在家里爹和娘都叫她二妹，连她自己都不晓得自己的名字，也怪不得他了。

娘连续不断地托梦来，不断地叫她的名字，她觉得自己是该有个名字，活一辈子连个名字都没有不是白活了么？问题是她是叫孙芸芬么？梦里娘从来没回答过她这个问题，姓孙是没有疑问的，她爹就是孙老贵嘛。如果她叫孙芸芬，为啥从来没听他们说过自己的名字，她也没上过学，学校的老师几次三番来动员她上学，爹娘就是不答应，家里弟妹多，要把她当劳动力哩，要带弟妹，要帮着撑起家哩。再说，爹娘历来都认为女娃是别人家的，帮别人家养的，自然不会让她去读书，如果去读书，肯定就知道名字了。

她决定回一趟娘家，又是好多年没回去了，父母都早死了，弟妹们都成家或嫁到外村去了，都是有孙子的人了。父母不在，她就少了些回去的念想，这一次，她觉得一定要回去一次，一是给父母上坟，以免老娘天天托梦来找她；二是要去弄清她的名字是不是叫孙芸芬。几十年了，大家都没叫过她的名字，她是无论如何也要把这个名字叫起来的，要让全村或外村的人叫她的名字，这是何其难的事，大家都叫惯了的，要改口是不容易的事，她晓得要费很多工夫。但不搞清楚她的名字，不是白费工夫么？

娘家的村子叫清风寨，这名字很像土匪盘踞的地方，实际上寨子里的人都老实、善良，甚至有些木讷。这里天寒地冻，出产极差，只产荞麦，蔬菜也种不出几种，只有洋芋、萝卜、白菜，吃个辣椒都要到坝子去买。在她印象中，村里的房子都是土舂的，茅草盖顶，低矮而昏暗，路上的土因为干旱，全是尘土，盖过脚背。当年丈夫家来提亲，听说是坝子里的，连想都没想就答应了。那个时候，人家连啥名字都没问，娘家更不会说，吃饭要紧，活得更好一点更要紧，名字啥的，有那么重要么？

现在去清风寨，是通了汽车的，当年出嫁娘家借了一匹马，走走骑骑嫁过来的。儿子给她买了票，问她回去干啥？外公外婆都不在了。她不想讲此去是核实一个叫孙芸芬的名字，弄清后，她要纠正所有人之前对她的称呼，她要堂堂正正地做孙芸芬。她说外公外婆不在，你舅舅孃孃还在，我要去看他们。

也没买东西，这些年农村变化很大，她知道连回清风寨的路都是柏油路了，小超市、小卖部那里都有，要买东西到村里小卖部买，省得一路又背又提，磕磕绊绊的。

换了套新衣服，这是儿子在她过生日时买的，一直舍不得穿。她还洗了澡，把头梳得光光生生的，回娘家嘛，不能邋里邋遢。多少年没回娘家了，她的心里还是有些怯，有些慌，有些兴奋。好多年了，回娘家也就是数得清的几次，最近的一次是老娘病逝，也有十几年了，娘家对她来说是个惦记，是个寄托，是她生命的根。但是有了生命连个名字都没得，这叫啥事啊，不是娘的呼唤，她恐怕死了也糊里糊涂的。她的墓碑上，肯定也是王孙氏，多少年后，后人讲起来，她依然是个连名字都没有的人。

二

清风寨比她想象的还要好，还没到寨口，远远地就看见迤逦起伏的山坡上一大片、一大片金黄的花，那花黄灿灿的，随着山坡的起伏，像海浪一般涌向天际。她不知道那叫啥花，为啥种这么多，不拿来种庄稼，人呵、猪呵吃啥子？车上有人就是清风寨的，说这花叫万寿菊，是一种药材，可提炼高档药，专门有公司收购的，花多了，城里人来看得多，又搞起了旅游。她很感慨，变了、变了，不是原来的样子了。

进了寨，迎面就看见几栋砖混结构的楼房，两层、三层的都有，宽敞、实用，但没有坝子里的好看，这也叫她赞叹不已了。过去那房子，土墙茅草顶，裂口开得老深老深，门口照例是泥塘，粪草沤在里面，猪在里面打滚，苍蝇蚊子成片飞，热天臭得打脑壳。现在尘土掩过脚背的土路成水泥路了，家家门口的粪草塘不见了，全部平整了，门口留了水泥地面，其余都种了花草和蔬菜。一家门口前，空地很大，怕有一亩吧，搭了塑料大棚，钢架支撑的，里面种了绿油油的蔬菜，同行的那人说这就是孙三伯家了，他家在搞农家乐呢，塑料大棚种的都是我们这里不出产的，番茄、茄子、洋花菜、黄瓜，啥都有，他家的人可能干了。孙奶奶百般感慨，她家原来在村尾，很偏僻，门口是土路，是粪草塘，宽倒是宽，但连树都没得一棵。娘去世时她来过一次，房子翻修过了，一连三间，是砖墙、瓦顶，那次她就很震动了，觉得这个兄弟有本事，在村里率先修了砖房，没想到现在更叫她震惊。兄弟家的房子是三层钢筋水泥房，不仅高大气派，还挺洋气，房顶是尖顶，像电视里外国人住的房子，这在寨里是第一家了。

她是老二，这个兄弟是老三，其他几个姊妹嫁到外村去了。这个兄弟从小调皮捣蛋，虽然穷，但爹娘宠他，啥都惯着他，她原以为他能走正道就不错了，谁想到就他最有出息。他先到城里打工，吃了很多苦，由于脑袋灵光，几年后当了小包工头，赚了些钱，就回来修了房子，搞乡村旅游了。正隔着塑料大棚看蔬菜，一个人从外面走来了，姐，来啦。她一看正是兄弟。他说估摸着你快到了，到村口接你，错过啦。

兄弟也是当爷爷的人了，但身体好，红光满面，精神爽朗。进了屋，兄弟媳妇从厨房出来，说大姐来了，好多年了，你也不来走一趟，忘了我们，忘了娘家了。这一说，她心里不禁有

我叫孙芸芬

些酸楚。这些年，她在忙些啥呢？儿子勤劳，吃得苦，就是稍有些木讷，进城打工，只会出笨劳力，虽然也挣了点钱，修了座砖混平房，但把人苦残废了，拄着棍，只能做些轻松点的活了。自己勤劳苦做，推豆花，做豆腐，养猪、种菜，拼命地干，攒了点钱，一是要留点供孙子读书，她还有个更大的心愿，谁也不知道，她要回娘家为爹娘修坟。爹娘的坟只剩个矮矮的土堆了，兄弟算是有些钱，但她提过几次，他都支支吾吾，说以后吧，以后吧，先把活人的日子过好。她还想修老伴的坟，修自己的坟，不能光有个土堆堆就行了，风吹日晒，猪拱羊刨，几年就矮得快见不到了。人活一世，草木一秋，总要给后人留点念想，要不然连个影子都没有。她还想修石碑，石围子的那种，这种墓她在坝子见过，说是以前的地主老财家的。石碑高大，雕有各种图案，石碑上密密麻麻地刻了好多名字，从儿子辈到孙子辈到重孙辈，清清楚楚，明明白白。石围子也大，尽管围子顶上长满了杂草，还是气派得很。她想在几座碑上都看见自己的名字，千万不要写上什么氏、什么氏，她才不是什么氏，她要有名有姓！

　　要修几座石碑、石围子的坟是要一大笔钱的，这个念头折磨她好些年了，爹娘苦了一辈子，养育了自己，要修，并且要名正言顺、亮亮堂堂地刻上自己的名字，也昂头做一回人，也知道自己的来路和去路。老伴的要修，自己的更要修，老伴人本分、善良、勤劳，对人好，对自己也好，没打过骂过，不像村里其他男人，动不动就打老婆，咒祖先八代。那时日子虽然苦，也还过得顺心。自己的呢？要修，并且要单独修，修在老伴坟侧边，石围子、青石墓碑，刻上生卒年月，刻上自己的名字，名字还要刻得大大的，要请村里大字写得最好的姜老师写，听说他的字在县上参过展，得过奖呢。

　　这个念头埋在她心里很久很久了，钱也攒得差不多了，谁也不知道她有多少钱，连儿子也不知道。大家都晓得她日子过得寒酸，过得抠门，也晓得她是攒了些钱的，只不知道她攒来干啥？家里无人的时候，她会把藏着的钱拿出来数，数着钱，她心里无比熨帖，无比温暖。

吃饭的时候，兄弟的两个孙子回来了，娘去世时，这两个孙子还没出生呢，转眼间一个读六年级，一个读四年级了。看着两个活蹦乱跳、聪明伶俐的娃，她好生喜欢，摸摸这个的头，捏捏那个的脸，一声大姑奶把她的心都叫酥了，她从袋里摸出钱来，一人给了三百。拿钱时，她的手有点抖，原来是不打算给这么多的，给个百把块钱也差不多了，她的钱真的是从推浆磨水、滤帕里攒、牙缝里抠出来的，但一高兴，就拿出这么多了。想想也是，人这一生，不是像树上的果、藤上的瓜一样，有树有藤，血脉相连，有生有死，代代相传么。

她说憨憨，你今年也六十五岁吧？孙子都这么大了。兄弟说六十五岁了，不过你以后不要叫我憨憨了，多难听。两个孙子调皮，说爷爷叫憨憨，憨斑鸠的憨，憨憨。兄弟媳妇说不准乱叫，这是你爷爷哩。她有些过意不去，说不能乱叫，不能乱叫，那叫啥呢？兄弟说我给自己起了名字，叫孙正兴。进城要有身份证，现在我就叫孙正兴。她说好是好，只是爹娘当初给取的啥名字呢？兄弟有些愤愤不平，取啥名字，养了一窝娃，锅都吊起了，他们有啥心肠，生一个，憨憨，生两个，芬芬，生三个翠翠，叫得应就行了。

她想这就麻烦了，比他们大的老年人都死得差不多了，找谁问去呢？既然爹娘胡乱地叫些小名，稀里糊涂几十年了，为啥娘还要接连不断地托梦来，在梦里清清楚楚、明明白白地叫她孙芸芬呢？娘是在提醒她什么呢？是不是觉得她都快七十岁的人了，连个名字都没有，这一辈子也过得太糊涂，过得太窝囊了。娘在呼唤她，在叫醒她沉睡了几十年的名字。

吃完饭去上坟，自娘死后，她十多年没回家了，有时想来，但不晓得在忙啥子。前些年，要帮儿子支撑着家，儿子在外打

我叫孙芸芬

工，丢个家给她能不管吗？这些年，儿子回来了，房子修起了，她要忙着推豆花、做豆腐、养猪、带孙子，想想也愧疚，直到娘不断地托梦来，不断地叫她的名字，才动起了回娘家的念头。

爹娘的坟在村后的一个小山包上，没有树，全是枯草，看着也凄凉。坟是土坟，风吹、日晒、雨淋，只见到一个矮矮的土包包了，坟上还塌陷了一个洞，看得她心酸无比。她和兄弟给坟培土，心里不免埋怨兄弟，爹娘就在你们身边，不修坟也罢了，起码年年来培下土，让坟有些样子。兄弟总说忙，忙啥呢？就是不断地赚钱罢了，钱这东西，没有想有，有了更想有，总是赚不完的，你们住砖房，让爹娘住土堆堆，心里也安？

这让她更加坚定地要为爹娘打石碑、修石围子了，到时候和兄弟商量，他愿意出、出多少，由他。实在不愿，她就一个人出，只是必须落上她的大名，排在前面是必须的。字么，一样大也就罢了，没必要争的。

培完土，为爹娘烧纸，纸钱蜡烛村头小卖部有卖的，她买了很多。她想轻易不回来，往年的七月半她也烧，但现在是在爹娘的坟前烧，烧完他们直接就可以领去了，少了阴间的邮递。烧着烧着她哭起来了，先是小声地抽泣，接着大声地哭起来，她边哭边述说。这个地方有哭坟的习惯，一边哭一边述说对爹娘的思念，其中不乏对过去苦日子的述说，既有思亲之切，又有对苦日子的追述之痛，絮絮叨叨，哀哀怨怨。想到老娘在梦中叫她的名字的事，她说娘呀，你天天叫我的名字，我今天到你面前了，你告诉我，我是不是叫孙芸芬？如果是，你就把我点燃的这根蜡烛吹熄了，我以后重新为你们打碑打石围子，你说是不是呀？

蜡烛点燃了，坟头的草似乎动了一下，但风就悠悠地吹过去了，蜡烛的火焰摇了一下，没有熄。她哭得更伤心了，埋怨道，娘呀，从生下到出嫁，你们都没叫过我一声名字，我都老了，你又来梦中叫我的名字，你到底想告诉我啥子？你若是想让我知道我还有个名字，也不枉来人世一趟，你为啥不证实我就叫这个名字呢？你就不能把蜡烛吹熄？我要弄错了咋办？与其张三李四王二麻子裹缠不清，还不如不要叫我……

兄弟见她老是不起来，哭哭啼啼讲半天，不耐烦起来，得了，得了，起来走了，一个名字就那么重要，没得名字你还不是活了一辈子，只要喊得答应就行了，名字就那么重要？她说不重要，不重要你的小名叫憨憨，你为啥要自己取孙什么兴。兄弟说孙正兴，正确的正，兴旺的兴，我取名是为了办身份证，身份证上写个憨憨，不是叫人笑掉大牙么？我现在也是有家有业、有名有姓的了。她说你倒有名有姓，我就该没名没姓？兄弟说，你要名字干啥？你又不出去打工，又不办身份证，户口册上有个名字就行了。对了，你户口册上写啥名字？她说，哪有名字，你姐夫叫人家填上王孙氏，那是名字么？兄弟说你实在要取名字，干脆就照我这名字改个字就行了，就叫孙正芬吧。她说放屁，名字是爹娘取的，咋个由你来取。我给你讲，这段时间娘天天托梦来，叫我孙芸芬哩。我想他们是给我取过名字的，不然咋会这样叫。兄弟说既然这样叫，你就用这名字得了，你咋还要瞎折腾呢？她说我听她叫孙芸芬，只是不晓得哪个芸，哪个芬，名字是不能错的，错了还有啥意思呢？再说，始终是梦里叫的，没得活着的人来证实，咋知道是对的还是错的？

三

兄弟被她的执着打动，他想他这个姐姐一生确实不容易，他们出生在这样高寒冷凉的山区，日子过得实在太艰辛，她上头还有个哥哥，得病死了。大姐很小就担起了生活的重担，还没水缸高就煮饭、喂猪、打猪草，带弟妹。他记得他很小时，大姐就带着他去找猪草，天黑了，找了一大背猪草，背篓几乎到她脚后跟，背着小山样的猪草，还要牵着他，一步一步挪回村。大姐背猪草的样子，深深地烙入他的大脑，至今难忘。那时哪里还会想啥名字，想的是咋个做活，咋个吃饱饭。现在，自己的日子算是过得红火了，大姐家也修了新房子，孙子读了书，她还推豆花、做豆腐，日子也好了起来，人也老了。老了，老了，想有个名字也是正常的，雁过留声，人过留名，连个名字都没得，这一辈子也太窝囊了。

兄弟和她盘点着寨里比他们大一辈的老人，刘四爷，早死了；周三孃，也死了好几年了；赵五耶，死得更早，骨头都怕烂掉了；孙小耶，本家叔叔，去年也死了，盘去盘来，这辈人都没活着的了。兄弟媳妇不耐烦，说不要费劲了，我硬是想不明白，大姑奶专门跑这趟为哪般？你这种年龄，吃好、玩好就行了，房子也修起了，孙子也大了，手头有钱，到处去玩。多少年，你连门都没出，这趟来，我还以为你是来看你兄弟，来上上门，散散心，哪不防你是来找名字的，这是何苦呢？兄弟说你懂什么，不懂就不要多嘴。兄弟媳妇说我不懂，我不懂，你懂你去找吧。

最后终于想起还有一个他们叫小舅奶的人，这小舅奶年龄比爹娘小了好些，但辈分大，还是得规规矩矩地叫。这个小舅奶嫁到外村，好在不算远，也就是十多里路。

才出门，兄弟媳妇就说早点回来，大棚蔬菜还没浇水，鱼塘的鱼还没投食，热水器开关坏了，不换好客人来了咋用。兄弟说晓得，啰里吧嗦烦球死人。她说女人都这样，正常的。

在小卖部买东西，兄弟揣着手，她忙把钱给了，这是办自己的事，舍不得也要舍。平时在村里买东西，只舍得买点生活必用品，都是赊着钱，像奶粉、麦粉、精油这些东西，她从来没买过，孙子要点小蛋糕、奶糖，也就是买一点，自己从来舍不得吃，心里有点疼，还是大方地数了钱。

十几里山路，尽是爬山。山陡，羊肠小道，实在难爬，兄弟说这村也通了路的，但要多走十多里，还是爬山算了。刚下过雨，这条羊肠小道又湿又滑，一不小心就会跌下身边的悬崖。她虽然长期在农村，是吃得苦的人，但毕竟上了岁数，就爬得十分艰难，好几次差点滑下去，还是兄弟出手快，一把抓住了她。走走歇歇，气喘吁吁，兄弟说朝回走吧，到大路上去搭车。她看看天色，返回大路天快黑了，今天就去不成了。兄弟说明天去咋啦，那年娘要落气捎信叫你来，你也没这样急。她说我是急着赶路，那些年没有车，你也晓得的，没接上娘的气，我难过一辈子哩。

拗不过她，兄弟接过她的东西，这样她就轻松一点了。一路跌跌撞撞、磕磕绊绊，终于在黑时赶到了小舅奶住的村庄。

小舅奶快九十岁的人了，头发全白，牙齿落完，脸像风干的枣，人萎缩得小小的一团，睡在床上。小舅奶的神智还清晰，讲了半天，辨认了好一阵，终于想起，颤颤巍巍地拉住她的手，乖儿，你是二妹，你多大了，头发都灰白了，几十年没见了，你咋想起跑恁老远来看我？她说是呵，几十年了，从我出嫁就没见过你老人家了。我想你了，老一代人中，就你老还在，看见你就是看见爹娘哩。小舅奶喜极而泣，说我也是泥土埋到脑门顶的人了，心想这辈子再也见不到你们了。小舅奶擦擦昏花的眼，这位是？她说是我大兄弟呀，你认不出来了？小舅奶说是憨憨，成老头了，只是壮着呢。乖儿，你都怕当爷爷了吧？

吃完饭，他们围在舅奶奶床边，扯东扯西，一会讲他们的爹娘；一会讲王四婶、张三孃；一会讲院里的那棵老枣树；一会讲小时候他们的事。小舅奶的儿子说好长时间老人家没这样高兴了，一天吃了睡、睡了吃，昏昏沉沉的，今天少见她这么精神，因为是见到了娘家人。

眼见老太太眼皮奄拉下来，说话有一句无一句，她心里着急起来，再不问，老太太就睡过去了。她忙说小舅奶，老一代在世的只你一个人了，我想问你一件事，你晓得我叫啥名字不？啥？你问你叫啥名字？乖儿，你不是叫芬芬么？连你的名字你都不晓得？她说我晓得，二妹是小名，我问我的大名呢。舅奶奶说啥大名，那时候起啥大名，都是憨憨、强强、柱柱地叫，哪有大名。她说我娘托梦来，叫我孙芸芬哩，小舅奶说你叫孙芸芬？我咋不晓得？我从来没听你爹娘说过哩。小舅奶这样一说，她的心凉透了，现如今世上所有活着的老人中只有她一个了，她不知道也就没有谁知道了。累死累活、巴心巴意跑这么远来，却是这样的结果，这让她灰心极了，失望极了，她难过地低下头，眼泪都快出来了。兄弟说小舅奶，你再想想，我爹娘真的给我姐姐起过名字没有？小舅奶眼皮抬了一下，说他们起个鬼，扁担倒下也认不得是个一字。倒是小学校的小刘老师给你取过名，她要叫你去读书，说给你取个名。

她失望极了的心又燃起了希望，只要有人晓得就好，如果是小刘老师取的，那这名字就不会错，她是识文断字的人，那个芸、那个芬一定不会错的。她高兴地说小舅奶，今天你也累了，来，再吃点橘子睡吧。说着打开带来的橘子罐头，用勺子舀了喂小舅奶吃。

第二天，一大早就往回赶。到了兄弟家，兄弟是不愿再陪着她跑了，他有一大堆事要做呢。他想她也太固执了，想有个名字他也理解，一大把年纪，说死也就死了，连个名字也没得，她是不甘心的，也是窝囊的。但既然娘叫你孙芸芬，那就叫孙芸芬吧，她硬是要弄清是哪个芸、哪个芬，好像弄错了就像考上大学人家不认你。兄弟不想去，兄弟媳妇冷嘲热讽，她想她自己去吧，费了这么大劲，难道还是稀里糊涂回去？

先去村里的小学校，村里小学校在村后的小土坡上，过去就是一排土舂的茅草房，是村里的牛厩改的，显得单薄矮小，只有三个老师。现在是完小了，学校修得真好，几层高的教室，教学楼、花园、操场，比他们村的学校也不差。

问了学校的老师，都是年轻老师，谁也不知道。校长来了，知道了她的来意，校长热心，说我帮你翻翻学校老师的档案，就晓得了。校长带她来到一间房子，找出一沓一沓的教师档案，翻到了当时三个老师的情况，小刘老师早就退休了，她家在县城，当时就她一人是公办教师。

兄弟不再劝她，帮她买了去县城的车票，又装了一袋核桃、一袋板栗、一袋大枣。说城里啥也不缺，你也不要再买东西，他们稀罕这。

四

到了县城，循着线索，终于找到当年在村小教书的那位老师，老人家当年就是十五六岁的小姑娘，现在也八十来岁了，上了年纪，但眼不花耳不聋，身子骨还好，就是走路有点蹒跚。她回想了当年的情况，说你家就是村西老孙家？你家门口有棵枣树？她说当年我到你家动员你父母，让你来读书，他们死活不答应，我说先登记一下，好歹也让我不白跑。他们说你没名字，我说这怎么可能，猫呵狗呀都要有个名字。他们说真没有，老师给起个吧。我记得清清楚楚，给你起的名字是孙芸芬。她问是哪个芸、哪个芬呢？老师说是云彩的云上面加个草头，大白芸豆的芸，芬是分开的分加个草头。她心里踏实了，这可找到源头了，老师说得笃定错不了。她请老师用笔给她写下这几个字，老师找了纸笔，大大地写下了。

那张纸她揣在贴近胸口的口袋里，她终于有了名字，就像她终于找到了生命的源头一样。

在孙子的耐心指导下，她一笔一画，反反复复，不厌其烦，终于学会这三个字，并且会写了。

她出门去，遇到周三婶，周三婶说民娃奶奶，你去哪？她说不去哪，出来走走。周三婶说你一天忙得脚不沾地，有工夫

我叫孙芸芬

出来闲逛？她说也不是闲逛，有事哩。周三婶说有啥事？她说我给你讲，你以后不要叫我民娃奶奶了，叫我孙芸芬。周三婶说你啥时有名字了？孙芸芬，几十年都没听说过，咋就有名字了。她说我是有名字的，只是没叫。周三婶说嫁过来就没名字，叫王孙氏哩。她有些不高兴，说以前不晓得，现在晓得了，你以后就叫我孙芸芬吧。周三婶说那多不好，你都快七十岁了，还叫名字，多别扭。她说叫芸芬奶奶吧，我姓孙，没姓王。周三婶说你老颠东了，村前村后，方圆几百里，哪有这种叫法哩，你这不是乱了规矩。她说你们才乱了规矩，自己姓什么都忘了，姓别人的姓，你不姓周吧？嫁给了周新仁，别人就叫你周三婶了。周三婶说民娃奶奶，你今天是怎么了？是不是老糊涂了，还是得病发高烧了，你咋突然想起要这样了？她说我清醒着哩，也没得病发高烧，是我娘托梦来叫我的名字哩，要不然我也不晓得自己还有个名字，稀里糊涂就过一辈子了，死了连个名字都没有。接着她就絮絮叨叨地讲了她娘连续托梦的事，讲了去清风寨娘家寻根，去大山深处小舅奶家问缘由，去县城找小学老师求证的事。周三婶听得心烦，她要去地里浇水，找猪草，捎带一些菜来做早饭呢。她说民娃奶奶，我晓得了，改时我又来听你摆。她说你看你，跟你讲了这么多，还是叫我民娃奶奶，讲半天白讲了。周三婶忙说好好好，我记住了，你叫孙奶奶。说完抽身要走，她说你没说出我的名字哩。周三婶说你叫……她说你看，你看，讲半天你还是没记住，我叫孙芸芬哩。周三婶说记住了，记住了，你叫孙芸芬。她高兴了，说周三婶，来我家玩，我包火腿芯子的汤圆给你吃。周三婶忙不迭地说要得，要得，说着抽身就走。她在背后说你娘家姓啥？弄了半天，我还不晓你的名字哩。周三婶边走边说改时讲，改时讲。心里说真是遇到鬼了，这民娃奶奶是不是中了邪，老都老了，为个名字折腾成啥了，又是回娘家，又是找啥小舅奶，还进了县城，就是真的叫孙芸芬又咋呢？你就多长了一斤肉，你就鸡变凤凰了，在土里啄吃，翻毛鸡还是翻毛鸡。

周三婶想遇到她得躲着走了，要不然耳朵起老茧是小事，你还得赔上很多工夫，遇到急事，更不得了。

在这里我们要叫她孙奶奶了。

孙奶奶在村里走，村巷寂寥，几无行人，年轻的、中年的几乎都进城打工了，像儿子这样的，是腿脚不便再也不能去打工了，在家里种种菜，养养鸡。村里的老年人早上是不大出门的，他们要在家里煮猪食，煮早饭，要等孙子们起来吃饭。

好不容易遇到一个，孙奶奶好生欢喜，但一看是吴七婶，她心里就有些矛盾，是去和她讲呢，还是绕开走？这吴七婶是有名的话痨，讲起话来从村里扯到村外，从三姑四姨扯到爷爷奶奶，从做姑娘时扯到皱纹满面，讲得人头晕、眼花、脚疼、手指弯曲，谁碰到她谁头疼。她是孤老婆子，无儿无女无丈夫，一人吃饱全家不饿，无人讲话时，她在屋里都要自言自语讲个不停。

孙奶奶正犹豫，吴七婶见到了她，兴奋地说民娃奶奶，今天穿得好齐整，头是头，脚是脚，扇子摆衣裳起翘角，头发光生苍蝇站不住脚。过来，过来，我老两姊妹好久没好好摆下龙门阵了，今天正好我没事，到我屋头好好摆一摆。孙奶奶说改时吧，改时我来找你摆。吴七婶不等她过去，走过来了，扯住她的袖子说走嘛，走嘛，我昨天炒的瓜子还有一大盘哩，我老两姊妹好好摆一摆。孙奶奶想去她屋里今早就别想回去为孙子煮早饭了，又不舍这个机会，就说改时去你屋里嘛，我俩就在这里讲，我还有事哩。还没等吴七婶开口她就忙不迭地讲了她娘托梦的事，讲了去清风寨和去县城的事。吴七婶说你今天咋个这么啰唆。谁不知道她是个无话找话说得人人都怕的话痨子。孙奶奶说我是讲我叫孙芸芬哩，吴七婶说你这就怪了，好好的民娃奶奶不叫，要叫啥孙芸芬，叫了几十年咋改得过口？她想就是要叫你们改过口哩，要不然我怕是疯了，来找你唠话。吴七婶不等她讲完，就讲起她家的猫这次一下生了五只小猫，你晓得猫金贵，一下生了五只小猫我这辈子还没见过，恐怕你也没见过。以前五伯娘家的猫一次生了三只小猫，就一天到晚到处显摆，我这猫是金黄色的，不晓得你见没见过，这种猫少，眼珠蓝阴阴的，避鼠得很，上次不晓得从哪里逮只耗子来，怕有半尺长，把我吓得看都不敢看。这次生的小猫，有灰的，有黑的，有黑毛白蹄的，有金黄色的，还有一只脑袋上是白的，脚是白的，全身都是黑的，还有……孙奶奶实在忍不住，说吴七婶，我的话还没讲完，讲完你又讲你的猫吧。吴七婶说好几家都给我订猫了，你要不要，我们是几十年的老姊妹了，要我给你留一只，就留那只头顶白、四脚白、全身黑的吧。昨天隔壁七奶奶死活都要那只，我舍不得，我说其他的猫任她挑，这只我要留着做伴哩，我俩几十年的交情了，就留给你，其他人想都甭想，让他们眼馋去，就是七奶奶天天骂我，我也只给你。对了，你听没听说七奶奶的媳妇，那个叫白啥子的，在工地上跟个江川人勾搭上了，说是被她儿子逮个正着……孙奶奶脑袋都大了，她要讲的话才讲完一半，跟她站在巷口，脚都站酸了，倒是听了她猫啊狗啊，别家的媳妇啥那一长串轱辘话，再不走，今早就泡汤了，一会儿孙子起来喝西北风。

孙奶奶懊恼、沮丧，但还是决定快撤。她边走边说我坐在火上的锅怕要烧干了，我得赶快回去。吴七婶说你那个、那个啥，民娃奶奶，我还没听清呢？啥名字……孙奶奶气得差点一口气上不来，转过身，"呸"地吐了一口口水，急急忙忙朝回走了。

孙奶奶回到家，想想这一早上就讲了两个人，一个是听清楚了，但不晓得记住了没有；一个是根本没听清楚，反倒被她缠着听她的猫呀狗呀乱七八糟的话。孙奶奶有些沮丧，有些失望，想她这名字，要让人知道和记得看来不晓得要费好多力气，花了这么多工夫到底有好大作用？想想实在不行，干脆算了，但又心有不甘，跑这么远的路，辗转奔波去娘家，去山里，去县城，不就是为把自己的名字搞清么？搞清了，不让全村的人知道，还有啥子意思，自己也七十来岁的人了，能活几年谁也不晓得，不趁着脚还能走，嘴还能讲，脑袋还清楚，过几年想讲也讲不出，想走也走不动了，一口气上不来了，死了也就死了，这辈子不就是白活了。连个名字都没得，白活个人。

　　吃完饭，孙奶奶振作起精神，想今天下午一定要对几个人讲清楚她的名字。这个村说大不大，说小也不小，有上千人呢，除了打工在外的，留在村里的也有几百人呢。不抓紧点，不晓得要多长时间才讲得完、讲得清，不管咋难，这事她一定要办到，就算要一两个月才讲得完，也要讲。比起几十年的光阴，一两个月又算啥呢？孙奶奶的执拗劲又上来了，她收拾好屋里，起身又朝外走。走到院外时，恰巧张石柱从那头歪歪倒倒走来，这张石柱是出名的懒汉、酒鬼，活了四五十岁，仍是光棍一条。他嗜酒如命，每天醒来第一件事就是喝酒，他有一块很好的地，靠村边路旁，又有水沟，俗称"腊肉头子"，出产很好，旱涝保收，可他懒得种，租给别人，得几百斤谷子，够他一年吃。村里又给他定成贫困户，一年也有几百元进账，他拿来买酒喝，这点钱也不够他喝，就常去赊酒，赊多了，人家就不再赊给他。今天他喝了酒瓶里还剩的一两酒，觉得不过瘾，歪歪倒倒出来去找酒喝。

　　孙奶奶想张石柱一天无事，有他传播正合适。孙奶奶说张石柱，你这死娃娃要到哪里去？张石柱说你是，你是民娃奶奶，我不去哪里，随便走走。孙奶奶说我还不晓得，你是在找酒喝哩，你的酒鬼朋友不在，你哪里去找？张石柱说找找看，说不定会遇到哩。孙奶奶说遇到个鬼，蓝天晌午的，人家都去干活了，哪个像你一样逍遥。你刚才叫我啥子？民娃奶奶说我告诉你，你帮我做件事，我打酒给你喝。一听有酒喝，张石柱立刻来了精神，要得，要得，你说，只要有酒喝，莫说一件事，十件也没事的。

孙奶奶又把她娘托梦的事，去娘家、去山里、去县城的事讲了一遍。张石柱此时倒不糊涂，说不就是个名字吗，我听清楚了，你说你叫孙芸芬，意思是以前无名无姓，现在要让人知道你的名字。孙奶奶说死娃娃，你这阵倒清楚，就怕酒一灌下去，你姓啥也记不得了。张石柱说记得，记得，酒醉心明白，倒在烂泥塘里我都记得。孙奶奶说记好了，你帮我讲一个人，我给你打一两酒。讲时她有点心疼，三块一斤的散酒，一两就是三角钱哩，想想也认了。哪知张石柱说民娃奶奶，不，孙芸芬奶奶，孙奶奶，一两酒不够我塞牙缝哩。我一起床，起码是半斤，没得半斤酒我就头晕眼花，脚轻飘飘的，提不起劲。口干舌燥，讲不起话。孙奶奶想这死鬼还会敲竹杠哩，说我是你的长辈，平时也没少照顾你，碰到吃饭就喊你吃饭，你还在我面前装大了。张石柱说不敢，不敢，你老对我的好我记得哩，只是一两酒太少了，我今天就是只喝了酒瓶里剩下的一两酒，把酒瘾勾上来，又少，倒难过得很，至少有个四五两才勉强够瘾。孙奶奶晓得他在讨价还价，四五两一次，这酒供得起吗？推一天的豆花，做一天的豆腐，赚得几个钱？也罢，也罢，跟他砍下价，由他去讲，总比一天到处磨嘴皮、耽误时间好。孙奶奶说那就二两，你晓得我靠推浆磨水赚得到几个钱，你看我这手掌，鸡爪爪样的，手上的老茧铜钱厚了。张石柱说三两，少了三两我也懒得去磨嘴皮了。孙奶奶咬咬牙，三两就三两，只是我要找人去问，若是人家记不得我的名字，酒就没得了，说话要算数。

第二天她去找张石柱，问他你去说了吗？和谁说的？我去问问，看人家记得不。他说说了两人哩，孙奶奶，两人就是六两酒的，你可不要赖账。孙奶奶说我啥时赖过账，等我去问问就打酒给你喝。张石柱说快去呀，酒没得了，难过死了。说着把空瓶子举给她看。

孙奶奶去宋伯娘家，才进门，宋伯娘就说民娃奶奶，有啥事吗？你是个一天忙不停的人，咋有时间出来了？孙奶奶一听心都凉透了，这酒鬼，他不是说和宋伯娘讲清了么？她娘托梦的事，连她去娘家、去山里、去县城都讲得清清楚楚，明明白白，走时还问他老人家记清楚了没有？还叫人家重复一遍才走。你看看，讲他个鬼，一进门人家就叫她民娃奶奶。

孙奶奶很沮丧，很失望，有些心酸，这事咋就这样难呢？自己去讲，一早上讲了两个，不但没弄得太明白，反被缠住听一早上的废话。请个酒鬼讲，还是出酒钱的，哪晓得一进门听到的就是老称呼。她压住心中的不快，说宋伯娘，张石柱来过你家了么？宋伯娘说来过呀，这酒鬼歪歪倒倒，一嘴酒气，来了就前言不搭后语地讲了一大通，讲个啥子他自己也晓不得。一会儿去坟地了，他妈托梦给他了；一会儿又是去啥子寨子了，那里的腊猪脚特别好吃，烟熏的，香得很；一会儿又是一个叫孙啥子的找他了，还打酒给他吃。讲了半天，颠三倒四，前言不搭后语，讲得我心烦，把他撵走了。

孙奶奶后悔不迭，送他的酒是白送了，只当是被狗吃了。要是要不回来的，他不缠着你再要酒喝就算是好的了。

孙奶奶想这人是靠不住的了，只得另想办法。孙奶奶刚想和宋伯娘好好讲讲，哪知门外传来急促的叫声，民娃奶奶，民娃奶奶，你在哪里？你家孙子脚摔伤了。孙奶奶一听急了，急忙奔出门，来人是小学校的一个门卫，她是认识的，本村人。来不及细问，她气喘吁吁地随人来到学校，那人把她领到校医务室，孙子正在那里哼哼。校医务室的医生为他检查，上药，脚踝已经肿了老高。校医说还好，还好，没骨折，脚扭伤了，需要静养，暂时不能走路了。孙奶奶终归听清，孙子是和一帮同学打篮球，跑急了摔倒，脚脖子崴伤了。虽无大碍，但课是上不成了，要在家静养。

孙子是被他班上的同学背回去的，临走，校医拿了一瓶药酒，说最近千万不要走路，每天给他擦药酒，轻轻按摩一下肿的地方就行了。

这下，孙奶奶是不能出门了，每天要照顾孙子的吃喝拉撒，要给他擦药酒、按摩，还要喂鸡、喂猪，连推豆花、做豆腐的事也停下了。孙奶奶心里焦躁，原来要去找人讲她名字的事也只得放下了，比起孙子的脚来，名字的事只能放一放了。

孙子是个好强的人，脚虽肿着，他却要看书、写字，孙奶奶看着心疼，劝他不要看不要写了，等脚好了再写不迟。孙子说我不学成绩就要被落下了，就保不住前几名的位置了。孙奶奶高兴，有这个孙子，家里总算要出一个读书人了，从她这辈以至前几辈，都是睁眼瞎，以至连名字都不会取，稀里糊涂过一辈子。

孙奶奶为孙子做好吃的，为他擦药，用热水烫脚，帮他按摩。孙奶奶坐在他旁边，看他读书、写字。写完了，孙奶奶让他教她写字，孙子说你从不识字，就从一、二、三开始写。她说先写孙芸芬几个字吧，孙子问咋要写这几个字，这好像是人的名字，她说就是奶奶的名字。她对他讲了托梦的事、去山里的事和县城的事，孙子说奶奶可怜，活了一辈子连名字都没有，我一定教奶奶写会名字。孙子先写了三个大大的字：孙芸芬，又一横一竖地教她写，她提笔总也提不稳，她的手又燥又木，拿着笔比千金还重，写出的笔画又长又乱，光一个横就写了一上午，写得她毛抓火燎的，写得额上尽冒热汗。孙子劝她歇歇也不歇，只一个劲地写，写到吃饭时终于把那笔横写顺，她揉着腰说孙子呀，这比我推豆花、做豆腐还累人呢，咋看你写得顺顺溜溜的，一会儿就写了一满篇。

孙子养脚养了半个月，孙奶奶写了半个月的字。这期间，她心里也焦虑，觉得时间过得太慢了，啥时才能出门呢？但看到她写的字越来越顺溜，心里又感到欣慰了。她写的是芸芬，是她的名字呀。看着这几个字，她真的百感交集，有时心酸，有时惆怅，有时欢喜，她的一生都在这几个字上了，这几个字就是她的一生呀。

不知不觉，她写完几个作业本了，作业本格子小，她写的字大，歪歪扭扭，不受格子的约束，一篇作业本写不了多少字。孙子看着心疼，她说写完买，一个作业本也要不了多少钱，说得豪气十足。

她突发灵感，自己会写字了，何不把名字写好，贴到村里的每家每户，让他们一出门就看到纸条，就念，一人念，两人念，每个人都念，她的名字不就人人都知道了么？她为自己这个突如其来的想法激动，孙芸芬呀孙芸芬，你其实不笨呢，你还没老呢，是这个名字给了她念想，是这个名字给了她勇气，给了她灵感和动力，让她活得有盼头、有滋味、有活力了。

她去小卖部买了二十本小学生作业本，周大爷惊讶，你买这么多干啥呢？你孙子用得完？她说你不用管，拿来就是。这次她是付现金的，周大爷说太阳从西边出来了，终于看到你付现金了。

孙奶奶一回去，就开始写字，她把作业本拆开，一页字就写三个字，过去她看到孙子写作业，哪里空点她都心疼，说把它写满了，白生生的纸空着多可惜。孙子说这是格式，一排写完要换行，空着的不能再写，老师教的。她说你们老师也真是，不教学生节约用纸，空着多可惜。

这样写，她其实也是心疼的，白生生的一页纸就写三个字，不是作孽吗？看着都可惜，但她也顾不得了，写小了人家看得见吗？一辈子也就这么一次为自己，又不是干其他事，仅仅是让人家知道自己的名字。

那天晚上，孙奶奶半夜起床，她搅好了糨糊，装在一个小桶里。又找出一个手电筒，换上两节新电池，还从橱柜里找了一块连皮带肉的骨头。现在治安好了，都不养狗了，只有村尾的赵家还养得有狗，不能让它叫，要用骨头封住它的嘴。

孙奶奶要出发了，她梳好头，衣服也穿得板板正正，熨得帖帖的，她觉得有种庄严感，好像要去完成一桩大事，心里充满激动和欢欣。

她一家一家去贴，深秋的村庄，黑暗、静谧、安宁。天空中只见得到几颗闪烁的小星星，祥和而温馨。夜风有点凉，正好吹拂着她激动的心，她贴完紧邻的张家，用手电筒射了射，贴得挺好，端端正正的，她的名字在夜空里泛着银色的光，清清楚楚，端端正正，她看得几乎不想离开，想到才开头呢，忙转身走了。走开几步，还忘不了又用手电筒射了射，在手电筒的光束下，那个被人遗忘的名字，又清清楚楚地显示出来，像是夜幕中的瀑布，又像亮着灯的窗。

在村尾，赵家的狗吃了她丢的骨头也没叫，她放心地贴完最后一张。这时，天空已有微曦，她忍不住叫了一声：孙芸芬，我叫孙芸芬。

这个声音在寂静的村巷里久久地回荡，久久地徘徊而不肯消失……

江这边，江那边

一

　　四川放炮，震垮云南的房子，这事还真稀罕。

　　天气是真好，天蓝，云白，山色青黛，漫坡的青草，漫坡的野花，是放牛的好天气。德水老汉放着他的三条牛，心情很愉快，心情一愉快，就想唱山歌。德水老汉年轻时唱得一把好歌，嗓子好，底气足，站在江边唱，江对面的人都听得到，但那些年，他遭遇了很多困苦磨难，也就没了唱山歌的兴趣，渐渐地心也灰了，嗓也哑了，唱山歌成了遥远的记忆。

　　昨天他去赶乡场，乡场在山的半中腰，窄窄一条乡街子，热闹得很，每到赶场天，分散在大山四周的人都来了，背着花椒、魔芋、山货或者提着一只鸡，都来赶场。有的啥也不提，空着手到乡街去，就为凑个热闹，沾沾人气，到街上和熟人喝一碗酒,讲些闲话。这个乡场热闹,不仅云南的,四川的也来赶,怎么说呢,这个地方是两省交界处,隔着金沙江,这边是云南,那边是四川,江这边的人,看得清对面的人,就是喊话,也依稀听得清的。

德水老汉啥也没带,他就是闷得慌,大山空阔,山上东一簇西一簇的林木花草间点缀些房子,很难见到一个人。他放牛,也和牛讲些话,牛似乎是听得懂他的话的,眼里尽是温柔。但牛不会应答他的话,讲得多了,自己也厌倦,赶场天是他的节日,在乡场上胡乱溜达,看看各种各样的物品,遇到耍把戏、变戏法、卖跌打损伤狗皮膏药的,更是兴奋,娃娃一样挤进去看。逛得差不多了,就在街上的小吃店吃碗米线,要二两散酒,痛快淋漓地吃了,再走。他不在小吃店喝酒,在这里喝酒没气势,没氛围,他喜欢到乡场背后的牛羊市场喝,那里有个空坝,要交易的牛羊集中在这里,马嘶牛叫羊哞,热闹。牛羊市场周边是白杨林,不少人在林下喝转转酒,酒是散酒,土大碗盛着,一大群人席地而坐,谁来都可以喝的。德水老汉喜欢来这里,认识的人老远就打招呼,不认识的人,酒一喝也就熟了,讲些天南海北的话,唱些荒腔野调的歌,醉了,踉跄而去,无拘无束。

正走着,突然眼睛一亮,看见了一个熟悉的影子,这人背着江边人家用的背篓,方形的,很能装,穿的是山区妇女穿的青布对襟衣,头发花白,面容憔悴,他怕看错人,悄悄跟在后面走,没认清人就急慌慌去打招呼,惹人笑话了。他看见她在一个摊子前停下来,在摊前左看右看,跟摊主问价还价,他终于确定,是她,就是她,虽然头发花白了,容貌苍老憔悴了,但那脸的轮廓没变,那五官没变,脸上还残存着当年的一丝俊俏。听她讲话,只是声音嘶哑了一些,仍然是当年那听得他心跳的声音。

虽然老了,德水老汉仍然心跳加速,激动不已,多少年了,他知道她就住在江对岸，但他不能去，也不敢去找她，她有个凶狠暴戾的男人，不仅经常和别人打架，对她也是三天两头暴打，动不动就要拿刀子捅人。他只是时常回忆他们在一起的日子，时常在梦中和她相会。

他说你，你是家惠？那人猛地一惊，定定地看着他，半天才说你是德水，老了，老了，都老了。他接过她的背篓，说走，吃饭去。

点了好几个菜，蒜苗炒回锅肉、粉蒸肉、鲜炸排骨、酥肉。还要点菜，她说够了，再点吃不完了。他说多少年了，今天才碰到，高兴，难得吃一回。饭店老板见他带个老女人来，难得大手大脚地花一次钱，很惊异，他知道德水老汉是节俭得很的人，每次来，也就是一碗米线，或者一碗面条，再要一碗饭，也就是一顿。他想这德水老汉怕是找了个老伴带来吃饭，又不便问，只诡异地看着他。

德水老汉知道了她的情况，自打那年她的男人找上门来，对她又打又骂，强行把她拖回去，又过了好些年，这个暴戾的男人喝醉了酒和人斗殴，被人打伤后在家里养了半年，终于死了。一个姑娘嫁到山区去，一个儿子已成家，拖累重，她自己单独过。

德水老汉约她去家里，山还是以前的山，路还是以前的路，一路上女人问这问那，知道他还是一个人，还是住原来的老房子，知道他养了几头牛，日子也还过得下去。只是见他头发很长了也不理，胡子灰白乱糟的，衣裳的纽子掉了，脏兮兮的，就知道他一个人日子过得潦草，不免心疼。山道弯弯，山陡坡急，走走停停，终于到了，女人见到了她熟悉的一面陡崖，见到了立于崖下的房子，房子依旧没变，很老很颓败了，土墙有很宽很长的裂口，手都伸得进去，能看见屋里，柱子漆黑，弯曲变形，斜斜地艰难地支撑着房顶。房顶上的瓦经年累月，黢黑酥脆，积了厚厚的尘土和落叶，长了茂密的草，甚至还有一棵小树，有的地

江这边，江那边

方塌陷了，用塑料布胡乱地苫一苫，任它去残败。

女人心里悲凉，问他怎么不修缮一下，都成这样了，咋住？他说钱是攒了一些，这些年每年都要卖一两头牛，又没啥开销。只是一个人住，没心肠翻修。女人明白他的心思，说也倒是，孤零零的一个人，咋有心思修房呢？我也住在原来的老房子，儿子倒是修了新房，但人家嫌弃……

二

德水老汉想唱山歌，前几天的那次遭遇让他焕发了生机，对生活有了新的念想，那就是他和家惠有了约定，他要娶她，明媒正娶，连时间都定了，半年左右。他不能委屈她，他也不想再过窝囊潦草的生活，他要重新活一回，要认真生活一回，他决定修房子。是的，不是修缮，是推倒重修，修一幢虽然不是很高很大，但坚固、漂亮的砖房，修很高很大干啥哩，就他和家惠住，足够宽就行了。德水老汉是个认真而固执的人，一旦定了的事就坚决去做。

现在喂的是三头公牛，从牛贩子手里买来时瘦得现肋巴骨，是退役的老牛。买来，只要经过他的手，很快牛就出现奇迹，暗淡无光的毛渐渐发亮，条条可数的牛肋骨渐渐不见了，衰老疲惫的牛眼里有了光，走路也有了精神。都知道他喂牛是一把好手，可谁知道他在牛身上花的工夫？他是把牛当亲人来对待的，热了，牵去小河里洗澡，用竹篦为牛挠痒痒；冷了，关在牛圈里为牛生火取暖，每天都有精饲料，磨成面的苞谷面用凉开水拌，还要加几个鸡蛋，还要加黄豆面、食盐，喂的水是从远处的泉里挑来的，新鲜洁净，天冷时还要烧热，天气好的日子都要放出去吃新鲜的青草，这样的牛，不壮都难。

他决定再喂个把月，这个把月很重要，催膘不够就影响价钱。牛在惬意地吃草，德水老汉在惬意地想心事，惬意的心事就要惬意地表达。德水老汉就想唱山歌：山对山来岩对岩，一个姐儿走过来，姐儿生得漂漂的，两个奶子翘翘的，有心上去摸一把，心里有点跳跳的。德水老汉唱着唱着，自己忍不住笑了，嘿，老都老了，还唱起荤歌来了，这歌唱得他心也跳了，脸也热了。正沉浸在歌的意味里，突然，金沙江对岸，四川境内发出一声惊天动地的巨响，一股白烟突兀地冒出来，他惊魂未定，接着又是几声震破耳膜的巨响，他呆呆地望着江对面，不知道那里在炸什么？不知道为啥这么剧烈，牛呢，吓得呆呆地站着，一脸懵逼，满眼惊恐。

歌是没有心思唱了，他走过去，一个一个地摸牛的脑袋，抚慰它们，不怕，不怕，隔得远呢，江对面呢，飞石飞不到呢，好好吃草，吃饱喝足咱们回家去。

一到家，他瞬间傻眼了，他的百年老屋倒塌了，干燥的土墙倒塌了，扬起的灰还没散尽，漆黑腐朽的柱子，七歪八倒，屋瓦全落，一片狼藉，像被飞机炸过一般，像地震一般，看着令人心悸。为了迎娶家惠，他已决定拆除旧房重新建房，但这旧房莫名其妙地倒塌了，他还是感到震惊和不解。房虽是旧房，上百年了，从他的爷爷辈、父亲辈住到他这一辈，虽然颓败腐朽如百年的昏聩老人，说走就走，说倒就倒，但它始终没倒，半年前他还为它加了几根柱子支撑山梁呢，好端端的咋说倒就倒了，又没地震，也没发山洪，更没电闪雷击。对了，房子倒塌，肯定是刚才江对面放炮震倒了，江对面不知炸什么，炮声很大，震得他的耳朵嗡嗡直响，半天了还没回过神，震感极强。坐在山坡上，他都感到屁股下的山在震动，房子，就是对面炸山弄垮的。

德水老汉感到愤怒，龟儿杂种，四川人也太不讲道理了嘛，放炮么也不吱声气，说放就放，这回好了嘛，把你爹的房子炸垮了嘛。他越想越生气，爬上家门口岩石上朝四川方向大骂了一气。骂够了，心中释然了，想想，这房子本来就要拆的嘛，

◆ 江这边，江那边

拆房子要请人，多一道手续，多花一道钱，这不，天遂人愿，四川人放炮，云南人拆房，正合心意。老天爷都晓得他老了老了，打了半辈子光棍却遇到家惠，他要有老伴了。这样一想，他又高兴起来，决定去收拾收拾，在垮了的房子的侧边，搭个棚棚等待修房。

正在收拾，门外呼啦啦来了一群人。他们这个村子，依山而筑，这户人家的房顶就在那户人家的坎下，人家分散，没有一块完整点的地，稀稀落落就像洒落的星星。这么多人邀约着来，是知道他的房子垮了，德水老汉心里还是感动的，要请大家坐，房子都垮了，坐哪里？要请大家喝水，家家什什都埋了，拿啥喝水。大家说别忙了，德水大叔，我们听说你的房子震垮了，来看看。梁五老汉说咋个怎么厉害，我耳聋都听到炮声了，没想到把你的房子震垮了，这咋办嘛，要住人哩，总不能住在光天野坝里。志恒老婆说造孽了，德水大叔一个人，偏偏震垮他的房子，他有啥能力修房，难道就住岩下头？顺发说怕啥子，难道政府就不管？德水大叔是老光棍，无妻无子的，找政府去。德水老汉心中不悦，说顺发老侄，谁说我是无妻无子的老光棍？我……他想说出家惠的事，忍忍又没说了。顺发说是的嘛，你也不要不好意思了，我的意思是你本来就没人管，这回房子垮了，总要管管吧，总不能让你住光坝坝。德水老汉生气了，说我一个人咋的了，我眼不瞎、脚不跛，能吃能做，我要哪个照顾。王正富说话了，他说德水大叔，你现在不是照顾不照顾的事，关键是你的房子垮了，它不是无缘无故垮的，是有人放炮震垮的，这就要有人负责，就要让他们赔偿，大家说是不是这个理？大家说是不是这个理？大家说正富说得有理，早不垮迟不垮，他们一放炮就垮了，这不是震垮的是啥子。有人说江对面放的炮，估计是私人老板，咋个找？找了人家说没得哪个拿炸药炸你家，你有啥法。正富说要找只能找政府，凡事都是政府管，政府出面就好办了。只是你住的这里属云南，要找也只有先去我们这边的乡政府，由他们去交涉，这事隔省了哩。大家说正富说得有理，德水大叔，好端端的房子垮了哩，又不是打烂个碗，打碎个茶杯。大家越说越热闹，越说越在理，德水老汉被说蒙了。他心里想这房本来是要拆的，谁知一放炮就垮了，也是奇巧，房子朽是朽得很了，但没放炮不是没垮么？垮了也就垮了，省得自己拆，问题是不去找人反映，反而成了他的不是。房子又不是人家的，人家古道热肠、诚心诚意给你出主意，大家都愿意支持你，愿意给你作证，愿意签名盖章，你还当缩头乌龟，那样会被人看不起，会被人骂窝囊废，扶不起的猪大肠，还会被人骂不识好歹，辜负了大家一片真情实意……

德水老汉说好好好，我明天就去乡政府反映，看他们咋个说。正富说德水大叔，我们晓得你是个硬汉子，你不要怕这怕那，这本身就是他们的责任。德水老汉说我怕过谁？我只是反映问题，又没去杀人放火。正富说这就对了，你理直气壮地说，不要怕人骂你，不要怕人发脾气。德水老汉说发脾气？我不发脾气就算不错了，我反映问题都要发脾气，我这脾气你也晓得的，我才不怕呢。正富说对对对，就是要这样，就是要这样。正富是老上访户，他在乡场上跑摩的，没有牌照，违法载人，摩托被没收了，他天天去闹，去上访，乡政府不理他，他去县城上访。只要有人说要开人代会或者什么会，他就去，去了也白搭，他是违规开摩的的，没人理会他。有一天他守在县委会门口，他要守的是县委书记，有人说出来了，出来了，就是这辆车，他飞身起来，"啪"的一下睡在车前，幸好车速慢，司机刹住了车。驾驶员和其他人拉他起来，他死活不动，紧紧抓住小车挡板，直到县委书记下来，答应解决他的问题才爬起来。正富说德水大叔，今天也晚了，我看这样吧，今晚我帮你写好申诉材料，同时请大家在上面按个手印，手印越多越好，明早我带来给你。你们愿不愿意给德水大叔作个证、按个手印，众人齐刷刷地说愿意。德水老汉心里一阵感动，到底是乡亲好呀。正富说你今晚睡早点，明早要早起，去晚了就找不到人了。

众人帮他扒拉出被子、床垫、床。床是好的，没被土墙砸着，还扒拉出一些家具，桌椅、凳子、锅瓢碗盏都有，烂的、碎的就不要了，洋芋、苞谷、大米、猪油、清油、盐巴、酱油都扒拉出来了，他要留众人吃饭，说东西都有了，架起柴火就可以煮饭了，吃完再走。众人再三婉谢，德水老汉麻利地生起火，煮好饭，吃了一顿露天野餐。

天还没亮，正富来了，正富拿出两张折叠好的纸，说这是申诉书，你拿去以后交给管事的人。德水老汉问谁是管事的人？我也认不得。正富说你去了不要开腔，听他们喊人你就知道了，只要听到喊书记、乡长、主任的都可以交。正富打开纸，两页，后面那页按了三个手印，德水老汉说咋这么少呢？昨天个个都说要按手印的哟。正富说少，这还嫌少，你别看个个嚷得比天响，谁愿意平白无故给你按手印，这都是我走遍全村才按到的呢。德水老汉说哪几个呢？我倒是要感谢人家的。正富念了名字，德水老汉说没听过这几个的名字哟。正富说你只晓得人家的小名、诨名，这是人家的大号、正儿八经的名，再看那手印，大小也差不多。正富说赶紧收起装好，早点上路。他想这德水老汉头脑简单，问那些干吗，这几个手印都是他按的，谁还会来鉴定。

三

走在山路上，德水老汉又有些犹豫了，他想为啥要去反映房子倒塌的事呢？不是要拆的么？只不过是垮得早了点儿，要是等他把修房的料准备齐，把修房的人找好再垮不是更好。只是天下哪有这么好的事，你想哪天垮就哪天垮。垮也垮了，去找人家干吗？无事找事，人家会不会理？但不去也不行，这么多人都支持他去找，都觉得是对面放炮震垮的，要有人负责，大家说得也有道理，你不放炮，房子朽归朽，这么多年了不是好好的。尤其正富，人家连夜连晚帮忙写材料，还找人按手印，少是少点，但也足够了。人家图啥呢？真正解决了，没得人家半点好处。去了，有个说法，能解决就解决，不能解决也就算了，总算有个交代。

乡政府在街的中段，他来赶场也经过多次，但他从来没想到进去，进去干啥呢？又没有啥要办的事，也没有熟悉的人，更没有亲戚朋友在里面做事。乡政府宽大，过去是孙五老爷的府邸，孙五老爷是方圆上百里的富豪，又当过民国的县长，这府邸就十分气派、十分宽大。现在临街修了一幢五层高的钢筋水泥办公楼，仍然宽大，仍然气派。

虽然气派，乡政府还算宽容，没有门卫，没有登记，没有盘查，可以随便进出。德水老汉慢悠悠地走，他不急，又不是来要救济粮，楼层里有好多办公室，门上有牌子，他不识字，又不知道是干啥的？人很少，大多数办公室的门都关着，只有几间开着，其中一间最热闹，他去问，人家说是民政办公室，来办低保，办抚恤金，办救济款的，想想跟这些无关，他就走了。

走了几层楼，依然如此，大多数门都是关着的，问人，说是下村社去了，遇到一些人，他也不知道该找谁，也没听到谁在喊乡长、书记、主任啥的，他不急，慢慢走，听见有人喊赵主任回来啦？那人答应着进了办公室，他想既然是主任，就找他，推门进去，那人正在泡茶，抬头望他一眼，问老乡有啥事？他说我来上访，我的房子震垮了。一听是上访，那人说你去后面那栋房子，上访接待室有人值班。德水老汉说赵主任，我找的就是你。那人说你找错人了，我不是赵主任，德水老汉说我明明听见有人喊你赵主任，跟着进来，咋又不是了，这屋里没有两个人嘛。那人眼珠一转，你听错了，我不姓赵姓韶，韶山

江这边，江那边

的韶。德水老汉蒙了，也是，人家这个韶山的韶，不是赵钱孙李的赵。德水老汉说你不管姓韶还是姓赵，总是主任嘛，这我就找你了。那人说你找我没作用，我不管这事的。德水老汉说管不管先不说，你是乡政府的人，识文断字的，你帮我看看嘛。德水老汉想这个韶主任看了，总有个答复，至少帮他判断一下这事有没有必要，如果没价值，没必要，他也就赶场去了，省得浪费时间。他把申诉书恭恭敬敬递过去，那人却一把拍在桌上，极不耐烦、极厌恶，说拿走拿走，我不看，我不看，给你说过我不管这事。说着拿出手机，不知和谁打电话，再也不理他。

德水老汉心里不是滋味，他一生性格刚强，从来不去求人，哪怕再穷也从来不和别人去乡政府要救济，以他的条件要个低保是达得到的，但他一听低保就反感，尤其不能给他讲鳏寡孤独这话，他听了要骂人。困难时期，他饿了三天躺在床上也没找人要碗苞谷面，因此，村里人对他很尊敬。

德水老汉掏出烟，这是他在乡场上买的"金沙江"，对他来说是好烟了，他递上去，说，韶主任，麻烦你看一看嘛。那人一把推开他的烟，推得重了些，烟在他手里折断了，去去去，我不抽烟，叫你找别人，我不看的。这一推，仿佛在德水老汉脸上打了一巴掌，打得脆响，德水老汉一下被激怒了，说不看就不看，你摔什么？你啥鸡巴主任就了不得，看下就把你眼看瞎了，推三阻四，怪不得人家说衙门难进，脸难看，喂条狗还会摇尾巴，老百姓养着你连人话都不会讲一句。那人讥讽地说老百姓咋着，看你穷得到处上访，巴不得政府打发点，你这种人我见多了，死皮赖脸，死缠烂打，走走走，我还要办公。德水老汉更来气，干脆一屁股坐在他的对面，走啥走，今天我就不走了，你说我穷，老子养着几头牛，一年收入也不比你低，你说我死皮赖脸，老子来找你要救济，要低保啦？你去访访，几十年老子没进过乡政府的大门，哪个不说我硬气……德水老汉越说越气，站起来拍起桌子来了。他也没想到要拍桌子，他脾气犟，但讲理，对政府里的人，他不巴结讨好，也不讨厌拒绝，有人走他家门口过，他都要请进来喝碗茶，吃两个烧洋芋，山高路远，人家也不容易。今天这人太冷漠，太霸道了，推三阻四，冷漠无情，连他敬的烟都折断了，还不断地撵他走，只差没说让他滚了。

这一吵闹，引来许多人，德水老汉也不知道他们从什么地方钻出来的。他们围着他，劝的劝说，解的解释，说的都是好听的话，德水老汉是个服软不服硬的人，一番好话说下来，气渐渐消了，被人连说带哄地架出门去。

德水老汉在乡政府的院坝里茫然地转圈，他想到底还要找不找人。本来对这事他就没放在心上，架不住村里人的劝说，更架不住正富的一片苦心，人家连夜连晚写申诉材料，熬灯费油还要找人签字，本来也是抱着试试的心态，成则成，不成对村里人、对自己也有个交代，谁知这龟儿韶主任还是赵主任，丧着个脸，不耐不烦，恶声恶气，不把人当人看。德水老汉气不过，出了门，一边走一边骂，引得好些人朝他看。走下楼，一个中年人追上他，说老人家，你要反映啥事？他将事情讲了一遍。那人说刚才韶主任脾气不好，你莫怪他，他老婆跟他离婚，一个儿子不好好读书，不好好读书也罢了，逃学打游戏，被他打了一顿，跑了现在还没找到，他急火攻心哩。这样吧，你把材料给我，我转给相关领导，好不好？德水老汉气消了，把材料交给他。

德水老汉走到乡政府的一棵大树下，一个年轻人走过来站住了，定定地看着他，然后走过来热情地说大爹，你啥时来的？有啥事吗？德水老汉看了看不认识，有些茫然。那人说我去过你家哩，还在你家喝过罐罐茶，吃过烧洋芋。德水老汉一时也想不起来，过路的他招待过不止一个两个，想不起来就算了，反正人家认识他。他本来想讲来上访的事，但人家这样客气，就不想

· 071 ·

江这边，江那边

给人家添麻烦了。那年轻人说正好下班了，我单身，住宿舍，不会做啥吃的，走，上街去，我请你老人家吃饭。德水老汉一惊，和人家又不熟，非亲非故的，去吃要得啥子。那年轻人却热情得不行，走嘛，反正我也还没吃，一个人是吃，两个人也是吃，今天遇到了是我们的缘分，专门去请你老人家还请不来哩。

乡政府对面的"好又来"是乡场上最好的馆子，据说厨师是地委招待所的大厨，退休后来老家开了这家馆子，来这里吃饭的多是乡政府的人，乡政府的接待也主要在这家餐馆。

已经点了好几个菜了，年轻人还要点，那些菜德水老汉是舍不得点的，啥清蒸鳜鱼、东坡肘子、火腿天麻鸡……德水老汉说够了够了，吃不完可惜了。年轻人说不要紧，过一阵乡长要来，我们点了菜等他，说着出去打电话。德水老汉心里一惊，乡长咋会来呢？他很纳闷，这个年轻人跟他无亲无故，就算是到过他那里喝过茶，吃过几个烧洋芋，也用不着这样铺排，更用不着去请乡长来陪，他是啥人？一个住在大山深处的草民，请了吃也罢了，点个淡豆花、炒个莲花白也就行了，还点了这么多的好菜；这也罢了，还请乡长来陪，乡长是这个乡最大的官，管着七八万人，一天有多少忙不完的事，操不完的心，这饭咋吃得下去。

打完电话年轻人进来了，脸上是失望、沮丧的表情，说乡长在大堡子搞调研，回不来了，他说我们好好吃，叫我招待好你老人家。叫你不要回去了，在他那里住两天。德水老汉纳闷了，这咋回事呢？年轻人的热情就叫他想不过味，乡长凭啥要叫好好招待，凭啥叫他不要回去，等他回来陪他玩两天？想不明白的也就不想，管他的，吃完道个谢走人。年轻人虽然很失望，表情沮丧，但还是强作欢颜，将表情调整过来，热情地招呼他吃饭。他不断地为德水老汉夹菜，说你老人家可能记不得我的名字，我叫朱家进，来乡政府三年了，在办公室工作，以后有机会，请你老人家帮我说几句话，美言美言。德水老汉一头雾水，我何尝认识乡长，连面都见不到，谈何美言，即使见了，我讲人家会听么？为一个乡政府的干部美言，不是疯的么？德水老汉一头雾水，不好说什么，只是一个劲地点头，年轻人说你老人家来乡上是不是有啥事？事先没和乡长约过么？德水老汉说有事哩，我和乡长认不得，不好约，约了也怕他不见。啥？年轻人眼睛瞪得牛卵子大，你不认得乡长？你……你，你不是乡长的二大爹？德水老汉说啥子乡长的二大爹，我是偏岩子的刘德水，大家叫我德水老汉。啊……年轻人脸色一下变得难看起来，你……你……真不是……德水老汉说啥真不是，本来就不是，我难道还要冒充乡长的二大爹。年轻人说去年我跟乡长到照壁村，天黑了乡长带我去他二大爹家吃饭，我看你明明就是他二大爹，怎么就不是了呢？德水老汉说恐怕有点像，你记错了。年轻人沮丧地坐着，随即站起来，喊老板结账。老板拿着菜单，说四百八十六元，零头算了，四百八十元，年轻人说咋这么贵，几天就涨价了。老板说你是乡政府的人，我咋敢乱涨价，一直都是这个价的。年轻人不耐烦，说行了，行了，你收多少算多少，你也就宰我这一回。老板说你这话就重了，我这馆子开起来从来就明码实价，凭信誉做人，啥时宰过人。年轻人说不说了，不说了，走了。说着拔腿就走，也不和德水老汉打个招呼，德水老汉说你慢点走，我还要申诉哩，你帮我分析分析。年轻人头也不回，想"呸"地吐一口口水，终究忍住了，晦气，真他妈晦气，明明是乡长的二大爹，咋又变了，是啥眼神，虽然像一点，但该分得清的。妈的，白白赔了好多笑脸，白白赔了几百大洋，真他妈晦气，尤其听他讲申诉啥的，他更恼火，他就负责接待上访的人，一天烦得不行，遇到一个害他赔笑赔吃的"二大爹"，还是个上访户，他头也不回，甩出一句：你慢慢跑，只要你跑得起。

四

在乡场上，德水老汉遇到他的老朋友赵四耶。赵四耶的儿子在乡场上开了个小超市，忙不过来，把他接来看孙子，赵四耶要留他喝盅酒，说好久没遇到了，今晚就在我那里住一夜，咱哥俩好久没好好地聊一聊了。他也想住一晚，和老朋友聊聊，但他不放心他的牛，出门一整天了，虽然请了村头的赵二娃照看，但他放不下心，牛是他的命根子，他和牛有感情。

牛一听到他的脚步声，老远就哞哞地叫起来，叫得急切而哀婉，他加快脚步，才走拢，几头牛一起围拢来，伸着头朝他怀里拱，像受了委屈的娃娃，拱得他东倒西歪。他说得了，得了，就是出去一天，不是回来了么？赵二娃是他的族里侄儿子，见他来，说老辈子，你的牛我是喂得饱饱的，你拿的苞谷、黄豆也加饲料里了。德水老汉看见院里墙角放着一捆啃得七零八落的苞谷草，心里就明白了几分。他冷冷地说麻烦你了侄儿子，耽误你了。赵二娃说麻烦啥，一家人还说两家话。

人住的棚棚和牛住的棚棚都还没搭起，那晚德水老汉就在院坝里烧了一堆火，烧了一壶水，泡了茶，又给几头牛加了餐，人和牛吃饱喝足，他就在火边铺了层稻草，准备在火边过夜。几头牛围着他，争着把头往他怀里靠，他说去去去，一天不见就这样，以后我出去几天你们怎么办？牛是懂得他的话的，他把牛当作亲人，当作朋友，每天和牛絮絮叨叨讲这讲那，日子倒也不寂寞。听了他的话，几头牛眼里都有了哀伤的表情，还哞哞地叫着，似乎不让他再出去。德水老汉说好好好，不去就不去，等我把房子修起，你们的圈修起，一起住新房。正说话，正富来了，他说德水大叔，你住在这露天坝坝也不是事，赶紧找他们解决，早点把房修起。接着问他去找的情况。德水老汉把经过讲了，正富笑得合不拢嘴，说你看嘛，去这一趟还是划算的，你虽然受到冷落，但遇到一个想捧乡长又没认准人的人，白白吃了一顿大餐，平时你舍得这样吃？德水老汉说吃是吃了，那小伙可怜哩，半个月的伙食钱就没了。正富说可怜啥子，这种人就应该让他蚀财。

正富是来给他打气的，德水老汉说出去了我的牛咋办？虽然请人看着，心里到底不踏实。正富问你请谁看的？德水老汉讲赵二娃帮着看的。正富说他虽然是你侄儿子，但他的为人大家都晓得的，我看见他背着苞谷、黄豆去磨，这精料被他落下了。正富说这样吧，只要你放心，你出去的日子我帮你喂，保证不挪半颗苞谷、黄豆，保证把你的牛喂得壮壮的。

德水老汉又去乡政府，他仍然慢慢悠悠、磨磨蹭蹭地走，见到有人就靠近，但没听到谁在喊乡长、书记，他想这乡长、书记恐怕太忙，或者他们的办公室在不显眼的地方。问了人，人家警惕地看着他，问你找乡长有啥事？他说我的房子被震垮了，我来反映。人家一听就明白，说乡长、书记都在城里开会，开几天呢，你找不到。德水老汉想总要找到个人，要不然跑来跑去连话都得不到一句。

在一间开着门的办公室里，他看见一个熟悉的人。他探头望，不敢贸然进去，那人也看见了他，说老人家进来嘛，你的材料还没送出去，我准备送给张主任，但这几天他都不在。他来了我会送给他的。他问那我啥时再来，那人说这可说不准，不要急，总会有答复的。他且信且疑，出了门，觉得不踏实，又去问哪个部门管这事。

有人说你去信访办，那里有人值班。人家给他指了地点，他直奔而去，信访办在后面那栋房子里，他见屋里有好几个人，听声音都是来上访的，而接待他们的人，让德水老汉吃了一惊，就是昨天那个热情似火、请他吃饭的年轻人。他想走，但想想跑了几个小时的山路，白白浪费一天光阴也划不着，等着看他咋个讲，总要有个说法的。

江这边，江那边

　　好不容易轮到他，那年轻人早就讲得口干舌燥，一肚子的火。接待工作难做，要有耐心，要赔笑脸，要认真听，但答复又不能讲具体，因为最终解决问题的决策不在他这里。他跟乡长跑了一年，乡长有心培养他，说你去接待办磨炼磨炼，去掉躁性子。他一看是昨天招待了吃饭的德水老汉，脸上更加难看，这事当然怨不得德水老汉，怪自己眼拙，但谁让他长得太像乡长的二大爹呢？当晚乡长回来，他把这事和乡长说了，乡长笑得喷出嘴里的茶来，说你呀，你呀，亏你这眼力，哪里又给我找了个二大爹。

　　年轻人问他有啥事？他把事情经过说了，说我的房子被炮震垮了，我来问这事咋办？年轻人匆匆瞟了瞟材料，问这炮是啥炮？哪里放的炮？放炮和你房子垮有啥关系？啥都没写明白。德水老汉说我也不晓得啥炮，反正是四川那边放的炮，放了炮我的房子就被震垮了。年轻人一听马上火起来，你说的是四川那边放的炮？我不管放炮和你的房子垮有没有关系，我只晓得既然是四川那边放的炮，你找他们去，你来这里做甚？德水老汉愣了一下，说我晓得四川放的炮找四川，但做事要有个顺序，你这乡政府在这里，我不找你做主找谁去？年轻人说啥事都乡政府做主，乡政府还要不要工作了，你这八竿子打不着的事乡政府咋做主，又不是乡政府喊他们放的炮。德水老汉一听就生气了，这年轻人咋是这样的呢？昨天一张笑眯眯的脸今天咋就阴沉沉的，讲话又不中听，扯些歪理，连句好听的话都不会讲。

　　德水老汉觉得自尊心受到伤害，我一个六十多岁的人，走了几十里山路，又不要救济、低保，就是房子这事，你有个说法，我心里也就了了，又不说要你赔要你修，你一个毛头小伙，咋这样不懂得尊重人？

　　和年轻人吵了一架，德水老汉觉得很懊丧也很窝囊，几十年不进乡政府的大门，好不容易来一回，却是这种样子。他想这事算了，他再也不来找人了，他终于知道找人是啥滋味了，但想想又不甘心，房子事小，总是个事，总得有人出来说句话该咋办，总不能白跑，跑了还弄得灰头土脸，弄一肚子的火。

在街的拐角处，有人追上了他，是个四十来岁的中年人，穿着也土，灰色夹克，塑料草鞋，但看着就像乡上的。也怪，乡上的人和乡民一眼就分得清。那人说你不要和他吵，他解决不了问题。德水老汉说解决得了解决不了总要有个好的态度，我就是上门要口吃的，你也不能恶声恶气，说这样难听的话。那人说也不怪他，一天那么多人围着，铁打的人也遭不住。那人转着头看了看四周，说我给你讲你不能说我告诉你的，乡长今天去擦耳岩黄家村，你去那里准能找到他，说完匆匆走了。

德水老汉想既然来了，就去找一趟吧，要不然这两天白跑了。德水老汉知道去擦耳岩的路难走，黄家村在擦耳岩下边，很少有人进去，想这乡长也算爱民，找到他说不定真能解决问题。去擦耳岩要穿过九山十三箐，路的陡峭难行就不用说了。德水老汉虽然走惯了山路，但毕竟上了年纪，就走得艰难，路边有竹林，德水老汉找了根合适的竹子，用牛角刀削了挂着，走走歇歇，终于翻过擦耳岩。这时他的肚子是饿得很了，从乡政府出来他来不及吃点东西，现在饿得浑身无力，眼冒金星，突然他闻到一股烧洋芋的香味，那香味贴心贴肺，撩得他的胃一阵阵痉挛，肚子咕咕叫，清口水也淌了下来。他循着味来到一个小岩包上，上面是块草地，两头牛，一个老汉，老汉正在烧洋芋，一头牛侧卧着，急切地叫，眼里是痛苦的表情。老汉请他吃了几个烧洋芋，说这头牛病了，开头躺在地上打滚，疼得乱叫，现在起不来了，要拉它去看兽医，咋拉都拉不起来，我想吃两个烧洋芋好下山去请兽医。德水老汉爱牛如命，又懂些医牛的方法，眼看太阳快落山，心里有些急，怕找不到乡长，但看到那牛哀伤的眼神，一脸祈求地看着他，终是不忍。他说我来试试看，老汉说你会医牛，他说我也是放牛的，略懂一点，也不晓得管不管用，他掰开牛嘴看了看，牛的舌头乌黑，粉红

江这边，江那边

的嘴唇也黑了，他说这牛怕是吃了有毒的草，它肚子自然就疼了，舌头都发黑了，中毒不浅呢。他说你看着牛，我去找一些可以催泻、撵毒、温补的草药回来。这里山高岩陡，翻了几个岩包终于找齐，用石头砸碎，让老汉掰着牛的嘴灌下去，一会儿，牛就又吐又泄了，这草药果真厉害，德水老汉说好了，这里没得红糖，先喂它吃平复的药，就可以了。接着又碾药，用水灌下，那牛果然精神一些，不再哀叫了，一双眼深情地感激地看着他。

等做完这一切，天已经黑了，德水老汉说糟了，误大事了，人肯定走了。老汉问他误啥事了？他将来这里的目的说了一遍，老汉听后愧疚地说是我误了你的大事，不是这牛，你能找到人哩。德水老汉说算了，找不到就找不到了，这牛也是一条命哩，让他死在荒山野岭里，你我的罪过就大了。那牛抬起头，哞哞地叫了几声，眼里尽是感激。

五

终于找到乡长，那是正富陪他来才找到的，正富在乡政府有熟人，他想他再不来德水老汉是找不到乡长的，他已帮德水老汉写了几份申诉书了。他们在乡场上的一个茶馆里要了两杯茶，正富让他喝着茶，他去乡政府。一杯水喝完，正富来了，正富面带喜色，说今天运气真好，乡长没出去，在办公室哩。接着告诉他在后面那栋楼的五层最后那一间，记住，左边，没挂牌子的那间。

乡长果然在，见一个老汉进来，乡长都差一点叫出声来，这老汉果然像他二大爹，身材、脸形，尤其是五官更像，难怪小朱也认错，白白请老汉吃了一顿饭。看着像二大爹的老汉，乡长心里多了一份温情，不管像不像他，哪怕是隔壁邻居的老爹，总有一份乡情。

乡长给他泡了水，还给他敬了烟，德水老汉有些懵，有些不适应，他是准备着乡长的不耐烦，准备着乡长的呵斥和推拒，乡长这样的亲切、随和，出乎意料。乡长再一次说老人家，你不要站着，喝喝水，有什么事你就说，能解决的我一定解决。乡长说你之前找过没找过人，申诉材料递过没有？他说找过，材料递给一个脸色蜡黄、个子中等的人。乡长说这可不好找，你说的这样的人有好几个，等我问问谁接过你的材料，真不像话，也不跟我讲一声。乡长打了几个电话，来了一个人，正是那个中年人。乡长有些不高兴，说咋不及时送。那人说送了的，你说忙，过后看，我看你放在抽屉里了。乡长打开抽屉，在一沓文件里找到了。乡长说忙晕了，我作自我批评，他让那人走了。德水老汉激动地把材料掏出来，把事情讲了一遍，他想不管事情咋办，有乡长这样的态度就行，人家把你当人看，泡了茶、敬了烟、让了座，笑眯眯的，看着心里也暖和。

　　看完材料，乡长说老人家，这事不好办呀，炮是四川那边放的，主体责任就是他们，你要去找他们才对。德水老汉一听四川，心里就咯噔一下，两个省虽然隔着一条金沙江，但渡江始终是麻烦的，这里没有渡轮，要顺江走十五里才有，平时没事谁也不会无凭无故过江去。乡长见他犹豫，说这样吧，我打电话给江对面的黄乡长，我俩是朋友哩，让他帮你一下。说着拿起电话，喂，老黄吗？好久没有见到你了，你龟儿把兄弟忘记了，什么时候过江来，兄弟俩好好喝一杯，我这里有一腿麂子肉，腌好的。什么偷猎，它自己从岩上摔下来摔死的。啥子？好，我就直说，我们这里有个老乡，他有点事找你，你帮下忙。啥子？没有多大个事，他来你接待一下就行了。打完电话，乡长说你去找他，他叫黄长兴，你叫黄乡长就得了，就说我让你来的。德水老汉的疑虑被打消了，乡长这样热情，当着他的面打电话给黄乡长，听口气他们还是好朋友，如果不去就对不住乡长了，乡长送他出来，又递了一支"金沙江"给他，乡长差一点想喊声二大爹了，终究没喊。

德水老汉一路走一路感慨，谁说衙门深似海，谁说门难进，脸难看，事难办？乡长在这里也是最大的官了，管着好几万人呢，人家那个谦和，那个热情，那个诚恳，真是大官好见小鬼难缠，德水老汉下了决心，管他的，路再远，江再险也要去。

心情愉快，一路走起来也就顺畅，前几次来，每次都走走歇歇，气喘吁吁，看来心情很重要呀，到村了，德水老汉先不忙回家，他要先去看看他的牛，顺便和他的牛好好唠唠嗑，一天不见怪想哩。他才走到正富家院门口，几头牛听出是他的脚步声，哞哞地叫起来，叫得热情，充满渴望，德水老汉心一下热起来。几头牛围上来，伸出头，蹭蹭他的身子，把头伸进他怀里。正和牛亲热着，正富出来了，正富问了他去的情况，德水老汉把见到乡长的过程讲了，正富也高兴，说我就讲了嘛，要找就要找大的，乡长跟他们就不一样，你说乡长跟对面的乡长打电话了？这就有希望了，他们轻易不打电话的，这是对你的最大关照哩。德水大叔，赶紧回去早点休息，明天好上路。

要去江对面，德水老汉还是有些兴奋，他和家惠有将近一个月没见面了，他们约好平时不要见面，他要努力攒钱、修房子。他想这也是个机缘，又可以去见黄乡长，又可以去见家惠。德水老汉去翻东西，他给家惠买得有一套衣服，乡场上卖衣服的熟人打趣他，老伙计，看样子是找到相好的了。他居然有些脸红，说莫乱说莫乱说，送亲戚的。那人哈哈哈地笑着，说送亲戚就要式样新点，质量好点，我给你挑一套好的，包你送去人家高兴。挑好了，人家还给他找了个很好的塑料套套好，还有手提袋。这不，房子震垮了，他去翻找，找出来，除了上面是泥土，一点损伤都没有，他找了抹布，擦拭干净，又拿出来看，仿佛看见家惠穿上服装的样子，有些羞涩地看着他，他笑了，想将她搂过来，却不见了。

六

走了十多里路，到了金沙江渡口，这里是谷底，海拔很低了，气候就热，江边有几棵巨大的黄桷树，要几个人才围得过来，就有了一地阴凉，就有一张红色的伞撑着，伞下就有卖凉粉的摊子，一些人围着在吃。德水老汉走得又热又渴，正好，买了一碗吃着，等候渡船过来。

正吃着凉粉，一声巨大的放炮声传来，震得黄桷树掉下不少叶子，吃凉粉的人目瞪口呆，小娃娃吓得哭起来。卖凉粉的女人说这些短命绝儿子，放他妈的起身炮，三天两头地吓人得很。德水老汉知道起身炮是人死了抬棺起身放的，说明大家都很厌烦了。他问这是哪里放的？在修啥工程？卖凉粉的说听说在修炸石场，炮就是龟儿子些放的，听说是私人老板修的。再问，她就不知道了。

到了江对面，再走一段很陡的山路，就到乡场上了，这里的乡场和他们那里的乡场大体差不到哪里去，都是在大山的半坡上，有不少老房子，他突兀地立在老房子中间，傲然地俯视着灰扑扑的老街。

德水老汉很早以前来过这里，四川话他听着巴适，好听，四川的饭馆炒菜的味，尽是麻辣的香味，馋人。正是中午时分，走在街上，听到的净是热情得很的四川话，来吃饭嘛，新鲜的江鳅，才宰的猪肉，麻婆豆腐，红烧羊肉，啥都有。德水老汉肚子也饿了，想想现在去乡政府找人也找不到，干脆吃了再去。

吃着饭，德水老汉想着家惠，想如果能约她来一起吃顿饭多好，多点些她喜欢吃的菜，看她悄无声息地吃菜，看她抿嘴的样子，看她用手不断地抚平衣服上的折子，心里好温暖。家惠年轻时是好漂亮的：长长的辫子，长到腰际，鹅蛋形的脸，眼睛又大又圆，鼻梁小巧而挺拔，可惜受尽生活的磨砺，尤其

江这边，江那边

是丈夫的摧残，变得像霜打过的荞麦花，蔫不拉叽的，尽管如此，轮廓依然好，残败里还有残留的美。

他好想立即就去找家惠，立即把为她买的新衣送过去，看她试穿的样子，看她有些娇嗔的样子，说跟你讲过不要买嘛，老都老了还讲究啥？把这钱留着修房子嘛，他说不缺这点钱，房子要修，衣服也要穿。家惠穿着新衣，说你帮我抻抻衣裳嘛，死木头。德水老汉想着笑了起来，恨不得爬起身就去找家惠。

德水老汉还是克制了自己，找黄乡长事大，昨天亲耳听到乡长打电话，乡长的电话是随便打的么？都说乡长架子大，不见人，见到了就骂人，这不是瞎说么？光凭乡长对他的和蔼、热情，就不能辜负了他的一片好意。

在江对面的这个乡政府，德水老汉经历了差不多和在自己乡的一样遭遇，有的一问三不知，有的用狐疑的眼光看他，说你是云南的，来我们这里有啥事？有的说黄乡长去周家庄去了，有的说到县城开会去了，反正没个准。也有个人接待了他，问清缘由，说既然是找乡长的，我就无法了。有个问他你从江对面来，是不是黄乡长的啥人？德水老汉有些经验，他说我是他亲戚哩。那人脸上有惊诧的神色，说我电话联系他，你到我办公室喝水等着。德水老汉忙说不用了，不用了，没多大事，我等着。

找去找来没有眉目，德水老汉有些烦躁，想想跑这么远来，连个影子都摸不着，想走球算了，先去见见家惠，明天又来。走到乡场上，四川的太阳果真比云南的辣，德水老汉穿着山上穿的厚衣，遭不住热，想寻个阴凉处歇息，恰巧前面就是一家茶馆。四川的茶馆是出名的，四川人蹲茶馆喝碗碗茶听川剧也是出名的，茶馆里人多，闹麻了，每张桌子上都有人买了一堆炒瓜子、一堆煮花生，有的蹲在凳子上，有的盘脚坐在椅子上，四伸八叉，大声讲话。四川人好客，有人打招呼让他去坐，他嫌太闹，找了个偏僻角落独自坐下去。

这一坐就睡着了。德水老汉起了个大早，鸡还没叫狗还没吠就下山了，虽然隔着一条江，走起来还真是远呢，走到峡谷底，坐了渡船，又爬到对面大山的半腰，真是要命呢。德水老汉睡着了，睡得挺沉、挺酣畅，还做了梦，梦中见到家惠，劈头就问他你的房子修好了么？一天到处闲游浪荡，跟着你也不会有啥好日子。任凭他怎么拉也拉不住，一拉一拽，再拉再拽，家惠和他都跌在地上了，这一下把他跌醒了。

　　醒了也就醒了，可他发现他的包不见了。包里装着他要送家惠的新衣服，还有些山上的特产，一包干的鸡枞菌，一包野核桃仁，一包玉兰片，都是他在山上采的，晾干的。他把包放在怀里，一只手还捏着袋子的提手，原以为十分稳妥，万无一失的，谁竟然把它偷走了。想起刚才的梦，他和家惠一拉一拽，一拉一拽，想必是这小偷在强行拽走哩，自己这瞌睡也太大了，竟然拽都没拽醒，也怪自己，热闹处不坐，偏找个旮旯坐起。

　　天是很晚了，德水老汉孤独地在四川的一个乡场上漫游。和云南这边的乡场一样，白天都很热闹，临近天黑，山民们购了物纷纷散去，只有本地的店户还开着门，其实开门的也很少，只有些小饭馆、小旅社、杂货铺。晚上是没有啥生意的，德水老汉孤寂地走着，冷风吹得他缩起了脖颈，肚子饿得呱呱叫，他心里感到无比悲哀。这是为啥嘛？本来这房子的事他是没放在心里的，房子垮了，和放炮是有关系的，你不放炮我这房子会垮吗？他也明白，这房子是朽得很了，迟早都要垮的，并且他也要准备拆了重建的，哪不妨被炮震垮了。他不明白怎么会走上了上访的路，也不明白咋会被推着朝前走，而且越走越停不下来。就说这次到江对岸吧，他受到家乡乡长的热情接待，听到乡长亲自给这边的乡长打的电话，才满怀期望而来，结果是这边乡上的人你推我滑，找个半天没眉目。这也不说，到茶馆打个盹，东西没了，钱也没了，回也回不去。直到现在，还在乡场上飘着，肚子早就饿了，饿得前胸贴后背，饿得脚发软腿抽筋，乡场上小饭馆的香味还在弥漫，那是开馆子的人等没有顾客了才开始吃饭，那饭菜的香味更使他饥渴难忍，在这人地生疏、举目无亲的异地他乡，他感到了前所未有的孤独和无助。

正在他孤独而茫然地在乡场上徘徊的时候，一家小饭馆里传出声音，老人家，你在找啥？我看你是江对面的人哈，要不要进来吃点饭？德水老汉嗫嚅，我，我……我没钱哩，我的钱和东西被小偷偷掉了……那人说这龟儿的贼太丧德了，这么晚，你回也回不去，进来吧，跟我们随便吃点，我们也才吃。德水老汉说这咋行呢？我没钱，咋能白吃呢？说着挪着脚要走，那人一把拉住他，说谁都有不方便的时候，你一个人能吃多少？添双筷子添个碗就行。

被拉进店里，德水老汉身上有了暖意，心里更是暖和得不行。这是一家不大的小店，店里也就是两张桌子，卖的也就是面条、米线一类，有人吃饭，炒菜也就是回锅肉、炒腊肉、炒腰花等大众菜。店主家煮了一大盆热气腾腾的白菜豆腐汤，炒了几个家常菜，一家四五人正围着吃，见他进来，女的立即让了座，找了个大碗舀了满满一碗饭，几个娃娃也叫着爷爷，快吃呀，这是回锅肉，好吃得很呢。他们没有谁问他是什么人，从哪里来，要干什么，只一个劲地劝他吃。德水老汉感动，这是一家善良的人，从未谋面，却这般热情大方。

吃完饭，收了桌子，店主把火炉挪到店堂中央，这里和德水老汉住的地方海拔差不多，一座大山，就有几个季节：峡谷底热得喘不过气，山半腰和顶部却寒凉，晚上山风习习，寒气顿起，非烤火不可的。店主为他泡了浓茶，又裹了叶子烟递给他，女的在炉上架了锅，炒起了葵花籽，一家人围在火边，热气弥漫，温馨无比。

德水老汉无比感动，他想如果不是这个热情善良的小店老板将他拉进店来，他这阵还在乡场上流浪。山区的夜，越到后面越冷，他穿得这样少，咋经得住这寒冷的夜，肚子饿得咕咕咕，饿得人头晕眼花，每走一步都费天大的劲，他不知道能不能熬过今晚，整不好一跤跌在乡场上，再也起不来，岂不是太冤枉了，成了异地他乡的孤魂野鬼。

老板说我看见你游来游去，游了好多转了，你咋个不来要个吃的呢？德水老汉不好意思地说我也想要，肚子不争气，太想要口吃的了，就是放不下面子，再说我看见有个叫花子找你要，被你骂走了。老板呵呵地笑起来，那人不是叫花子，是我们这里出了名的懒汉，吃着低保，吃着救济粮，一有粮就卖了打酒喝，没吃了天天来要，这种人施舍了十次、八次，他倒成常客了，缠不起的。德水老汉说那你为啥又叫我进来吃？老板依然笑着，说你一个老人家，游来游去，看你走路都打飘飘了，没有难事谁会这样。看你样子是江对面的人，虽然隔着一条江，差别还是大着的。我爹活着的时候经常给我说，人哪，都有九九八十一难，谁都有落魄的时候，这时你拉他一把扶他一下，就救了一人，你就做了天大好事。那年他在江对面遇到难事，那坎是过不去的了，要不是有人帮了一把，他也就没命了……

德水老汉受到了感动，这人哪，就该多做些好事，心要宽厚点，人要善良点，何苦要互相为难，你整我，我整你，有啥意思，多行方便多积德，互相帮衬着，不就很好。

讲了很多闲话，天越晚了，老板说老人家，我这店堂窄，没有多余的床，我去抱被子来，就将这两张桌子拼起来，你将就住一晚，实在对不起了。德水老汉说这就很好了，不遇到你，我今晚就只能睡在街头，这样冷的晚上，整不好又冷又饿，明早等着收尸哩。

第二天清早，将铺盖垫子折了折，被子放好，德水老汉要走。老板说你别忙了，这样吧，我烫碗米线你吃着，我打电话给乡上的一个人，他在乡上的食堂当厨师，是我的表弟，问清黄乡长的行踪，省得又白跑。打完电话，老板说黄乡长在的，这阵就去，过一阵人就多了。

谢过老板，德水老汉直奔乡政府，按照指点，没费啥劲就找到了黄乡长的办公室，黄乡长说有啥子事？德水老汉说我是江对面黑石乡的，刘乡长让我来找你。黄乡长说你这德水老汉也怪球，黑石乡的找我干啥子？你不会去找你们的乡长？德水老汉说我是找他，他打过电话给你，让我来找你。黄乡长看完材料，把材料拍在桌上，说刘世发呀刘世发，你狗日的也太滑了，这种事推来找我。德水老汉说炮是你们这边放的，房子震垮了只能找你做主了。黄乡长越发不高兴，说你是说我们这边放的炮？到现在我也没弄清楚谁放的炮，就算是我们这边放的炮，你的房子垮了和放炮有啥关系？德水老汉说是有关系哩，多少年没垮，一放炮就垮了。黄乡长说江两边那么多房子，别人的不垮就垮你的，你这房子也日怪得很了。德水老汉说对了，别的不垮就垮我的，不是你们放的炮是什么？黄乡长说我不管，我只管我这地盘，云南的房子垮了来找四川这边，我怕管出界线了，我就是省长也管不到你那里去。

德水老汉呆呆地坐着，他被黄乡长吼得一愣一愣的。黄乡长说得也有道理，他这地盘是四川的，咋管云南的事，但他的房子垮了。找了这边找那边，听下来到底该哪里管也理不清，你不管就不管，但谁也没说不管，谁也没说该管，起早摸黑，忍饥挨饿跑了那么久，吃了那么多闭门羹，受了多少窝囊气，还是找不到个说法。德水老汉越想越难过，越想越伤心，竟然抽噎着哭了。想到昨天晚上又冷又饿，孤魂野鬼样游荡，德水老汉越发伤心，一生倔强的他很少流泪，想不到在这里还真伤心地流泪了，抽抽噎噎的好不可怜。黄乡长见德水老汉流泪，心软了下来，一个几十岁的老人，是不会轻易流泪的，这种年龄的人一生经历过多少困苦、多少苦难，已经麻木了。黄乡长有些后悔刚才的态度，有些愧疚自己的做法，但他一天的烦心事也太多，刚刚他才接过县上一个领导的电话，很严厉地批评了他一顿，说他们这里的一桩土地纠纷到现在也没理清楚，人家告到县上，人怎么也不走，让他去接人。

倒了一杯水给他，黄乡长说你先回去，这事复杂哩，我先了解一下是哪里放的炮，最近有几家私人企业放炮，难理清哩，我让人去查他们的放炮记录，哪家放炮的日子和你的房子垮的时间一样，就好认定了。不过这事说不清，人家不承认你房子垮是放炮震的，我也没办法。这样吧，你先回去，我了解下情况再说。

临走德水老汉问我还来么？黄乡长说你等着，莫着急，有结果会通知你来的。德水老汉心也灰了，气也馁了，想来不来都无所谓了。

临走，黄乡长让他留了联系方式，说老人家，你也不要着急，有结果，我会通知你。

在乡场上，德水老汉和小饭店老板道别，人家留他吃了饭再走，他怎么也不肯，说了很多感谢的话，老板见留不住，用塑料袋装了几个鲜肉包子给他，又拿了瓶矿泉水。德水老汉说昨天的钱我会还的，老板说别说这样的话了，没有事，请你还请不到的。德水老汉留了地址，让他有空一定去江对面走一走。

回来后德水老汉就安心地放牛了，这段时间的折腾，让他感到身心都疲惫了，江两边都跑遍了，遇到各种各样的人，经历了许多事，这段时间的经历比他几十年经历的还要多，过去的日子很平淡，没有大的波澜，云淡风轻、平静、安稳。他愈发地怀念与牛在一起的日子，他想抓紧时间好好地喂牛，有两头牛好好地催下膘就可以卖了，膘肥体健的牛是可以卖个好价钱的。还要买两头补上，牛栏不能空着，差不多时间，另外两头牛也可以卖了，这样修房子的钱也差不多够了。

德水老汉的心平复了，他不想再去跑。两边的乡政府都跑了，该找的都找了，不管是推的、滑的、应承的，他都感到厌倦了，他想管他的，这房反正都要修的，有没有结果反正都要修，与其自寻烦恼，不如好好养牛，过点安心平静的日子。

正富见他安心放牛，已经不打算去找的样子，正富说这事不能完，德水大叔，好好的房子震垮就震垮啦，总之要有个背家，总要有个说法。德水老汉说人家说了他们放炮是在他们地界上放，又没跑到你家云南放，跟他们有啥关系？正富说这是瞎扯哩，你问他云南也好，四川也罢，是不是在一个国家，是不是一个政府管的？德水老汉说你说的是，我年老昏庸，想不起这样问了。不过，人家黄乡长说了他会找人了解情况，查查哪家企业是哪个时候放的炮。正富说他忽悠你哩，把你支走。这事不会有结果哩。德水老汉说那咋办？我也跑不起了，管他咋的，还是安心地放牛好。正富说你不能放弃，你放弃就前功尽弃了，既然黄乡长都说他过问一下，管他真的假的，你都要跑。死缠烂打，我不这样，我的事能解决吗？

过了几天没动静，正富又来了，他说德水大叔你咋还不去，再不去人家就真的不会管了，你老人家想想，我这三番五次地跑是为我吗？难道你的房子人家赔偿了，我会得到一分，我是吃够了上访的苦，才体会到你的不容易，巴不得你有个好结果哩。德水老汉沉默，他实在不想去了，但正富说得也是，人家是为自己好的，光是材料就为他写了好几份。

德水老汉说好嘛，我去，管他有效无效，心意尽到。正富说这就对了嘛，坚持就是胜利。

德水老汉想该去看看家惠了，上次衣服被偷了，就没去成，正好去见见她，真的还是想她了。年纪大了，不像年轻时爱得死去活来，但孤单寂寞的日子，还是想有个人陪伴自己，平时不咋的，有个三病两痛，更需要有人陪护，前段时间他病过一次，两三天起不了床，要喝口热水都没人倒。

想起家惠，德水老汉心里五味杂陈，既酸涩又温暖。家惠来到他这里的时候，也就三十多岁，那晚大雨滂沱、电闪雷鸣、山摇地动，他被惊醒了，听到了牛的惊慌叫声，他想怕是有人趁着雨夜偷牛，披了衣服打开门，见屋檐下有个黑影，他问什么人？我看见你了，快出来，要不然一板锄挖死你。那人看见他挥舞着板锄，急慌慌地出来，说是我，不要打，不要打。在电闪雷鸣中，他看清了是个女人，她已经被雨淋得浑身透湿，像个秧鸡样瑟瑟发抖。

他给她找了些干燥的衣服，让她去灶间换掉，他生起柴火，知道她还没吃饭，煮了苞谷饭并笨手笨脚地炒了几个菜，她吃得很快，几乎嚼都没嚼就吞了下去，看得出她是饿惨了。吃完，她不好意思地笑了笑。在柴火的光照下，他看清了这是个俊俏的小妇人，只是她到处是伤：头上、脸上、手上，凡看得见的地方都是伤。他说路滑，雨又大，是摔倒的吧？她抽抽噎噎地哭起来，说不是摔的，是被打的。他问谁打的？这么下得狠手。

终于知道了她的身世，她是江对面山里的人，嫁了个男人是个赌鬼加酒鬼，从结婚以来就没有好好的在家里，经常几天几夜甚至十天半个月不见踪影，赌输了回来要钱，没钱就打，见什么拿什么，家里值钱点的都被他卖掉了。不光赌，还嗜酒如命，一喝醉就打人，打人下得狠手，拿到什么就用什么打，有时是棍棒，有时板锄把，有时是劈柴，这次是用劈柴打的，劈柴不仅厚重，还有刺，打得她抱着头不敢逃窜，逃了他扬言就要打死。她的身上到处青肿，鲜血淋漓，有一次被打断小腿筋骨，医了几个月才好。有人劝，他就说打不死的婆娘、晒不死的辣秧，我打自家婆娘，有你的球相干。他本身就是泼皮无赖，谁也不敢多管，任其发展了。

她说再不逃出去就没命了，迟早要被打死，这天趁他酒醉不醒，连夜连晚逃出来，她也不知道逃到哪里，反正走到哪算哪，过了江，遇到瓢泼大雨，冒着雨乱走，走到这里，又累又饿，浑身是伤，走不动了……

边哭边说，她说感谢恩人救了她，否则就没命了。天很晚了，他让她到床上去睡，自己在火边坐了一夜。

　　她不再走了，她说回去只有死路一条，无论如何要收留她，来世变牛变马来感谢。他那时三十来岁，由于是孤儿，由于贫穷一直没娶上媳妇，他答应了。这个女人贤惠善良，手脚勤快，自她来到之后，他真正体会到了家的温暖。尽管一贫如洗，她还是把日子过得有滋有味的，颓败陈旧的房子，被她收拾得一尘不染，房子用报纸裱了，显出焕然一新的气象，桌子用碱水洗，用刷子刷，露出白的木茬，看着舒心。虽然只有洋芋、白菜、小瓜、茄子之类，也做出了可口的菜肴。穿的衣服呢，都是旧的、烂的，但洗了，缝补齐整，穿着干净巴适，人就像变了个样。

　　正当日子有滋有味地过下去的时候，他郑重地向她求了婚，准备合适的时候去扯结婚证，她却说等等吧，她还没离婚哩，去扯结婚证恐怕把事情闹大，她宁愿一辈子躲着不让那个恶魔知道，也不能去找他离婚。他理解她，觉得这样也挺好，乡下人，谁在乎那一纸文书呢。

　　事情终究是瞒不住的，尽管这个地方是深山区，外面的人很少进来，但终究还是被这个人找到了。这个人来了身上携带长刀，两眼通红，满嘴酒气，抓住她的衣领就朝外拖。她哭叫着坐在地上不走，那人就用拳头打，用脚踢，打得她满脸是血，他去制止，那人骂你是她啥人？给老子滚远点，你窝藏良家妇女，一对奸夫淫妇，再拦老子杀死你，说着拔出刀来。他太气愤了，这杂种太不是人，把自己的女人当牲口样虐待，甚至比对牲口还凶残，牲口么都不能往死里打。这回闹上门，在别的地方，别的人家还这样凶恶。他跑到房檐下，提起那把沉重的板锄。女人见了，惊叫打不得呀，要出人命的，女人挣脱那人的手，跑过来紧紧抱住他的脚，挪也挪不动。

　　院里涌进很多人，他们听到哭喊声、打叫声来了，见一人提刀，一人拿板锄，知道要出人命了，纷纷上来劝。有的叫那人把刀放下，有话好好说，拿刀上门，你是欺负到家门口了，也不看看这是什地方。有的拉住他的板锄，说放下，这玩意会要人命哩，有事说事，打出人命来就进班房了。

最终，女人还是被那人带走了，他的日子又陷入从前的样子。他和女人已经有了很深的感情，他已经离不开她，他一夜一夜睡不着，一夜一夜坐着抽旱烟，地也不下，饭也不煮，几天不知道饿，人迅速地消瘦，躺在床上起不来。

也不知道她怎么知道了他的情况，她托人带了话来，说不要去找她，人要好好活下去，这辈子是他的人，迟早会来到他身边……

七

终于找到她家，房子也是破败得很了，她说正准备去找他，但这段时间身上的伤发了，走一步脚都疼得受不了。并且说那个酒鬼死了，死在赶场的路上，天亮了才被人发现死在路边的水沟里，她用身上的积蓄把他埋了，好歹夫妻一场，你不会怪我吧。德水老汉感慨，这是啥人呵，受了一辈子的欺辱，挨了一辈子的打，还这样。他说你不恨他？家惠说咋不恨，我恨不得吃他的肉哩，一想起他凶暴的样子，恨得牙痒痒的。她又说，但是人死了，死得那么可怜，全身在水沟里泡肿了，人弯得像个虾，脸憋得青光紫胀的，始终是个人，再恨也要把他埋了。德水老汉说你真好，能这样真不容易。她说你不怪我吗？德水老汉说怪甚，该这样。

那晚吃完饭，家惠就像当年流落到他那里的晚上一样，为他生了一堆火，用吊锅为他煮茶，为他炕洋芋。柴火的温暖和茶水的浓香以及烧熟的洋芋，让他感到温软，感到回到了那段美好的时光。他讲了房子被炮震垮了的事，讲了来回在江两边奔波上访的过程。家惠静静地听着，她说那房子不是朽得很了么？说好了拆了重建么？他说是这样的，反正都要拆，不过真

江这边，江那边

的是放炮震垮的。她说那不正好，省得还要找人拆。他说我也是这样想的，但人家都说去找他们，会有补偿的。我也不想要啥补偿，只是想听个说法，不想受了好些冤枉气，只是我们乡的乡长人好，还给你们这边的乡长打了电话。家惠说这事我想就算了，你不要来回奔波受累了，反正房子是要拆的，有那精力好好养好牛，我手里还有点钱，自己建好房不好么？他说我也累了，不想再跑，但一想到这些人的态度就有气，只想有个说法，有个结果。家惠说不要为那口气再跑了，人哪，各有各的难处，想开点就好了。我跟你回去，我们现在就去清理屋基，将牛卖了，我们一起建房。家惠将凳子挪过来，拉着他的手，将头偎在他怀里，他一阵激动，竟抱着头亲了起来……

黄乡长工作轻松了一些，他想起了江对面那个德水老汉的事，他想这事该理一理了，一是一个老人家来回地跑，该有个说法，省得被上面知道，又要挨批。二是那天德水老汉委屈地哭了，他真的还是有些震动，一个和自己父亲差不多年龄的人，抽抽噎噎哭得伤心，他还是有些触动。他召集了几个私人企业老板开会，又让人查了他们放炮的记录。

几家私人老板都说这就怪球了，我们在四川放炮，又没到他们云南，他房子垮了跟我们有啥关系，房子朽得很了，放也要垮，不放也要垮，他还要感谢我们才对。黄乡长说你说云南和四川，我问你是不是在一个国家？是不是一个政府，是了，该管还是要管。另外不管他房子朽不朽，你不放炮人家的房子还不是好好的，凡事都有个因果关系，是不是？这样一说他们就不讲话了。过了一会儿，一个老板说大家都在放炮，谁晓得是哪家放了震垮的。几个老板附合，是呀，放了好久了，大家都在放，鬼晓得是哪个放的嘛。黄乡长说这个好办，根据人家反映的时间，我让人以安全检查的名义去查过你们几家的放炮记录了，清清楚楚、明明白白。是哪家就认了，多大点事。几个都说时间长了谁记得，黄乡长，你就直说了嘛，省得还猜来猜去。黄乡长说李正财，那个时间是你放的炮。李正财说不会这么巧吧，是我放的？黄乡长说各家的放炮记录都翻了，就是你放的。李正财挠着头皮，就算是我放的，不会讹上我，让我修房子吧？黄乡长说这由不得他，房子朽了，赔点就行了，哪能狮子大开口呢？李正财放心了，说赔多少呢？黄乡长说乡里拆房子，几千元也就可以了，我看赔个三千元吧。李正财说要得，三千就三千，我把钱交到乡里，请乡里给他，省得多道手续。

费了很多周折，终于找到德水老汉，德水老汉和家惠正准备启程。来的人叫他去乡政府领赔偿费，说这事结了，黄乡长做了调查，主持开了会，通过协调要给他补偿。听到这消息，德水老汉一时反应不过来，家惠和他已经决定不再纠缠这事，回去建好房，一心一意过日子，没想到突然有了这个结果，完全出乎他的意料。一时拿不定主意，他望着家惠。家惠说有点补偿当然好，不过，我说还是算了，就当放炮帮着拆了房子，钱么当然重要，比钱更重要的是仁义，人家愿意出钱是仁义，不出也有理由，你说是不是？德水老汉的心定了，纠结在有个说法里，也有个说法了。他说要得，补偿我们不要了，我们要回去修房了。

去了乡政府所在地乡场，去饭店老板那里，送了钱，送了礼物，老板说礼物我收下，这是一片心，钱就不要了，要你的钱就不仁义了。德水老汉感动，说好、好，钱不要就算了，我记得你对我的帮助，那晚要不是你，我说不定冻死在街头了。

胡树和他的牛

一

胡树回来的当天就和一条狗较上劲了，这条狗是杨春家的，被链子拴着，也正是拴着，胡树才没被狂吠的狗咬着。胡树说死狗，瞎啦，我是胡树，和你主人是朋友哩。那狗歪着头看了他一眼，仍咬，仍狂叫，还把前爪伸出后背耸起，边刨边猛叫。胡树说你狗日的皮子痒，不教训你你还真把自己当成狗了，说着扑过去，扬起脚要踢，那狗倏地退回拴狗的柱子那里，更加狂暴，叫的声音越发愤怒，越发瘆人。胡树退回去，它又扑上来，胡树上前，它又退回去，胡树手里已经捡了个拳头大的鹅卵石，扬了几次手，终究没甩出去。打狗看主人，在山区尤其看重，胡树和杨春是朋友，把狗打伤就等于把杨春打伤了，他不能下这个手。但这狗实在是皮实，不依不饶、不气不馁、敌进我退、敌退我进，在它有限的范围内不断刨挠、狂叫、龇牙咧嘴、口吐红舌、声音锐利、沸反连天，尖利地刺激胡树的神经，顽强地挑衅胡树的尊严。胡树毕竟才从外面颠簸归来，几千里的路，几天的行程，人也上了岁数，在愤怒狂躁、对嚷、奔走中败下阵来，蹲在远处的树下喘气。

望着家门而不敢进，胡树既无奈又心酸又愤怒，妈的，老子多少年才回来，没想到却被一条烂狗挡了道，有家不能回，有门不能进，真是人倒霉连狗都欺负。坐一阵，想一阵，气一阵，胡树说你狗日的惹着我算你倒霉，老子不叫你哭不出好声气不叫人，漂泊多少年，胡树啥没见过，吃过亏，占过便宜，被人欺负也欺负过别人，但多数是自己占上风，哪想到今天却败在一条狗身上。

胡树是冷醒的，刚入秋，山区的天气就冷得不像话。他抹一把脸，脸上竟有了一层薄霜，手脚僵得不能动弹，嘴里说妈的啥鬼地方，老子在大城市蹲桥洞也比在这暖和，随便想个法子，也可以把肚子弄圆。正自言自语，那狗听到窸窣声，又狂吠起来，这下又把他惹火了，想想今天不教训这狗东西是不行的了，不把你狗头砸烂，你是不知道灶王爷长三只眼了。他挣扎着爬起来，摸到那块鹅卵石，突然听到垭口处有人声，死狗，叫啥叫，老子回来你也不晓得？那狗听到呵斥声，就立马噤了口。

胡树知道是杨春的声音，尽管声音嘶哑苍凉，不再洪亮。胡树从树下走出来，狗又狂吠，杨春惊讶，咋个是你？你龟儿游尸摆魂到哪里了？啥时回来的？杨春背后站着他的哑巴媳妇，咿咿呀呀比画着询问。胡树说你咋把狗拴到我门口了？这死狗太讨嫌了，别家的我早就将它打死了。杨春说我拴你门口是替你看家哩。它咬你？不会吧？这狗温顺得很哩。胡树说温顺？咬我一下午了，害我门也进不去，还饿着肚子哩。

杨春让哑巴媳妇做饭，哑巴媳妇比画着是不是取梁上熏得

胡
树
和
他
的
牛

漆黑的腊肉，杨春指着墙角一堆洋芋，说我晓得兄弟常年在大城市跑，大鱼大肉吃腻了，吃烧洋芋、酸菜拌辣椒，换换口味。胡树瞧瞧熏腊肉，说还是你了解我，这些年，啥没吃过，真想家乡的洋芋、腌菜。杨春说这次要住几天？不会又带个兄弟媳妇来？胡树说不走了，我在昆明遇到村主任，他邀请我来看有啥合适的项目，帮村里发展一下。那天请村主任吃了顿饭，喝了瓶茅台，喝多了，村主任拉着我的手，说胡叔，村里发展太困难了，没资金没项目，你闯荡多年，要帮帮乡亲们……撇不下情，我才回来了。杨春说你那叫游荡不叫闯荡，游荡也好闯荡也好，老了，回来才是正道，要不然抛尸在外可划不着。胡树被洋芋噎着，说你这是屁话，啥抛尸在外？我过得滋润踏实，抛啥尸？

狗在门外不停地狂吠，还用爪子挠门，叫得人心慌，杨春说这瘟狗咋的了，就是生人也见过面了嘛，从来没这样过。胡树说这狗该拿来炖了吃了，根本不听招呼，养着吃球。杨春说也怪了，咋对你这样呢？其他人可不是这样。胡树心里很是鬼火起，说你叫，老子要叫你叫不出声音来。

胡树醒来，已经是蓝天晌午了，这很正常，他就没有在早上起来过。家里没啥吃的，打算出去找点吃食。才一出门，那狗又冲他不停歇地叫起来，狗倒是拴到杨春门口了，链子也缩短了，咬是咬不到的，但叫得太难听，太有针对性，胡树感到很恼火，这是对他的挑衅，这是挑战他的自尊，老子啥时被一条狗这样纠缠，你是欺负老子没钱么？老子也吃香喝辣过，也挥金如土过，钱来得快去得也快，钱财如粪土嘛，你瞎了狗眼，治不了你，老子也白在外面混了那么多年。

弄了些吃的，胡树回来又睡，他要把精神养足，把力量攒够，好和这条狗相缠，不把狗东西制服，真的白混几十年了。

山村黑得早，日头才落下，雾霭刚浮起，像潮水样的涌来，黑夜就将小山村吞噬了。杨春家是睡得早的，又没啥事做，只有一个黑白电视机，信号不好，麻麻点点一片，偶尔晃出几个人影，眨眼就不见了，也就没看电视的兴趣。胡树悄悄起床，摸到不远处蹲着，朝那狗汪汪叫两声，那狗鼻子灵得很，知道是他，于是就愤怒，就汪汪汪狂吠起来。杨春被吵醒，在里屋骂死瘟，叫个球，这么早没人起来的，赶紧闭了狗嘴。那狗叫了一阵子，刚停下，胡树又朝它扔了个小石子，又汪汪叫两声，那狗是呆狗，只管愤怒地叫，叫得惊天动地，叫得毛骨悚然，叫一阵，感到有些累，就休息一下。胡树又扔了两个小石子，又汪汪地撩拨几声，那狗受到挑衅，狗性子发作，在链子的约束下蹿出又退回，退回又蹿出，挠地扒泥，把地下扒了个坑，叫得撕心裂肺。胡树蹲在暗处呵呵地笑，他要的就是这个效果，他要让这条一回家就进不了门、一见面就咬他的死瘟认得他的厉害，他要让它挨一下打，直接打终究是不好下手的，毕竟是老伙计的狗，但让它吃哑巴亏，从此不乱叫。

杨春是睡不着的了，这样不停地叫，再淡定的人也受不了，他想是不是有人要偷东西，狗是好狗，看家护院十分忠诚，虽然现在治安好得多，但没有贼娃子，狗不会这样无休无止地叫的。

胡树知道杨春会做什么，山里人家的狗叫凶了，人睡不住了，知道情况异常，会在屋里找根棍子，甚至顺手提着扁担、板锄出门。胡树迅速摸回屋，将门关好。果然，杨春开门，提着一把条锄出来了，那条锄挖在脑袋上是要命的，胡树在床上冷笑。杨春喝住狗，提着条锄打着手电筒在周围巡查了一圈，没有什么动静。他来到胡树门口，啪啪敲门，胡树、胡树，你这老狗日的，狗叫了半天你没听见么？胡树哼哼唧唧、朦朦胧胧地说，听到了，又睡着了，没啥事。杨春说这样叫你都不起来看一下，贼把你东西偷了你也不晓得。胡树说我有个什么，我这几十斤，巴不得有人偷走呢。杨春又叹口气，是的，是的，你狗日的除了那几十斤还有啥呢？在外面晃了几十年，除了那座祖传的东倒西歪、枯朽的房，还有啥呢？你当然可以睡安生觉，敞开门贼也不会光顾呢。

　　见杨春回去，胡树咂了一袋叶子烟，估摸杨春上床睡了，他翻起身来，想开门出去，又觉不妥，如果杨春听见狗的狂叫，又提着条锄出来，来不及跑，被那狗日的挖一条锄就完了。胡树是啥人，啥法没有，他找了根长竹竿，拴上线，找出昨天啃剩下的一根骨头拴上，爬上屋顶。他家紧挨着杨春家，竹竿的长度正好撩拨到狗，他的房是草顶，虽然枯朽，爬着却不硌人。胡树高兴起来，又翻下草顶，到楼下摸出那瓶散酒，对着没有一颗星星的夜空喝起来。喝几口，他把竹竿伸下去，对着那狗撩拨，那狗也是认真而且执着的狗，也是受不了一点气的狗，知道那光骨头晃来晃去是挑逗它玩弄它的，就恼怒，不假思索，放声狂吠。一气叫了十多分钟，想歇下，竹竿又伸下来了，竹竿和拴着的骨头在它的狗头上晃来晃去，好几次还打着它的狗头，这憨狗更愤怒，便使出全身的劲扑、刨、咬、叫。杨春被搅得睡不着，踢了他的哑巴媳妇一脚，妈的你倒好，狗再叫也听不到，老子咋睡得着。听到门"吱呀"声，胡树早把竹竿收回，趴到草顶的另一面喝散酒。杨春又拿着手电筒提着条锄到处查看，走了一圈，发现没有任何可疑迹象，他就有些恼怒了。那狗也是呆狗，杨春走到它面前还在叫，把头伸向胡树的房顶方向，杨春把手电筒的光射向房顶，黑黢黢的房顶上啥也没有。杨春恼怒，抬起脚就给狗几大脚，踢得那狗汪汪汪叫，叫得委屈而又哀怨，它因委屈变得更愤怒，朝胡树房顶方向更加起劲叫。杨春说你还不服气，你再叫老子明天宰了你，邀胡树来吃狗肉，给他洗尘。说着又是几脚，狗叫得更加委屈，更加愤怒，胡树在房顶另一面的草顶上跷起二郎腿，喝了一大口酒，差点笑出声来。

　　就这样折腾到天亮，那狗嗓子也叫哑了，嘶嘶啦啦的，一夜的折腾，那狗累得站不起来，趴在地上悠悠喘气。

　　从此，那狗见到胡树眼帘低垂，看都不敢看，更不敢叫了。

二

　　村主任吴家良带着扶贫队员赵云顺来胡树家时，胡树还在睡大觉，敲了半天门终于敲开，胡树披着衣服趿着鞋对来人说敲啥子嘛，大清早的。家良说早，现在还早？你看几点了。说着把手腕伸过去让他看表，胡树说才10点嘛，看完表他把村主任的手腕抓住，说上海精工，不咋个嘛，我在成都时买了块瑞士表，在火车站被贼偷了。家良说我晓得你有钱，就是不晓得戴在手腕上咋个会被偷走。胡树说人挤嘛，你不晓得大城市的贼有多厉害。家良说二大爹，我们是来搞扶贫调查的，你有钱，就不纳入低保了，谢谢你的支持。胡树一听是落实低保当贫困户时，就急了，他晓得贫困户吃低保的好处，他急赤白脸地说家良侄儿，不，主任，还有这位同志，你们可要为我做主，我一个孤寡老人在外漂泊几十年，穷得除了身上几十根肋巴骨，一身瘦成皮包骨啥也没得，你们忍心让我饿死吗？走走走，我带你们看，我这家里有啥东西，说着去拉吴家良和赵云顺的手，家良笑了起来，不用瞧了二大爹，我是逗你哩，你不要再乱吹牛打诳了，我还不晓得你的家底哩。家良对云顺说看见了吧，他的情况我在路上和你介绍过，你要包的十几户贫困户中数他最穷，要脱贫担子重哟。云顺三十来岁，农村工作他也是熟悉的，像这样的贫困户还真不多了，他在屋里走了一圈，又到楼上看了一转，真是丢个石头也打不到一样东西，别人家至少墙角堆得有洋芋，梁上挂得有苞谷、腊肉，瓮里有米，他屋里连洋芋也没有。床上呢只看得见一堆黑黢黢的油渣似的东西，老远就闻得见一股酸臭味，知道他的被子是没缝背面的，棉絮最不耐蹬，成油渣、破网了，这是一块硬骨头哟，谁摊上谁倒霉。

　　要走，胡树一手拉住一个，热情似火，侄儿子，这位同志，莫走嘛，难得来一趟，吃了饭再走。家良说二大爹，你莫装洋了，你的粮还在耗子洞里，拿啥请我们吃？胡树说才回来嘛，一样都还来不及置办，干脆偅儿子今早去你家随便吃点，等我置办好了又请你们，别的没得，"剑南春"是要买几瓶的，老火腿、老腊肉也要买几挂，不过么，我做不出好的来，请你们进城上馆子。家良说老辈子，我们还要去其他村，干脆你自己进城吃馆子算了，城里远，在镇上也可以的，将就吃点。说着朝云顺挤眼睛，一脸讥讽地笑。

出门，家良说小赵，你赶紧从救济款里取点钱，给老头买点粮、油和生活用品，但千万不能给钱，切切记住。云顺说我给行么？用自己的钱，这老头也太可怜了。家良说千万不能给，给了他上镇里一顿就吃完了，还要邀上几个人撑面子，听他冲壳子。云顺说主任，我这任务难完成了，这样的人，咋脱贫嘛，到时完不成任务，挨批评受处分不说，还要拖累你们哩。家良说不怕，我们一起想办法，不会让你一个人抓瞎哩。

云顺用大背篓背着要送给胡树的粮、油、生活用品，累得气喘吁吁。走到杨春家门口，那狗就疯咬，云顺退远，那狗还是不依不饶，叫得愤怒，叫得狂躁。杨春出来，见是给胡树送东西，心里不快，就懒得喝住狗，云顺说老人家麻烦你喝住狗，我是给胡大爹送东西哩。杨春说我晓得你是给他送东西的，还是当懒汉当混混好，有政府管着。胡树出来，那狗立即不叫了，垂着头、夹着尾，一脸沮丧退回去了。胡树说说谁呢？说谁呢？杨春老弟，你不能背后说坏话哟。

胡树笑眯眯地对云顺说我晓得你快来了，请进请进。云顺看着他伸手，以为他要接过去帮一把，他却收回手进屋了。东西放好后，胡树说了些感激的话，坚持要云顺坐下，说要烧水给他喝，云顺说还有事呢，以后还要来的，胡树却拿出一把生锈的斧子，说你咋说也走不脱的，到了我这里连杯茶也喝不上，我要被人骂的，你帮我砍砍柴吧，用柴火烧水快，说着将斧子递给了云顺。

云顺接也不是，不接也不是，心想他把我当成大儿子使唤了，砍砍柴也无妨，但得看自愿。胡树说赵同志，他知道他姓赵了，你这是来扶贫呢，你看我一个孤寡老头挥得动这个斧头？你大力饱气的，帮我砍砍柴又咋了？以后上面来搞调查，我要帮你说好话的哟。云顺无奈地到门口，帮他砍柴去了，胡树从兜里拿出烟，抽出一支自己吸上，说你手不闲我就不递烟给你了，他蹲在门槛上，美滋滋地抽上了烟。

砍完一小堆，云顺手有些酸了，说二大爹，够你烧水、烧早饭了，水我不喝了，还有事哩。胡树说抽支烟、抽支烟，歇下又砍嘛，你咋个会忍心让我这个星期吃生的呢？像你这样优秀的上面来的同志，随时把群众的困难记在心里。云顺想果然在外面跑过江湖的，山区的人憨厚，哪里找得到这些歪歪道理来说，不砍吧，这种人难缠，一天又闲着无聊，他抬着嘴乱说影响也不好，只得又挥起斧子。胡树见门前的柴砍得差不多了，又去房后抱出一堆，说一事不烦二主，家良侄儿说要来帮我砍，我看你顺手捎带一次砍完算了。云顺手也砍酸了，他虽然说也是农家子弟出身，毕竟进机关多年了，多少年没砍过柴了。他累得气喘吁吁，额上热汗蒸腾，刚砍完一堆还没喘过气来，老头又抱来一堆。他忍不住说二大爹，我就是你雇来的长工，也要省着用；我就是你儿子，你也要心疼心疼，不砍了。说着爬起来要走，胡树说你这人，不砍就不砍嘛，还要说这些难听的话，你看我一身是病，无儿无女孤寡老头一个，走路都打闪闪，你就当尊老嘛。说着硬将云顺扯进屋，进来进来，我这人是最讲感恩的，你茶不喝一杯，饭不吃一口，咋叫人忍心哩，云顺只得坐在他那歪三斜四、散了草瓣的草墩上，差点没跌一跤。胡树在屋里转了一圈，说哟，水也没得了，你说我这是啥日子，让你见笑了。来来来，抽支烟，麻烦你帮我挑挑水，水井就在村子前头，不远不远。云顺歇了歇气，心想算了算了，自己大力饱气的，挑就挑吧，不要说是自己的扶贫对象，就是年老体

胡树和他的牛

弱的孤寡老人也该帮的嘛。

云顺出门，那狗又叫起来，杨春出来喝住狗，说赵同志，你这干儿子硬是当上了，又砍柴又挑水，怕是连饭也帮他煮好哩。云顺说他年纪大腿脚不灵便，我帮一下。杨春说腿脚不灵便，他能到山上去撵兔子吗？他能到处去赶场吗？开了这个头你就摊上事了，你这个干儿子当定了。云顺心里有气，感到受骗了，想折回去把桶丢了，走人。胡树出来，说赵同志，狗挡你道了吗？我来给你开道。他一出来，那狗立即不叫了，低眉顺眼夹拉着尾巴缩回去了。胡树说柴烧了好多，麻烦了你去挑吧，云顺无奈，只得挑着桶走了。

云顺对村主任说这个贫我真是无法扶了，给他送东西，还要帮他砍柴、挑水，只差没做熟饭喂他了，你说他吃完了、用完了又咋办？家良说我还不了解他，当年老伴实在受不了他，带着儿子跑了，从此他到处漂泊、到处流浪，人老了跑不动了，就回来了。这样的人，政府可以兜底养起来，问题是咋个脱贫？养起来和脱贫是两回事。云顺说他啥都不做，等着天上掉馅饼？家良说这个老汉还是有些能耐的，要不咋在外几十年，听说他在外面还有个老伴，还有娃娃呢。云顺说上天保佑但愿他们不要来了，光他一个我的任务就完成不了，再来几个就要命了。

商量来商量去，最好的项目是养牛，胡树老汉腿脚好着哩，养牛最适合他，于是决定，买牛。云顺从自己单位要了些钱为他买牛。

家良把钱送给胡树，厚厚的一沓，用橡筋捆着，说二大爹，这钱是赵同志单位捐的，每个职工都拖家带口，工资也就那点，但一听扶贫，都捐了。我听说小赵单位一个女的，人家把给娃娃买奶粉的钱都捐了，我们不要辜负人家哟。云顺把一张表拿出来让他签字，胡树看到这么多钱，眼睛放光，一把将钱接过去，蘸着口水啪啪数起来，数了一遍，说侄儿子，是三千吗？

咋不够呀？云顺心中不快，说好好数，不会少的。家良说二大爹，你不要贼慌慌、急捞捞的，慢慢数，这钱我数过的，难道我还要拿走张把两张。胡树说咋会，你咋会？我是怕数多出来，要退出来，多少就是多少，清清白白做人才是道理。家良笑出来，好好好，二大爹做人清清白白一辈子，佩服，佩服。

签了字，云顺又拿出一份承诺书来，说老人家，收了钱你还得签承诺书。一听"承诺书"胡树就有些不高兴，说签啥承诺书哟，我这辈子最讲的就是诚信，不信你问主任，走南闯北几十年，没得诚信咋混得下去。家良差点笑出声，说是的，是的，我这老辈子最讲诚信，希望你将诚信保持下去。好好养牛，养好牛，多下几头小牛，你不就脱贫了吗？胡树说是嘛，是嘛，我不会毁了一辈子名声。家良说承诺书还是要签的，这是规矩，不能破坏的。胡树说念给我听嘛，我要了解了解。云顺拿起承诺书正要念，家良说二大爹，你是念过初中的，不要装作不识字。胡树说字我早忘得差不多了，再说，我眼睛的视力也不好，下次麻烦你们帮我配副眼镜来，我的左眼是 460 度，右眼是 500度，不要搞错哟。

三

胡树少有的起了个早，他在人家送来的衣服堆里刨了刨，找出一件黑色夹克，一条蓝色西装裤，还有一双皮鞋，长期放着有些发霉发皱。没有鞋油，胡树有办法，将鞋用抹布擦干净，从前些天买的一块腊肉上切下一小片肥肉，在鞋上抹了个遍，又用干布擦，居然亮锃锃的了。

杨春说你是去找婆娘呀，打扮得像新郎官样的。胡树说是呀，老杂毛，我带个漂亮婆娘来亮瞎你的狗眼。杨春说你莫吹牛皮，有本事带来你还要把以前的那个打脱。这话说到胡树痛

胡树和他的牛

处，他想反驳，心里突然一阵酸楚，就默默地走了。杨春有些内疚，打人不打脸，揭丑不揭短，这话过分了，等他回来请他吃饭，喝杯酒。

虽然是山区的集市，仍然很热闹，街道是逼仄了些，但新房子也不少，全是五六层的钢混建筑，窗是铝合金玻璃窗，门是宽敞的卷帘门，各种各样的商店，小超市一家接一家。卖家用电器的和五金百货的啥都有。这些地方他不爱去，他爱去的是那些低矮的房屋里开的门店，有放录像的茶馆，有卖米线、面条、包子、馒头各种小吃的馆子，还有现点现炒的小餐馆。

二大爹，今天来得早哟，打扮得像新郎官样的，精神好得很嘛。来来来，看场录像再走。胡树说不看了，今天不看了，我还没吃饭呢。录像馆老板说你没带荞粑粑么？我这里有开水，才烧开的。胡树说谁带荞粑粑了？我要去进馆子哩。录像馆老板说咦，二大爹，今天又得到救济款了。胡树有些不高兴，啥救济款？我只有救济款么？

进了"好又来"餐馆的门，老板笑哈哈地，二大爹，今天是来碗米线泡饭，还是面条泡饭？酒是苞谷酒，正宗不掺假。胡树说我只会吃米线、面条泡碗饭么？来来来，点菜，点菜。老板好生高兴，是嘛，二大爹谁人不知，哪个不晓，是个会过日子的人。

胡树点了一盘糖醋鱼片、一盘回锅肉、一碗蒸肉加一碗淡豆花。酒呢，他说就不要散酒了，你那散酒不正宗，来瓶"醉明月"喝不完带起走。老板说好好好，二大爹豪爽大气，这才是二大爹的做派啊，说着去炒菜了。

菜端上来，胡树说我这桌就不要再安排客人了，我喜欢清静。老板说不安、不安，谁不知道二大爹是讲究人。老板脸上挂着嘲讽的笑，心想老杂毛要把这救济款几顿吃光呢？

胡树脱掉了皮鞋，他嫌皮鞋不透气，穿着汗叽叽的，但今天上集，不穿又显得不体面，见面的人都说二大爹发财啦，穿得好光鲜。有人说人家老汉在外闯荡几十年，腰粗皮厚的，只是不显山不露水，有肉埋在碗底。胡树听着高兴，说不咋的，不咋的，哪里有啥钱嘛，一人吃饱全家不饿罢了。有人说二大爹的衣服裤儿都好，就是有点脏了，找个老伴洗下嘛。胡树说不慌不慌，老伴是条狗，有钱自然有。听的人笑起来，说二大爹说自己是公狗哩。胡树心情好，也不恼，说我是你爹哩，你这小狗崽子。

胡树慢慢品酒，慢慢吃菜，他点的菜多，量又大，还嫌不够，又叫餐馆老板加了两个菜，菜上齐，满满一桌，很气派。胡树满意地咂咂嘴。看见其他桌的人都羡慕地看着自己，胡树心满意足，但一个人吃，一个人喝，又显得有些冷清，他后悔当初不约俩人来，热热闹闹，听他们吹捧的声音，看他们羡慕的目光，也是一种享受。

胡树朝门外不断地瞟，看能不能遇到熟悉的人，喝了两个小杯酒，突然看见杨春和他的哑巴媳妇，哑巴媳妇背了背篓，是来赶场卖东西了，值几个钱呢？胡树知道，卖的不外乎是洋芋、苞谷、一串辣椒、几个南瓜，他有些鄙夷，有些自豪，有些同情。他冲出门去，喝住已走过去的杨春，请他们来吃饭，杨春说你慢慢吃，吃人三餐，还人一席，我可没钱请你。胡树说这是啥话，请你吃是要你还？这些年我不在，房子啥的不是你照料么？来来来，老哥们了，不要废话连篇。胡树将杨春拖起就走，哑巴媳妇站着不动，胡树去拉她，她的手布满老茧，毛刺刺地刺人，胡树心里泛起一种温暖、一种酸楚，也有一种期盼。

胡树找到感觉，居高临下地说吃呀，杨春老弟，放开吃，不够又再添。杨春说够了，够了，这么一大桌菜，吃不完浪费，也只有你这么大方，这么舍得。胡树大大咧咧地说钱是生不带来，死不带去，今朝有酒今朝醉，有了钱就要舍得。你呀，要学会享受。杨春说胡树老哥呀，你要省着点用，不要有一文吃出二文，我晓得，你那钱是人家赵同志他们捐的，你要拿去做点正事。胡树说我咋不做正事了，你不晓得，我就是要去买牛，买了牛，你可要帮我照看了，我晓得你放牛是有经验的。杨春说那是应该的，我帮你照看下，但你自己要上心。家良主任和赵同志也和我说了，你要好好买个母牛，母牛种好，繁殖得快，小牛可值钱呢。胡树说我晓得，我虽然在外多年，这点经验还是有的嘛，牛年轻，体格好，生育能力当然好。杨春说你带钱了吗？我叫哑巴媳妇去卖东西，我和你一起去买牛，你要信得过我，我比你在山区时间长，买牛比你有经验。胡树说不不不，今天没带钱，改天又请你来帮着选。胡树明白，他这钱买了好牛，这几天就没有开销了。牛当然要买，但他不打算买好牛，买头牛就行了，何必破费太多呢。

　　牲畜市场在乡场的尾部，这里是一片开阔地，有两排白杨树，白杨树长得蔫不拉几，这种树本来易活、肯长，树干粗壮，枝叶繁茂，无奈白杨树成了拴羊、马、牛的树桩，树皮被牲畜啃得光光的，好在树的生命力顽强，蔫而不倒，凋而不死。

　　牲口市场热闹非凡，马嘶牛鸣，羊叫猪哼，此起彼伏，像用柴火烧锅里的水，沸沸扬扬的。胡树今天穿了一身好衣服，吃了餐馆，袋里有钱，腰自然直了，不知不觉双手朝后背起来了，就有了公家人的感觉。牲口市场也有不少人认识他的，也知道他的底细，有人说二大爹，你不去茶馆里蹲着，跑到这里干啥？难道你要买牲口？买了干啥？你一个人潇潇洒洒，买了牲口走哪里就不方便了。有人打趣，人家咋会买牲口，人家是上面重点扶持的人，是来搞调研哩，你没见手都背起走了。胡树说咋的？不准我背着手走路？老子走南闯北的时候，你小狗日的还穿开裆裤哩。那小年轻人知道胡树不好惹，忙说对哩，对哩，你风光体面谁不知道哩，小辈佩服，小辈佩服。说着忙递支烟给他，胡树才没发作。

　　牲口市场虽然乱，但乱中有序，卖猪的在东边，卖羊的在西边，卖马的在南边，卖牛的自然在北边了，各自为营，不会乱窜。胡树穿过羊群，径直往卖牛的地方去，今天大概有几十条牛的交易。卖牛的有专业的，是所谓经纪人，这些人专业，对牛的状况一目了然，牛有多少岁，有无疾病，牙口如何，毛色咋样，一目了然。对牛的性子也熟得很，他们看一眼牛的身架，牛的鼻子和眼睛，就知道哪些剽悍，哪些绵软，哪些老实，吃苦耐劳；哪些性子倔强，还是生坯子，还要驯化；哪些母牛生殖能力强，哪些没生殖力，他们朝胯下一看就知道。经纪人有买牛来卖的，但大多数他们只做中间生意，从买主和卖主之间赚经纪费，他们能说会道，善于察言观色，把握买卖双方的心态，促进不容易交易的交易成功。

　　见胡树来，他们没有一窝蜂地挤过去，在他们印象中，胡树是从来没出现在这地方的，只在茶馆、小吃摊、小酒铺见过。胡树觉得受了冷落，有些不高兴，他走到一个中年汉子身旁，说赵老三，你没看见我来么？你是干啥吃的，买主来了也不招呼。赵老三说我以为你老人家是来闲逛哩，你老人家真要买牛？胡树说我不买牛我来干什么，你小子帮我考察考察，选个能下崽、生得多的母牛。赵老三说好说，好说，恰巧今天卖母牛的多，你老人家运气好，往个赶场天也就是三五头母牛，而且都是年老体衰、不会下崽的老母牛。今天也怪，一下子来了七八头母牛，基本上都是年轻膘壮、毛色发亮、眉清目秀的那种，个个都逗公牛想，你没见那头公牛，拉也拉不住，直往小母牛身上扑哩。不远处，果然有条体格健硕、油光水亮的公牛直往一条母牛身上扑。卖牛的拉着缰绳，身子朝后仰，双脚蹬地都拉不住，眼看要被公牛扑上去了，一个汉子朝外面飞哒哒地跑来，拉起母牛就跑，嘴里说死瘟的，我这母牛才配上哩，整流产了老子把你那牛玩意儿割了下酒。众人边后退边哈哈大笑，说你不拉远点，把它放在这里逗骚撩汉，公牛又没阉过，想上也是情理中的嘛。

赵老三说就是这头牛好，年轻，牙口好，膘足，体格、毛色、相貌都好，而且怀上了崽，买一个当买两个呀。赵老三把它带到远处，那头被强行牵走的母牛恋恋不舍地朝公牛这边张望，眼里又是渴求，又是怨艾。卖牛的说你这骚货，还真舍不得呀，见一个撩一个，你是只想生杂种呀。赵老三说你莫骂它了，都是你教的呀。卖牛的说你教的，哪个不晓得你赵老三吃牛卵子发骚风，逗得人家钟寡妇鞋子都跑脱掉。两人打趣一会儿，赵老三说认得吧，这位是乡场上大名鼎鼎没有人不认识的胡二大爹。卖牛的说听说过，听说过。赵老三说胡二大爹想买头牛养起玩，年纪大了，有个牲口伙伴也不寂寞。胡树说我是养起玩的吗？我是响应号召脱贫攻坚哩，赵老三，你可晓得啥叫脱贫攻坚？这是国家大事，你只会摸牛脑袋和牛屁股。赵老三嘿嘿笑，你老人家几天不见，还真有觉悟了，行行行，为了你的脱贫攻坚，我一定支持、配合，就买这头，保证方方面面都好。卖牛的也说二大爹你也看到了，我这母牛体格好，性子好，相貌也俊，生小牛嘛，小菜一碟，包你两年脱贫。胡树精明，说你这牛确实好，我虽然不懂牛，但刚才的情景你也是看到了的，只是这么好的牛你为啥要卖呢？卖一头当卖两头，不划算哟。他这么一说，卖牛的几乎要哭出声来了，蹲在地上，哽咽着说儿子开货车，在李家山出车祸了，人现在还躺在医院重症室，车毁了人也毁了，交了十多万，再不交钱医院就停止抢救了。

胡树听了心里也酸楚，他晓得农村人的艰难，他在外漂泊也遇到这种情况，他说你要多少钱呢？经纪人抢着说我做这行二十多年了，这么好的牛确实难得遇到，他不是有难也舍不得卖的，我替他报个公平价，五千六。胡树知道这价也不贵，一般年老体衰没有生殖能力的老母牛，也要卖两三千呢。但赵同志给他的是三千元，他打算吃几天，玩几天，剩下一两千元，买头老母牛来混下日子。胡树说牛卖这价确实不贵，但我只有两千来元钱，差得太多了，你急需用钱，先卖吧。经纪人说二大爹，你把牛牵走，剩下的钱我帮你垫着，谁不知道你是个讲信用、有面子的人。胡树说不了，不了，我从不欠人钱，欠钱心里不踏实，睡不着觉。谁知这时从外面来了个人，说找到了找到了，二大爹，我听说你得了笔款，刚才去"好又来"吃饭。不好意思，麻烦你把我的酒钱结了，我本小利微呀，说着拿出个皱麻麻的小本本，上面密密麻麻写的都是欠钱的人和欠的数额。胡树脸上不好看，说你这人也太小气了，叫花子欠不了赖子的，多大点事，我正要送钱给你哩，你却追到这里来了。

四

胡树想买的那头牛，确实又老又丑又衰败，他找到那个经纪人的时候，腰包里只剩下不到两千元了。家良主任和赵同志几次问他，他都说要买了，要买了，你们没见我天天上集市去吗？就是去相牛。家良说老辈子，你怕不是买牛，是去买醉了，我遇到你时不是醉得歪歪倒倒的吗。云顺着急，老辈子你莫坑我哟，这钱是我单位同事捐的，他们都在帮我，我在帮谁呢？你要是把这钱吃了用了，我交不了差哟。胡树说你这是啥话？我是那种人吗？我是烂泥巴糊不上墙？我是猪大肠扶不起来？我正物色着呢。只是看上的钱又不够，买得起的又看不上。云顺说这样好了，我这里还有五百元生活费，你拿去，千万不要把钱糟蹋掉，算你老人家帮我的忙了。家良要去挡，但钱已被胡树拿到手了，他说咋会呢？你放心好了，保证最近几天牵头好牛来。

费了很大劲胡树才把牛买回来，那牛年岁有些大了，又衰

胡
树
和
他
的
牛

败，皮已脱得瘌瘌似的，肋巴骨清晰可数，神情疲惫，无精打采。胡树不急，他腰上有个扁扁的铝合金酒壶，是他在外流浪时从一个捡垃圾的手里买的，他走几步抿一口，悠悠然然、飘飘忽忽，那牛走不多远就要歇气，去啃路边的青草，胡树就蹲在路边等它，走走停停，停停走走，终于在天黑时赶了回来。

胡树这次真的想好了，想养牛了。这些年他在外居无定所，到处流浪，凭他的花言巧语，卖草药，治跌打痨伤、不孕不育、阳痿、咳痰咯血、肺气肿，总之是包治百病。凭他的一些小魔术，在各地乡场也能混吃混喝，但终究没有家，没有归宿。他曾在四川的一个山区和一个寡妇同居了几年，也生了个小孩，但他跑惯了，住不下来，等年纪大了，不想跑了，人家又不愿收留他了，他便灰溜溜地回来了。

胡树原想买头牛，管他老牛瘦牛，会不会生崽，养起交个差，省的家良主任和赵同志见了面就追问，赵同志说他已经将他的牛造册登记，记录在电脑里了，到时候上面是要来核实的。

原本他是想将牛拴在门外的，但山区晚上阴冷，又怕那条狗报复他，贼来了也不咬不叫就麻烦了，狗是很有灵性的。加上晚上他也孤独，也寂寞，一个人清醒白醒地熬到天亮也难过，他就打算把牛养在屋里。

房子虽然破败，毕竟宽大，老辈人建房盖屋都想得远，怕子孙后代住得逼仄。他的堂屋是很宽敞的，加之里面几乎没有家具，没有坛坛罐罐，越显得宽敞了。他去敲杨春家的门，杨春还没睡，正在屋里泡罐罐茶，杨春说你来得正好，我买了好茶，咱哥俩好好泡几罐喝。胡树说茶就不喝了，我倒是要给你要点苞谷草。杨春说要来干吗？牛买来了？他说买来了，买来了。杨春要去看，胡树说就是一头牛嘛，有啥好看的？天太黑了，明天去看吧。杨春说我帮你看看嘛，养牛我比你有经验。杨春去找手电筒，他晓得胡树家现在也还没通电，人家扶贫的赵同志要给他解决这事，他说做这事干啥？天一黑我就睡觉，又不做啥事，这事也就放下了。

杨春照着手电筒，那牛早就困倦地躺在地上，头耷拉着昏昏沉沉的样子，杨春用手电筒照它的脸，它也毫无反应，只是闭了下眼，杨春吆喝它起来，它死活不动。杨春说你这牛弱得很了，连站都懒得站起来，他牵着牛鼻子上的绳子，才勉强将它弄了起来，照着手电筒，杨春围着牛走了一圈，站定，又用手摸牛的背脊、肚皮，又掰开牛的嘴，看它的牙口，杨春说这头牛基本上废了，你买来干啥？胡树说咋可能，瘦是瘦点，弱是弱点，休息休息还是恢复得过来的。杨春说多给它吃点新鲜草料，多给它加点黄豆、苞谷面，养壮一点，催下膘，杀来吃还是勉强可以的。胡树说你这老杂毛，一天就惦记着吃，我还指望它下崽哩，一年下一头，两头变三头，三头变六头，这贫不就脱了么？你倒是看看，这牛到底还会不会发情？还会不会下崽？杨春说不用看，你见过半死不活、蔫不拉几的婆娘会生养么？这牛就像四十岁的半死不活的婆娘。胡树不甘心，说牛是疲了些，弱了些，但我听赵老三说喂得好，还是会下崽哩，还没到不会下崽的年纪。杨春说除非你和它交配，看会不会下崽。两人打骂戏谑了一阵，杨春说去抱苞谷草吧，垫厚点，不要硌着它。

胡树那晚还真的兴奋了一阵，他睡在里间，和牛只隔了一堵板壁，门又开着，那牛的喘息声、反刍声他听得清清楚楚，牛身上的热气、骚味也弥漫进来，让他有了新鲜的感觉。毕竟是活物，他孤独了一辈子，漂泊了一辈子，到老了终于感到疲倦了、孤独了，往天屋里只有耗子窜来窜去，现在有这么个伙伴陪在身边，他感到了一阵温暖。

但牛始终是牛，睡到半夜他起来撒尿，听见牛也在撒尿，牛尿腥臊冲鼻，撒了好一阵才撒完。胡树心里不高兴，这是老

胡树和他的牛

子的堂屋呀，你当成茅房了，原想他像人一样会出去屙，这样不出三天这屋里成啥了。

那几天，胡树还真的上了心，每天清早他胡乱弄点吃的，早早牵着牛出去吃草。杨春告诉他，清早带露水的嫩草牛最爱吃，也最催膘，太阳一出露水晒干了，营养就没有带露水的好了。

已经是深秋季节，山区的季节是很敏感的，几场霜降，树木、荆棘、野草、藤蔓很快就枯了；太阳一晒，风一吹，到处落叶纷纷，真是无边落叶纷纷下，一片萧索景象了。杨春说嫩草还是找得到的，东边朱家岩上的一面坡上，到十月份草都还绿着，那里背风、向阳、水源好，只是远了些。胡树说远点不怕，我牵着它慢慢走，当玩一样的。那牛毕竟弱而衰败了，走得蹒蹒跚跚、趔趔趄趄。杨春说你不如拿上背篓去割，等走拢那里天在日头不在了。胡树咋会听这话，说不用不用，让它走走，长点脚力。

才走到坡脚，那牛不愿走了，他也不愿走了，他牵着牛进寨，到一个经常在乡场上喝酒的老朋友家找饭吃。老朋友说老伙计你还当真喂上牛了，来来来，正要吃饭，一起吃吧。果真人家正要吃饭，胡树说来得早不如来得巧，不好意思不好意思。吃完饭，已是晌午了，老朋友说这阵还有啥带露水的草，干脆把牛拴在我院里，我们到乡场上喝酒去吧。老朋友朝老伴喊你给牛添把料，我和老朋友去乡场上走一趟。胡树心里到底还是牵挂着牛的，他说算了吧，从乡场上回来天就黑了，还要喂牛呢。老朋友说牛有娃他妈照顾着，听说吴老坎家进了一款酒，水富的，隔宜宾不远，"五粮液"的味，价又低，卖得好，我们去喝喝，再打几斤回来。胡树的酒瘾立即被勾了出来，他那个扁扁的铝合金酒壶里已没酒了，在路上他喝完了最后一口酒，酒瘾发了，酒虫子顺着喉咙爬，难受得要死，实在馋了，打开壶盖闻一闻。在一条小溪边，还舀了些水进去，涮涮喝了，更加难受。

老朋友的老伴说你三天不赶场，魂就没在了，要去你去，死在那里也没哪个管你，只是不要把牛拴在这里，我才没工夫管哩。老朋友说不理她，走，她会管的。

等他们回来，已是半夜时分，两人互相扶着，磕磕绊绊，东倒西歪，走一路歇一路，睡一阵，又走一阵。终于到了，胡树虽醉，还没忘记他的牛，凑拢一看，那牛空瘪瘪的肚子，站都站不稳，眼泪汪汪地看着他。他心里一阵愧疚，不该抛下牛和老搭档酒友去喝酒，让牛受了一天罪，说好要养好牛的，像这样咋养得好。他去抱了些苞谷草来给牛吃，牛艰难地嚼，他说将就点吧，明天我弄新鲜的给你吃。

没得几天，他那屋就真的成牛厩了，堂屋虽宽敞，但住了头牛，又塞了不少草，牛在里面睡、屙尿屙屎，屋里很快就臭烘烘的了。地下是没脚的稀泥，苍蝇、蚊子各种飞虫密密麻麻飞，云顺来填扶贫调查表，还没进门就被眼前的景象惊呆了，他从来没见过在堂屋里喂牛的，老汉又懒，又没有清除秽物，就是牛厩，也要随时清扫，掏粪填土的。

云顺无法下脚，就坐在他家门口的门槛上，让他出来填表。胡树说不要嫌弃嘛，上面不是说扶贫的要来同吃同住的，连个门都不进呀。云顺说你那是屋吗？是牛厩，哪有把牛养在堂屋里的。胡树说不养在堂屋里还养在我床上？你看我有牛厩吗？连个牛厩都不帮我解决，还扶贫呢？云顺语塞，这老汉刁着哩，还真问着了，没有牛厩让他在哪里喂哩。云顺用膝头垫着填表，问了些基本情况，准备走。胡树说赵同志，你们不帮助解决牛厩的问题，我就把牛一直喂在屋里。

云顺赶紧忙着张罗，为他申请了专用款，这次云顺不敢把钱拿给他，怕他像买牛一样吃喝得差不多了才买条衰牛来搪塞。

云顺请了镇上的包工头，买了材料来建牛厩，他一直监督着，好在修个牛厩工程小，几天之后一个新崭崭的牛厩就建成了。

等云顺再来他家时，他又大大地惊诧了一回，胡树老汉竟然住进了牛厩里，他把床搬来，把锅碗家私也搬来，像模像样住上了新房。云顺说二大爹呀二大爹，亏你想得出，牛不住牛厩你倒来住牛厩了，你这不是弄颠倒了么？胡树说牛厩是牛厩，但它是新牛厩，干干净净，盖了水泥瓦，打了水泥地皮，一股新鲜松木气息，比我那房好到哪里去了，牛难道比人还尊贵么？人不是该比牛住得好么？云顺被问了个大张口，想想，说二大爹，牛厩始终是牛厩，是按牛厩标准修的。你住在里面，不是臊我的皮么？上面检查，说我越扶越贫，把扶贫对象扶到牛厩里去了。胡树暗自高兴，说那是你的事，我高兴住牛厩，是我的事。好说歹说，胡树终于答应从牛厩里搬出，但要云顺答应帮他改造住房，云顺眉心结了个大疙瘩，脸上愁云苦雨，难受得想哭。云顺说二大爹，你的房屋达不到危房改造标准，再说你一个人，修了也住不完。他本来想说修了你也住不了几年，但这话不能讲，讲了会有麻烦。胡树见他不情愿不高兴，脸丧得拧得出水，说这事你也不要为难，我晓得各有各的难处，我就住这里得了，牛也舒服，我也方便。

云顺不搭话，他拔腿走向老汉的房子，打量一阵，又顺着房子走了一圈，最后冒着腥臊刺鼻的味道，挥打着成群结队的苍蝇，进屋看了看，老汉这房子，虽然久远颓败，但房梁框架尚好。过去年代修房造屋都想千秋万代，木料是柏木，熏得漆黑，但还结实，用手敲敲还有钢声，砖瓦换一下，地皮打一下，墙体抿糊一下，就脱胎换骨了。

云顺也不打招呼，抬腿就走，胡树追上去，赵同志，啥情况讲一声嘛，人家其他的帮扶对象都修房子，就我还住烂房子。你为难也就算了，我也不给你添麻烦，我也不是胡搅蛮缠的人嘛。云顺说是的，是的，你是通情达理的人，是所有帮扶对象中最讲理的人。云顺想我是倒了八辈子霉了，这扶贫不晓得咋是个头。

五

住在新崭崭、亮堂堂的牛厩里，胡树心情也好起来，虽然是牛厩，还是修得挺正规的，连门窗都有，砖墙、石棉瓦、水泥地，门墙散发着松木的香味。晚上睡在床上，有月光泻进来，听得到老母牛的咀嚼声，心里暖暖的。想着新崭崭的门窗似乎少了点什么，对，少了副红艳艳的对联、热热闹闹的窗花，当然，最少的是少了个大红的"喜"字，真那样，才惬意呢。

想起了四川山区的那个寡妇，想起了那短暂而温暖的往昔，想起了他还有个女儿，心里既暖暖的又想念的，既温馨又凄凉，五味杂陈，他想要是真的把牛养好，那看似遥远的、渺不可及的梦会不会实现呢？

胡树起了个早，背着背篓去朱家寨给牛割带露水的草去了，他知道这牛是很难走到朱家寨后面那片向阳的山坡的，先调养调养，等它养好脚力才吆去吃草。走到寨子旁边，他有些累了，想去老朋友家喝早茶，但还是忍住了，担心被他缠着到镇上去喝酒。

终于找到那面坡，终于满满地割了一背篓带露水的青草，人也奇怪，胡树原本想割半背篓就行了，虽然身体尚好，腿脚也还灵便，但毕竟上了年岁。可当看到一坡青翠鲜嫩、珠光闪烁的青草，他还是忍不住割了满满一背篓。

那牛看见新鲜的青草，竟然兴奋起来，它天天嚼干苞谷草，嚼得索然无味，见新鲜草就不管不顾地吃起来，胡树高兴，能大口吃说明这牛还能恢复。但见牛不停地吃，他想不行，不能让它不停地吃，牛和人一样，吃多了会把肚子吃坏的。他把青草拿出去，那牛还眷恋得很哩。

胡树见杨春的狗见他就耷拉着脑袋、夹着尾巴，畏畏缩缩、可怜巴巴的样子，心里有些可怜，想改善一下和它的关系。他慢慢走近它，狗吓得缩到墙角，惊恐、狐疑地看着他，怕他出啥阴招，胡树缓缓地走，和它轻言轻语打招呼，一脸和蔼地笑。那狗仍然畏畏缩缩，胡树想慢慢来吧，等每天喂它点东西，不信和它的关系缓不过来。人和人之间都可以改善关系，何况是和狗哩。

杨春见胡树时刻给狗喂东西，心里有点暖意，打狗看主人，喂狗也是敬主人哩。杨春提了板锄、撮箕来帮他除厩，现在他的堂屋倒真的是厩了。杨春说牛和人一样，它只是哑巴牲畜，不会说话罢了，你对它好，它会报答你哩。杨春把粪草和被牛的尿粪搅在一起的稀泥刨出，挑到地里，又挑了干土垫上，那牛哞哞地叫，眼里充满了感激，还去舔杨春的手。胡树说你该舔老子哩，吃里爬外的东西。杨春说你让它住得舒服了，它自然舔你哩。

那牛的皮毛渐渐有些光泽了，身上的膘也似有若无地呈现，肋巴骨也不那么清晰了。杨春说该催膘了，这牲口，我看了牙口，还是可以生育的，只要调理好。胡树听了有些高兴，这头牲口本来是买来应付扶贫的，毕竟拿了人家的钱，好歹也要有个交代，如果能生育，倒真的应该下下功夫，门上那个"喜"字，不能光想，应该真的出现。胡树说兄弟，我这门上该不该贴个"喜"字呀？杨春说不过年不过节的贴啥"喜"字，就是过年，也只是贴对联，难道你还想讨个婆娘？胡树说我是说贴个"喜"字喜庆，我这牛说不定就下崽了。杨春说这也倒是可以的，反正是喜庆嘛，也是个念想。胡树说不是念想，是真的"喜"。

胡树到村公所，请赵同志写"喜"字和对联，家良听了有些诧异，也有些欣喜，老汉要写"喜"字和对联，说明对生活有了盼头。他说这字我写，虽然我的字写得丑，见不得人。他找齐笔墨纸砚，认认真真地写好，交老汉带回。

　　杨春说催膘最好是苞谷面、黄豆面，熬点米汤，加几块红糖，你这牛有膘气了，体格强壮了，自然就会发情。你看它现在这样子，虽然比原来好了点，但毛东一块西一块，脱得难看，牛也眼屎巴秋，眼神黯淡无光，能发情、下崽吗？胡树说牛有这么金贵？要吃苞谷面、黄豆面，还要熬米汤、加红糖，我爹都没这样吃过，我都舍不得这样吃，当真是养爹了。杨春说我是建议你，咋个喂是你的事，牛又不是我的，下不下崽跟我有啥关系。

　　狠狠心，胡树去买了几十斤苞谷籽来磨成面，再要买黄豆、红糖，买了这些他倒真的无钱了。那些天，他把苞谷面撒在青草里拌匀，对牛说吃吧吃吧，我爹妈我都没这样服侍过，你不好好长膘、发情，不生头活蹦乱跳的牛崽子，对得起我吗？那牛温柔地看着他，一脸感激。它是真的没吃过这么好的饲料，过去的主人，只是把它当牛使，并且是过度地役使它，一头牛干两头牛甚至三头牛的活，又不好好喂，真是只要牛儿跑，又不给牛吃饱，过度的劳役使它过度病疲、衰老，现在不光有青草吃，又不劳役，还有苞谷面，这真是过的神仙似的日子了。

　　这样喂了段时间，牛皮毛渐渐活泛，老得结了痂的皮毛脱下，长出了茸茸的毛，像新出生的胎儿的毛，脸也红润了，眼睛也不那么浑浊了。杨春说咦，你这个老杂毛喂牛还有一套了，这么头半死不活的牛都被你喂成这样子了。胡树得意，说我这脑袋比你灵光嘛，只是不耐烦，要不哪样不比你强。杨春说你莫公鸡屙屎头截硬，过不了好久又土基着水——还原。胡树说只要酒不断顿，我才不耐烦上乡场去哩。

　　胡树拉着牛去村公所，村公所离这里有几里地，他将铝合金酒壶装满酒，这是塑料桶里的全部了。他要让村主任家良和扶贫的赵同志看一下他的牛，让他们给点钱去买黄豆、红糖，有了这些，不愁这牛恢复不过来。那时，牛的皮毛亮了，膘上来，肋骨不见了，眼睛也清亮了，不愁牛不发情。

　　走到村公所，见里面息静风烟的，人花花都没有一个，胡树将牛拴好，从一楼爬到三楼，每间房里都没人。他下楼来，走到侧边房里，见炊事员毛胡子老冯在厨房里，正从一个簸箕里拣黄豆。旁边有袋黄豆，胡树眼睛一亮，黄豆，哈，这里有黄豆。胡树笑眯乐呵地问老冯，我侄儿子他们去哪里了？咋个人花花都没得。老冯和他也是酒友，常常在集上相遇，不是你请我喝就是我请你喝，只是老冯要在赶集天才来，他一是买菜和买其他东西，二是过过酒瘾。老冯说侄儿子？哪个是你侄儿子？胡树说吴家良嘛，他是我堂姐的表妹夫姐姐的儿子，老冯说你不要弯弯绕绕了，看人家当了村主任，弯绕着去攀亲戚。胡树说我才从来不攀哩，人家现在扶贫，你不攀人家也都要认亲戚哩。

　　说着话，胡树眼睛瞟着地下簸箕里的黄豆，黄豆金灿灿、圆滚滚的，颗粒饱满，胡树说这么好的黄豆还要分拣？老冯说推豆花吃，明天县上、乡上的领导要来检查工作，现在管得严得很，也不能进馆子吃饭，就在食堂吃。胡树问你这里的厕所在哪里，我尿急得很，屙泡尿再来和你说话。老冯指了方向，胡树出来，悄悄将牛缠绳解了，然后叫老冯喝酒，老冯说这时要做饭就不喝了，胡树说这酒是好酒，酒厂和"五粮液"挨在一起，一个方子，一样的原料做的，我都舍不得喝，你有面子，我俩就喝两盅。毛胡子老冯也是个见不得酒的人，说就喝两盅，还有盘花生米，我俩去餐厅喝，我再炒个小菜。老冯去炒菜，胡树朝那牛招手，那牛也是有灵性的，慢慢朝这里走来，老冯端了盘子，提两个酒盅，两人就在餐厅喝起来。

喝完两盅，老冯要走，胡树说这酒也不多了，把它喝完算了，再也打不到这种酒了。老冯咂吧着嘴，好喝，确实好喝，不暴不燥，不打头，顺溜，口感也好。

正喝得高兴，有人大声吆喝，哪里的牛跑到厨房来了，老冯，老冯，你在整啥子？老冯一听急了，忙从餐厅跑出来，一看傻眼了，一头灰不溜秋的牛正在大吃特吃簸箕里的黄豆，一大簸箕黄豆已被吃了一小半。老冯急了，去拽牛缰绳，那牛正吃得起劲，死活不走，老冯气急败坏，抬起腿狠狠地朝牛肚皮踢去。胡树出现了，胡树说老冯你踢它干啥？它是牲口嘛，你也是牲口？老冯说老杂毛，是你的牛？我晓得你没安好心，请我喝酒，原来你是下套哩，跟你在一起只有吃亏。老子今天要把它吃进去的黄豆踢了吐出来。村主任说行了，行了，莫踢了。二大爹，还不把你的牛牵出去，这是厨房，不是牛厩，不要人和畜牲分不清。胡树知道村主任在骂他哩，但毕竟理亏，不好还嘴。

胡树将牛牵到门外的院坝，对跟着出来的吴家良和赵云顺说你们两位看看这牛咋样？有没有变化？两人对他养牛是没有信心的，云顺更是心灰意冷，好不容易筹集到三千多元，被他吃喝花掉了一小半，买个半死不活的牛来凑数。云顺还在为他的住房发愁哩，人不住堂屋而让牛住，不是坑人么？家良说云顺，你转过脸来嘛，这牛确实有些膘气了，可能是转得过来的。云顺不情愿地转过脸来，牛确实有些膘气了，毛色也变了，在换毛。这时，牛却烦躁不安了，它扭来扭去，头甩得像拨浪鼓，四个蹄子不断刨地，刨得水泥地直冒火星。它试图冲出去，把缰绳绷得直直的，胡树两脚蹬地，也快拉不住了。眼看牛鼻子都快挣破了，鼻子上的血都滴了下来，众人散开，怕疯了样的牛撞到自己。家良毕竟有经验，他看牛眼睛鼓得老高，眼珠血红，口喷唾沫，嘴里还有黄豆的碎末，他知道牛把黄豆吃多了，生黄豆吃下去会膨胀哩，一膨胀牛的胃就撑不住，会撑破了。有人把生黄豆放在石磨下面喷上水，石磨就被顶起来哩。家良说不准跑，大家一起上，把牛按翻，跑出去就麻烦了。云顺，你赶紧去喊兽医。趁牛还没挣脱缰绳，大家一哄而上把牛按翻，牛难过得乱蹬乱踢，家良喊注意牛脚，避让开牛脚。他突然"哎哟、哎哟"叫，他被牛踢了一脚，疼得差点晕死过去。

云顺和兽医气喘吁吁地跑来了，兽医朝牛看了一下，问了一下情况，就知道啥情况了，他说找根细点的塑料管来，有没有漏斗？办公室小王说塑料管倒有，漏斗哪里有？厨师老冯说有有有，厨房里有。

所有在场的人都全上了，按的按牛的头，按的按牛的身子，光是牛身上就趴了四五个人，牛的脚也被尼龙绳绑住了，再也挣扎不得。兽医老郑将塑料管插进牛屁股，把漏斗和塑料管接在一起，叫人提水来。满满一塑料桶水灌进牛肚子，牛肚子咕咙、咕咙一阵乱响，兽医说注意啰，牛要喷尿了。话没说完，一大股牛尿、牛粪，混合着水喷了出来，兽医刚转过脸，否则他的脸上肯定喷满牛粪、牛尿，但他的身上还是被喷满了，其余的人无一幸免，人人身上都沾满了腥臭难闻的半黏稠的液体，其中还有不少没有被消化的黄豆瓣哩。

那天胡树挨了村主任家良的一顿臭骂，兽医用灌水的办法治活了牛，才听见家良蹲在墙角"哎哟、哎哟"的叫唤声。家良的脚肿起老高，乌青一片，兽医让他抬脚，又让他脚落地，还用手捏，家良更是疼得鬼喊狼叫，兽医说还好，没骨折，我给你包裹一下，再吃瓶"云南白药"，没事，落不下残疾。

家良缓过劲，见胡树站在远处牵着牛，眼里露出少有的怯怯的、羞愧的表情。过一会儿，那表情却变成了讥笑。家良正疼得厉害，找到发泄对象，就不顾胡树老辈子的面，狗日、杂种、老龟儿这些词都用上了。骂他贼奸巨猾，骂他阴损缺德，骂他贪占小便宜，无孔不入，连厨房的黄豆都看上了，牛跟他一样德行，吃胀肚子，害得他挨了一脚，经过这一阵狂骂，脚居然疼得缓了些。那牛缓过劲来，趁痴呆呆站着的胡树不注意，挣脱缰绳在院里走起来。它走到云顺身边，用嘴拱了拱他的腿，还用鼻子嗅了嗅，似乎似曾相识的样子。云顺怜爱地摸了摸它的头、身子，它竟然回过头来用舌头舔了舔他的手，那一瞬间，云顺心里一阵温软，它似乎晓得它的到来和他有关联哩。云顺见它在换毛，虽然还没换完，但膘气是有些了。他想对于这牛胡树是上心了，只要上心，就能喂好，兽医说这牛并不老，只是没喂好，喂好了自然能下崽。云顺想下了崽，不是就可一头变俩，两头变四吗，胡树脱贫就有希望了。云顺摸了摸口袋，其实不用摸他也知道身上只有三百多元钱，是老婆留给他这个月的生活费，云顺是出了名的"妻管严"，再要申请生活费可能难上加难。云顺狠狠心，抽出三百元，口袋里就只剩几十元了，他将钱拿给胡树，说二大爹，这是我的生活费，你拿去买黄豆，不要再打歪主意了。胡树见他手里只剩几十元，心里到底还是有些不忍，胡树说算了，算了，你们靠工资过日子，我咋忍心要你的钱。推来推去，家良看不下去了，说收起来吧，二大爹，只是你不要再拿去买酒喝，不要辜负赵同志一片心意哟。

六

果然像兽医所说，那牛其实年岁并不大，只是喂得太差，牙口掉了好些，使人觉得上了岁数，已至垂暮之年了。胡树倒真的越来越喜欢这头牛了，这头牛寄托了他的好多梦想，他想把牛喂好、喂多，过几年真该去把在四川山区的女人和女儿接来。他漂泊了一生，鬼混了一生，晚年毕竟要有归宿，要有人

胡树和他的牛

陪伴，死时要有人接气，要有人抬灵盆子，这才不枉来人世走了一遭。

这头牛有了膘气，走路再也不趔趔趄趄、东倒西歪了。胡树每天都起个大早，吆着牛到朱家岩的坡上吃草，这里是牛的乐园，向阳，坡缓，有渠水流淌，水草丰茂、鲜嫩，来得早，绿绿的草尖上都挂着晶莹的露珠，这种草最养牛。他倒真的不忍乱用赵同志的钱了，他到乡场去，买了黄豆、苞谷、大米。大米是用来熬米汤的，掺许多水，慢慢熬，他吃米渣。在乡场上，他的酒瘾实在太难熬，也不敢在乡场上的酒馆露面，去乡场背后买甘蔗皮煮的酒，这种酒又苦又涩，喝下去像刀子样烈，割嗓打头，焚心烧肺，他买一壶过过干瘾。他抿一口这酒，脸上现出难受的表情，胃里像有一团火，喉咙干疼，他说牛呵牛，你看老子过的啥日子，风光一辈子，滋润一辈子，啥时喝过这种酒？你要给老子争气，好好吃草、吃料，早点恢复，快快长膘，早点给老子怀上牛崽。牛看着他红红的眼睛，被劣质酒辣得脸上肌肉都痉挛的表情，似乎明白了，低沉地长长地叫了一声，胡树感动得抱着牛头亲了一下，热烘烘、毛茸茸的牛头让他想起了那个在四川山区的女人，他的心温软起来。

那天早上，鸡还没打鸣，狗也在打瞌睡，胡树听到那牛哞哞地叫了起来。牛的叫声又悠长又热烈，又高亢又激情，叫了好一阵，胡树有些惊诧，这是咋啦，牛晚上只有反刍声的，很少叫，更不会这样叫。是不是病啦？听声音又不像，倒像猫叫春的声音。胡树是没养过牛的，在外漂泊，哪里知道牛的声音表示什么。他起身去看，牛似乎有些焦躁，有些亢奋，在屋里转来转去，看见他，眼里有些羞涩，有些焦渴，有些烦躁。胡树想这龟儿是不是发情啦？想起自己在外几十年，壮年时也有这种表情，一个人睡在鸡毛小店里，看着破电视机里的一些镜头，不也是这样地在屋里转圈圈么？胡树有些兴奋起来，看来这段时间的工夫没白费，这龟儿吃得好，长了膘，精神旺健起来，真是饥寒起盗心，温饱思淫欲呀，胡树咧着嘴无声地笑了。

第二天胡树起了个大早，给牛煮了浓稠的米汤，拌了粉碎过的黄豆瓣、苞谷面，还加了两块自己都舍不得吃的红糖，牛贪婪地吃着，不时还抬头"哞"地叫一声，感谢胡树的精心饲养。胡树说你不要感谢我，到了山坡拿出勾引公牛的本事来，有本事把人家的公牛勾引了爬上背，你就立功了，老子要好好奖励你哩。牛似乎听懂了他的话，温柔地看着他，表态似的长叫了一声。

今天是个好天气，雾大风静，胡树知道这样的天气是晴好天气。过一阵雾散了，太阳出来，一整天都会天蓝蓝的，青草绿绿的，野花艳艳的。果然，才到山坡，雾气散掉，太阳光暖暖地照在坡上，翠绿的青草镀上了一层金辉，但草尖还挂着露珠，草还湿漉漉的，这样的青草，无疑是最鲜嫩、爽口、有营养价值的了。

今天来得早，偌大的草坡上只看见几头零星的牛，它们分散在各处，胡树放了一段时间的牛，对牛和牛性也掌握不少了，他看见远处有条壮硕的牛，凭那身架，就知道是条好公牛。胡树高兴起来，这是一条陌生的牛，从来没见过的，今天来到这里，这是令人高兴的事。他走了过去，见到一个十一二岁的娃娃漫不经心地走着，他上去搭讪，简短的对话，他了解了不少信息：这娃娃是隔这里十四五里路的坪子寨的，他小学刚毕业，要读初中了，他爹让他趁假期把牛放到这里来长膘。他爹打算把这条壮牛卖了，买个小四轮，要卖个好价钱当然得搞个小突击，在短时间内让牛休耕，吃好草料、黄豆、苞谷面，吃带露水的青草也是非常重要的，他爹说等长好膘，牛卖了个好价钱后，给他买辆单车，到镇里上学方便。

胡树打量着那牛，真是条好牛，骨架很大，肌肉丰满而有弹性，毛皮光滑富有光泽，摸上去绸缎一般感觉，牛转过头来看了他一眼，又迅速地掉过头去。他见这牛眼睛很大，水汪汪的，额头有片白色的毛，黄白相间使它的脸变得生动而俏皮，鼻孔红红的，湿润鲜丽得像擦了唇膏，胡树在各个城市漂泊，曾经对满街的女人很有研究，虽然只是过眼瘾。

胡树对这头牛动起了心思，他想要是这头牛能和自己喂的母牛交配，下的崽不定多健康、漂亮，这样的小牛崽喂上一两年，就能卖个大价钱，那时，再买两三头牛来养，几年下来不是就发财了么？脱了贫，修起新房，不是堂堂正正、光明正大地将四川山区那个女人和娃娃接来，晚年的日子不是就过得有滋有味，把牛交给老伴和娃娃，不是天天可以到乡场去，喝小酒、泡茶馆、进馆子了么。

在乡场上，他看见专门有人牵了种牛来和母牛交配，种牛肯定是好种牛，和这头牛一样，身躯硕大，健壮丰腴，毛色丰润，但价钱也是不低，交配一次收四百元，包怀上。一个赶场天，一头种牛也就交配两次，但也不得了，八百元就到手了，他想如果能让这头种牛和自己的母牛交配，四百元省了；如果能生头壮硕、漂亮的小公牛，小公牛长大不就是种牛么？那就好了，天天牵到乡场上，让它交配几次，喝酒、打牌、进馆子不是有钱了么？

胡树高兴起来，他的母牛，最近有些发情的迹象，看见公牛它的眼睛变得温柔起来，有些朦胧、羞涩、渴求。它还会加快步子，试图撵上从身边经过的公牛，还会深沉、热烈地叫上几声。胡树不懂牛的语言，但懂牛的表情，牛和人在情爱上是相通的嘛，年轻时见到漂亮的女人，自己不也会情不自禁地追几道山梁么？不也会上去东扯西拉地搭讪么？不也会扯着嗓子唱些情歌么？

见那男娃子坐在草坡上看书，胡树说真是好娃子，来放牛也不忘读书哩。那男娃子不好意思说是看的卡通书哩。胡树不知道啥叫卡通书，但见上面密密麻麻地印着画，胡树说不是连环画么？男娃子说不是，这卡通书有一套，他只有这一本，等他爹给了钱，就到镇上把书买齐。胡树眼睛眨巴起来，他说小伙计，我这酒壶干了，我是一天到晚离不开酒的人，你帮我去镇上打一壶，牛我帮你看着，一头牛是放，两头牛也是放。顺便你也把书买了，拿着，你看够不够。胡树少有地、大方地拿出三十元钱，那男娃子眼睛亮了一下，高兴起来，有人帮着看牛，还给钱买书，何乐不为？便撒开脚丫跑了。

胡树试图把公牛吆到母牛那边去，公牛抬起头来很快又把头低下了，专心吃草，半步也不挪。胡树说咦，还挑剔得很，我那母牛咋的了，好说还配不上你？你莫以为骨架大架子就大了，没得母牛的时候，你怕见到树桩也会上哩。

去吆母牛，那倒没费事，母牛事实上早已经看见公牛了哩，只是见公牛睬都不睬它，也没见主人有啥表示，牛有牛的自尊，牛有牛的牛格。母牛就按下性子，见胡树来吆它，这就对了，这就相当于父母把自己许配给别人，相当于媒人在中撮合了。母牛跟着胡树娇羞地走，步子不快也不慢，快了怕让公牛看不起，硬是一辈子没见过公的了。慢了又着急忙慌，步子就显得既矜持又急躁。

走近，母牛深情地看着公牛，温情脉脉，情深意切，可公牛瞟一眼，又低头吃草去了。这无疑伤了母牛的自尊，你不就是年轻点么？你不就是长得帅点么？这也太看不起我了，太伤感情了，母牛想离开公牛，但又实在舍不得，像这样年轻漂亮、健壮雄奇的小公牛确实不多，确实逗它想，自己年老色衰，虽然精心吃料，恢复了不少，但毕竟底子差了。它恨起原来的主人，不把它当牛，做苦役，过度劳累，连把干草都舍不得多给。被煽起情欲的母牛也顾不了许多，它深情地长时间地叫了起来，胡树知道它是在表达情意，在述说、煽情，可能牛的语言中还有很多打动对象的语言，可惜公牛不但不理睬，还不耐烦起来，抬腿朝前面走去了。

胡树知道那牛是伤心了，它无比沮丧，神情黯淡，一下子苍老、疲惫了许多。胡树看见公牛在不远处嗅一蓬野花，胡树心里一动，牛也是爱美的，自己这条牛，虽然恢复了许多，膘气起来了，毛也在换了，但毛还没换全，现在脱掉的毛东一块、西一块的，看着像癞痢。胡树去采花，采了一大抱，五颜六色的娇艳，他找了藤条，把花一串一串串起来，串了好几串。他把串好的花挂在母牛身上，几串花一挂，母牛身上掉了毛的癞痢的地方被遮住了，母牛变得花枝招展，艳丽无比了，胡树高兴起来，这就像一个人穿了漂亮的衣服，招人喜爱了么。

胡树又把母牛朝公牛那里牵去，本来很沮丧、完全丧失了信心的母牛，也被自己一身的鲜花感动了，它又鼓足了劲，长声哞哞地叫起来，那种叫声，是温柔的，是深情的，是热烈而又能感动牛的。公牛抬起头，这次倒是多看了两眼，不仅多看了两眼，还挪动脚步朝母牛走过去，这下，不仅母牛感动了，连胡树也激动了，有戏，这次肯定有戏了。胡树退远，他觉得牛虽然是牛，但还是有羞耻之心的，自己在旁边算个啥，影响牛的情绪。

谁知公牛走到母牛身边，只是把头靠近母牛的身子，把头伸过去，嗅花的香味，也欣赏花的美丽。母牛不见有动静，终于知道公牛仅仅是来欣赏花，来嗅香味的，母牛受到了巨大的打击，感到受了调戏，羞愧而愤怒地调过身子，朝公牛踢了一蹄子。公牛啥时被母牛踢过，它立即调过身来，把头低下了，朝母牛撞去，母牛在羞辱、愤怒中也迸发出仇恨和激情，和公牛拼命抵起来。两头牛乒乒乓乓打了起来，它俩的力量悬殊是很大的，无论年龄、体能、力量母牛都不能及，但受了羞辱和调戏的母牛，仇恨使它不顾一切，迸发出巨大的力量，以命相搏。结果显而易见，胡树的母牛伤痕累累，差点被挑死。那头强悍的公牛呢，身上也受了不少伤。

小男娃从乡场上回来，见到这惨状，急得哭起来，这是他家的宝贝牛，平时爱护有加，舍不得给他买好吃的和新衣服，也要留着钱买黄豆、苞谷面、红糖，他的爹为了实现买小四轮拖拉机的愿望，几乎豁出去了。他太想拥有一辆小四轮了，而实现他爹梦想的公牛被刺伤了，他咋能不心疼、不着急呢？胡树说你不要埋怨我，更不要埋怨我那头母牛，你家这公牛怕是很久没见过母牛了吧，见了母牛强行要上，母牛不愿就抵它，这不就打起来了吗？小男孩虽然十一二岁，大抵也知道强行要上的意思，这不是成了牛抵牛了么？这不成了强奸犯了么？小男孩对公牛呸了一声，呸，活该，哪个叫你当流氓哩。

七

云顺来村里，他听说胡树的牛被其他牛挑伤了，老汉很着急，他要了解一下这头牛的情况。他看见胡树对喂牛确实有信心，很是高兴，胡树靠这牛脱贫，他也靠这头牛完成帮扶任务。胡树的房子，他也是放心不下的，他住在牛厩里，牛住在他家里，这是说不过去的事，他跑镇上，跑到自己的单位上去，想尽一切办法为胡树争取建房指标。好不容易要到了一个危房改造的指标，但他不敢跟胡树讲，危房改造的款项是有限的，更多的要自己筹款，他怕胡树知道了，或来找他要钱就麻烦了。

胡树说老郑，你看我这牛还行嘛，我是下了真功夫喂的，喂出样子来了，膘气上来了，毛色也亮了，眼睛水汪汪的，逗人喜欢哩。兽医老郑正在院里给他的牛上药，母牛伤得不轻，老郑说逗人喜欢，恐怕只是你喜欢，公牛并不喜欢。胡树说咋这样说，不喜欢它咋个硬要上，不让上就打，这也太霸道了嘛。郑兽医说你瞒得了别人瞒不了我，人家那头牛会看得上你这头牛，笑话，天大的笑话。胡树说你别睁着眼睛说瞎话呵，我俩多少年的老朋友了，我请你喝过多少次酒你记不得了。老郑说哄得了别人你还哄得了我，我到草坡时候，见地下几串花环就晓得咋回事了，你这老滑头太精了，还让人家赔了一百五十元的医药费哩。胡树说千万不要瞎说，千万不要瞎说。老哥们不能打胡乱诳哩。云顺站在不远处听到对话，便说这老家伙，人精，跌倒在地下都要抓把土哩，看来不对他讲要到危房改造款绝对是对的。

看到胡树在认真地养牛，认真地医牛，云顺心里有丝感动，真不容易呵，这样一个在外飘了几十年的"飞天蜈蚣"，这样一个随便动个歪点子就能弄到吃的、用的，就能生存的人，现在归于正道，终于养起牛来，这就好，这就好。

云顺原想帮他清理下牛厩的，也想劝他回到堂屋让牛住到真正的牛厩去，此时堂屋的门是敞开的，云顺见堂屋变了样。原来牛尿、牛粪、苞谷草被牛踏成稀泥，苍蝇蚊子乱飞，还没进屋就扑面直来，臭气熏得人发晕。现在，堂屋里的臭烘烘的稀泥被挑走了，地上垫上干燥干净的黄土，还铺着一层稻草，腥臭味依旧在，只是好了许多，他注意到屋里还有几盘熏蚊子苍蝇的艾草，手指粗的绳状的干艾草盘成盘，静静地燃烧。

云顺的心里有些温暖，他和兽医老郑打了招呼，请老郑尽管放心地给牛医治，钱记着，村里和扶贫工作队会付的。老郑说赵同志你不要操心，我和胡树老汉是老朋友，他的事就是我的事，不会收钱的。况且，这牛也就是点皮外伤，敷点药很快就会好的。

云顺要走，胡树老汉死活不让，他说前村吴石头家在杀猪，我去割两斤新鲜肉来，你、老郑，还有隔壁杨春，一个不能少，咱们好好喝点酒。云顺说不了，不了，咋能让你破费，我正要去别村呢。胡树说你是看不起我？嫌我家贫人怂？我被人看不起一辈子了，你还不能给我个面子？胡树说这话，竟然有些伤感，有些心酸。老郑也赶紧说赵同志，胡树老汉是真心的，你就给他一个机会吧。云顺答应下来，他本来要掏钱给胡树的，就不掏了，一个人有了自尊，想要面子，这个人就有救了，胡树几十年到处鬼混，何曾要过面子。

菜自然是在杨春家做的，哑巴媳妇虽然不会讲话，但是手脚巧着哩。她呜里哇啦讲着话，把刚割来的新鲜得不能再新鲜的肉切片、剁碎，炒了几个花样不同的菜。胡树拿出他藏着的一瓶酒，说舍不得喝，平时喝的是刀子酒，客人来了，咋也要像样点。老郑说就是嘛，你那甘蔗皮酒，鬼才会喝，我给你医牛，也该出点血嘛。

杨春家院坝里有棵葡萄，贴墙还有几丛山菊花，在葡萄架下摆上桌子，就有番风味了。胡树说我门口荒了多年，等房子修起了，你要帮我分点葡萄苗。说着瞟了眼云顺，云顺话到嘴边，又咽了回去，他说二大爹，你现在起了心性，想喂好牛了，你把牛喂好，我咋也要帮你哩。杨春说差不多的时候把你在四川拐来的媳妇带回来。胡树说咋是拐的，是真心跟我的，只是我心性不定，到处飘惯了，定下根来是要接来的。

那天胡树的母牛被打伤了，趴在地上怎么也站不起来，胡树见它一身是伤，疼得哆哆嗦嗦，有两条长长的划在肚皮上的伤口，血肉模糊，鲜血直流，肉红汝汝地翻出来，胡树心疼不已，他自责，不该为了节省几百元钱打些馊主意。牛和人一样，它看不上你，你再打扮得花枝招展也无用，人要自强起来，才会有人尊重，牛要自强起来，才会有牛看得上。胡树是何等精明之人，这些道理咋不懂呢？牛受伤这件事，倒是深深地刺疼了他，他有了愧悔之意，有了羞耻之心，他想一定要把这头牛

胡树和他的牛

喂好，喂好牛了，不要再想歪主意，花几百元请老郑帮忙物色一条牛，把种配上。

那些天，老郑精心医牛，胡树精心养牛，他把破夹克脱了，穿着长筒胶鞋，花了两天时间，把牛厩——他住的堂屋里的牛尿、牛屎、苞谷草混合的稀泥挑了出去，那稀泥有尺把半尺厚了，挑完又挑干土来面上，杨春要来帮他，他不要，他说我还干得起，干不起再请你。累了两天，他看到他的母牛惬意地睡在铺了稻草的干土上，他心里也感到欣慰，累虽累，但累得踏实，他喝甘蔗皮熬的酒，也觉得好喝起来。晚上，他就睡在牛侧边，天热，蚊虫多，他燃了艾草驱蚊，一晚上起来好多次，给牛饮水、添料、敷药，还摇着蒲葵扇给牛驱蚊；他絮絮叨叨、温言软语地给牛讲话，他相信牛是听得懂的。他说牛呵，你要好好地养伤，把伤养好了，把膘养足了，养得油光水亮的，我给你找个好郎君，肯定不比坡上那头牛差，你给我争口气，生头漂漂亮亮、健健壮壮的小牛崽，最好是带把的，当然是小母牛也行。咱们好好地喂，喂得膘肥体壮，越来越多，那时你就是功臣，咱们天天吃好的、喝好的，我给你们配上铃铛，头上系上红红的缨子，额上还要一面小圆镜，带着你们走村串寨，亮瞎那头公牛的眼。牛听懂了他的话，牛眼汪汪，用舌头舔得他心里无比温润。他老眼迷离，看见了遥远的大山深处一座孤立破旧的老房，看见了那个憔悴、沧桑的女人，牵着小女孩的手，在大雾弥漫的早上掩上身后的门，在云雾中忽隐忽现地走着，走着，朝自己住的地方走来……

夜色朦胧

一

　　孙志得心情极为糟糕，一起床，他就把城管制服穿上，在镜里左抻抻、右抻抻，正面照，还转过身来照。这面镜子，还是他得了奖后专门买的，半人高，在他的出租房里，也算是奢侈品了。每天他都在镜前流连，左顾右盼，直到上班时间快到，才匆匆出门。今天他更是如此，他留恋这套制服，留恋它给他带来的荣耀、自豪和各种忧心、烦恼，他实在舍不得把它交出去，但最近一系列的事让他矛盾、彷徨、纠结、不解，让他再也不愿再穿这套制服，他要把它交出去。这套衣服是蓝黑色的，大体上像警服，但不是警服，虽然不是警服，但警服该有的标志基本都有，只是没有警徽。这并不妨碍这种衣服的威严，远远一看，警服该有的标志和这种标志透示出的威严，还是在的。

　　这套衣服其实就是城管穿的衣服，城管既非军队，也不是警察，是没有正式的服装的，但为了职业的尊严和执行任务的威力，还是有了自己的服装。孙志得不知道全国城管是否有统一的服装，但至少全城城管的服装是统一的，他对制服，尤其是城管穿的制服情有独钟，很是敬畏，幻想着啥时能穿上这辈子就值了，他的这个梦缠绕着他，诱惑着他，最终，他终于穿上了这套制服。

刚进城管中队时，孙志得坚持要买制服，中队长大牛说老孙，你考虑好哟，要五百八十元呢，大队规定的，钱交上去，开票拿衣服。孙志得有些蒙了，咋这么贵，外面的也就卖百多元一套。大牛说外面是外面，那是地摊货，啥料？啥做工？假冒伪劣呢，逮住要严惩严罚呢。他摸遍所有口袋，也就十多元钱，是老婆给他的早点钱呢。他对大牛说衣服我要了，我晚上回去取钱。

为钱的事，孙志得和老婆吵了一架，老婆说你以为你在开金矿？张口就要这么钱。这个月的房租还没交，大娃的生活费还没给，你爹哮喘病发了，昨天带信来要买药，小女学校快过"六一"了，学校叫买裙子，昨天跟我哭了一下午。孙志得深深叹口气，他何尝不知道家里的情况呢，他们的房子，租的是城郊最便宜的房子，但每月的房租水电也是一笔不少的费用。老婆在一个小区做清洁工，每月三百多元钱，起早睡晚，中午饭都是自己带去吃，好在小区废品多，饮料瓶、纸盒、废书、废报纸，拆卸的纸板，还可卖点钱。七七八八加在一起，总不会超过六七百元，那可是血汗钱，不敢轻易动一分的。孙志得的钱是交给老婆掌管的，他就这点好，不抽烟、喝酒，不攒私房钱，老婆不给，他的制服梦就要落空。

这一架吵了也白吵，孙志得嘴拙、性子软，老婆嘴凌厉，说话连珠炮似的，声音又大，一个回合下来，他就败下阵来。孙志得就不吃饭，喊了几遍也不吃，老婆就将饭菜收起，出去串门了。十二点过了，老婆想他肯定会趁这个空当把饭吃了，一看碗橱原封不动的，孙志得瘫坐在沙发上，一脸疲惫相，一脸饥饿相，软耷耷烂棉絮似的，老婆心疼，说吃不吃？要吃我热，不吃睡觉去。孙志得很硬气地说，不吃，你睡你的。老婆就去睡了。老婆知道他最不抗饿，每次一回来，先就问饭熟了没有？快上饭。也是，出苦力的人岂有不饿的，没听说过有谁厌食啥的。睡到半夜，老婆醒了，摸摸身边没人，从门缝望去，孙志得仍然蜷缩在沙发上，沙发本来是从小区捡来的，塌陷了一大截，他也就塌陷得快看不见。老婆心疼，知道他有胃病，把胃饿坏了，更是糟践人。老婆想想，他当上城管了，没有制服也不是个事，哪有城管不穿制服的。只是想既是临时的，买了何用，等签过合同才买。哪知道他鬼迷心窍，一天也等不得呢。

老婆也不说话，把饭菜叮叮当当热一气，她明显地看到男人把头抬起来，眼睛一刻也没离开她手里的锅铲，她还听到了他咽口水的咕咚声，脸上急切贪馋的样子让人好笑。老婆说这是最后一遍，没得机会了，你吃不吃？孙志得把头坚决扭过去，扭得疲软但是坚决，不吃。老婆说不吃就别想买，孙志得听明白了，说真的？老婆也不说话，从房间把钱拿出来，老婆脸上有泪痕，手有些颤抖，但终究把钱拿了出来。

以孙志得的条件是进不了城管队伍的，他个子矮小，形象猥琐，背还有些驼，但他终究还是进了，其原因是城管中队队长大牛和孙志得是同村的，虽然不同宗同姓，没有亲戚关系，可关系比亲戚还亲。大牛的爹是大饥荒年代从四川跑到这里来的，是孙志得的爹收留了他，孙志得的爹当时是生产队的仓管员，手里有点小权利，大牛的爹落籍这里，在这安家落户，娶妻生子，得到他的不少帮助。大牛出生时，他妈得了一场病没有奶水，大牛饿得成天啼哭，瘦得皮包骨头。那年头，生娃娃的人家极少，人饿到前胸贴背脊，软耷耷睡下就不想动的时候，更没精力生娃了，几乎同时，孙志得出生了，孙志得的妈虽然有奶水但也仅够孙志得吃，每天听到隔壁传来大牛挠心挠肝的哭声，她心里猫抓一般难受，她天性善良，哺乳期的女人更加敏感、善良，天性如此。这个娃娃饿死了，她的罪过就大了。孙志得的妈狠狠心，把大牛抱来，一边一个同时让两个娃子叼上奶。大牛狠劲，吸得她的奶生疼，孙志得性子慢，三吮两吮，奶水被大牛吃完。后来大牛长得又高又壮，他妈说你龟儿把志得的奶抢走了，让他长得又瘦又小，以后有出息了，你不对他好，走哪里我撵哪里，拿老拐棍打死你龟儿。

　　大牛后来当了兵，退伍后进了城管，由于他体格强健，做事又果断、认真，对上面布置的任务完成得很圆满，他被提拔为中队长，领导三十多号人了。孙志得最初在城郊租房，进些蔬菜水果去卖，这样，他和城管就有了不解之缘。他积累了一套和城管捉迷藏、打游击战的经验，他烦城管，城管更烦他，他们既对立，又谁也离不开谁，没有他们，城管没有事做，还要他们做甚？孙志得对城管很怕，很敬畏，很羡慕，幻想着有一天能转换角色，穿上那套制服，让他不再躲城管，而是让别人见他就躲。后来他攒了点钱，买了辆二手摩托车，在城郊接合部开黑摩的，这样不仅和城管躲猫猫，和交警也躲起猫猫来。在一次拦截黑摩的活动中他摔伤了脚踝，在家里养伤的那段时间，他想转换角色的想法越来越强烈，制服成了他心中最揪心的情结。他每天都要拄着拐，到街上去看穿制服的人，有时候他住的这条街上看不到穿制服的人，他心里就空落落的，吃不好饭睡不好觉，他就会艰难地挪动，到其他街上去寻找，幻想着那些穿制服的人中，有一个是他。他想一穿上城管的制服，他就会变得威风凛凛，就再也不会被人追，而是追别人了。任何事情一旦想入骨髓，就会魔魔怔怔了。在他养伤的后来的几个月，上街看城管几乎成了他的保留节目，以至于做梦他都梦见自己穿上保安制服，腰不再佝偻，人不再萎靡，撒腿追起人来，比兔子跑得还快。但他在梦中，常常追也追不到人，或者追到了，反倒被人家一脚踢个仰翻天。有一次甚至跌倒在悬崖下，睁眼看时，原来自己没穿制服。他在疼痛中醒来，是自己踢到自己了，脚没全好，咋会不疼呢？在昏暗中，他心情糟透了，无比沮丧，无比失落。

那天老婆回来，兴冲冲地告诉他看见大牛了。大牛带着一群人来她所在的小区，他戴着大盖帽穿着深蓝色的制服，虎背熊腰，昂首挺胸，来查看小区的治安。一会儿，小区违章乱停的车就被拖走了，那个干脆利落，小区乱糟糟的停车现象就没有了，变得整齐清爽。

孙志得急切地问他老婆，说大牛原来在其他地方，怎么来我们区了？老婆说人不会挪么？人家才调过来的。孙志得说他和你讲话了么？问没问到我？老婆说大牛十分热情，没有一点架子，问了我们的情况，还记下了我们的住址，说改时要来看你哩。孙志得说他敢不来，他是吃我妈奶水长大的，没有他我肯定长得又高又壮。老婆说吹吧，你以为你是谁，人家要感谢也是感谢老爹老妈，轮得到你？孙志得说等着瞧吧，大牛兄弟一定会来看我的。

大牛果真来看他了，他带了好些礼品，有吃的、穿的，吃的是给他的礼品，穿的除了给两个娃娃，连老婆的也买了。孙志得一家感激不已，留大牛吃了饭。大牛看见孙志得一直盯着他的制服，一脸羡慕样，几次要走，他都再三挽留，似乎有话要说。大牛知道他的脾气，说志得哥，你有啥要讲的就讲吧，只要我能办到。他吞吞吐吐，嗫嗫嚅嚅，欲言又止。老婆急了，说他就是想穿你这制服，人都快想疯了，晚上做梦蹬脚，白天到处追着看。大牛说这好办，我送你一套，只是不能穿出去哟，老婆说他就是想穿上，当个城管呢？大牛面呈难色，他知道孙志得歪歪叽叽的脾气，当城管恐怕不合适。孙志得见他为难的样子，说我晓得我是不适合当城管的，个子又矮人又瘦，能长得像你一样又高又壮就好了，都怨命。大牛听他说这话，晓得他的意思，说志得哥，我尽量争取吧，能去更好，不能去也不

夜色朦胧

要怨我。老婆涎着脸，说大牛兄弟你就满足他这个心愿吧，以后有大事小事，天大的事我们都不再麻烦你。大牛说志得大哥一家是咋对待我家的，我不尽最大努力就是牛马畜牲生的。

城管进人要说严也严，说宽也宽。说宽，退伍军人、预备役民兵，品行端正、服从纪律，身体强壮的都可；说严，身体孱弱，性格懦弱，推不上前、操不在后，没有担当，做事不果断的都不行。大牛深知孙志得的个性和脾气，他是不适合当城管的，来了只会给自己添麻烦。孙志得一家待他一家说是恩重如山一点不为过，孙志得的母亲对他更是有如再生。听说他小时候就霸蛮，经常抱着孙妈妈奶头不放，不吃饱喝足是不放手的，如果强行抱开，他就手舞脚蹬，哭得震天动地，声音嘶哑，口吐白沫，脸色憋青。为此，他吃得又白又胖，他想他果真是抢了志得哥的粮呵，志得哥的瘦小是自己造成的。

大牛很为那天的看望而后悔，早晓得这样，宁可托人多捎点钱去，了却心愿。凭直觉，他晓得孙志得来当城管，会给他带来很多麻烦，换成别人好办，训斥、警告、扣工资、奖金，再不行辞退，可对孙志得，能这样吗？

二

大牛带的这支队伍，在区里是很有名的，整个中队的全体队员，个个都棒，他们身高都在一米七左右，身材标准，体能很好，训练有素。复员转业的自不必说，就是预备役民兵，都是最棒的，无论男女，都被他训练得可以参加检阅了。孙志得一来，就像齐刷刷的白杨林里长了棵矮小的歪脖子柳，使得整个队伍十分不协调。孙志得矮小，有些驼背，随时弯着腰，看人不敢正视，脸上随时是谦卑的笑。为了训练他，大牛耗费了很多时间。下班了，大牛把他留下来，带他去街上自掏腰包请他吃饭，买两包烟，塞一包给他；喝酒只喝半杯，还要训练哩。大牛铁了心要把他训练成标准的、合格的城管队员。他知道背后有很多双眼睛盯着他俩，第一天的训练，他的志得哥就给他丢尽了脸。

吃饱喝足，还没等大牛开口，志得说回家了，谢谢你的款待。大牛脸一下就垮下来了，回啥回？你以为我白请你吃饭的。你今天训练让我丢尽了脸，你看人家是咋训练，你是咋训练的。志得说我不是没训练过嘛，一回生二回熟，慢慢来。大牛说没得这一说，最近区里领导要来检查，你必须在一个星期内训练好，我陪你熬。

那个星期的训练确实把孙志得熬惨了，每天晚上别人下班了，大牛把他带到院子里在灯光下训练，抬头、挺胸、稍息、立正、走正步，本来不复杂的动作，对他就难于上青天了。仅一个挺胸做起都难，他的胸从来没挺直过，脊梁骨似乎定形了，抬起来又耷拉下去，抬起来又耷拉下去。大牛让他把头、腰朝后撅，眼睛望星星，一撅就是半小时，像一根木头或者钢筋朝后撅，撅得他头晕、眼花、心慌，好几次栽倒在地上起不来。大牛毫不怜惜，凶巴巴地厉声吆喝，起来，起来，你装啥装，连这点勇气都没得，当啥城管。我看你不要想去撵人，你永远是被人撵的命，城管这制服你也不要穿了。这话刺激了他，想起贩小菜挑着担子被撵得鸡飞狗跳、四处逃窜的日子，想起在城郊接合部骑黑摩托被撵得摔伤脚的日子，他心里涌出一股气、一股劲。他挣扎着爬起来，擦去满头的大汗，咬着牙，瞪着眼，又开始训练。那些天，他累得连回去的力气都没有，是大牛开着中队那辆面包车送他回去的，送到家，还不忘嘱咐嫂子好好做点吃的，给他补充补充体力。

功夫不负有心人，经过一个星期熬鹰似的训练，孙志得终于被训练得像模像样了。先是他的微驼的背不驼了，挺得笔直，胸自然就挺起来了，腿脚站得挺直，动作规范、协调，像个退伍军人了。休息时在办公室打扑克，他的腰又自然耷拉下去，他觉得舒服，被大牛看见，喝令他出来，让他顶着烈日背向墙朝后撅。他说休息嘛，又没有执勤。大牛说精神面貌没有休息的时候，你一休息，又被打回原形了。志得对大牛又敬又爱又怕，只得执行。他在暴晒的太阳下训练了四十分钟，大牛也陪着晒了四十分钟，直到他脸色涨红，大汗如注，瞳孔散形才被放过。

那天下班时，大牛把他叫到办公室，让他坐下，给他倒了杯热茶，递烟给他抽，还拿出一大袋水果让他带回去。他想今天咋啦，是不是出啥差错了。训练他那段时间，大牛随时请他到小餐馆吃饭，送烟给他抽，以后的日子里，只要一对他好，他就知道没好事，不是被"训练"，就是被训斥，那个凶哟，让他背脊发凉心发冷，让他惧怕让他慌。但他恨不起大牛来，他晓得大牛是为他好，让他成为一个正规合格的城管队员，让他有机会由临时工变成合同工。只要成为合同制的城管，三保一险替你交了，工资、奖金刷刷涨上来一大截，还有各种各样的补贴，跟在体制内没多大差别了。

孙志得心里忐忑，脸色阴沉，准备好挨大牛训斥或者其他惩罚。大牛说志得哥高兴点嘛，丧着脸做啥？志得说我一见你请吃、送东西心里就怵，等着挨训哩。大牛听后哈哈大笑，笑后说志得哥我知道我对你是过分了点，但这是为你好，你知道现在到处都有小人，不晓得哪个龟儿将我告了，说我徇私枉法，把自己的亲戚招进来，歪瓜裂枣的，形象差又做不成事，我倒是要让他们看看，我招进来的人不会比他们差。你看，这段时间的训练，你不是已经很规范了嘛。今天我已替你把城管制服领来，你穿了试试。大牛打开壁橱，取出一套塑料纸包着的服装，孙志得盯着制服，黯淡、猥琐的眼神没有了，眼睛里放射出惊喜、兴奋、激动的光。他迫不及待地撕掉套子，将衣服穿上。大牛帮他，这里抻抻，那里拽拽，帮他把帽子戴端正，又拿出一双崭新的皮鞋，说好马配好鞍，穿上试试，我送哥的。孙志得眼睛湿了，这人不是亲兄弟，胜似亲兄弟，对他的呵护、关爱，只有他晓得。他还晓得，没有这个兄弟罩着，他将被攮得鸡飞狗跳，早就走人了。

　　大牛带他走到中队大门口，这里有一面比人还高的镜子，这是大牛来到这里时安的。他说城管虽然不是武警，不是警察，但维护社会秩序的责任和他们是一样的。我们不能披衣趿鞋，搂肩搭背，歪歪斜斜，把自己弄得跟混混一样，我们要有铁的纪律、好的形象。有了这面镜子，中队里的每个队员出门，都会整理衣冠，很有气势很有范儿。

　　镜子里出现的人，着实让孙志得吃了惊，这套制服，仿佛魔法一般使他变了一个人。他身体笔挺，胸挺腹收，双脚溜直，头部端正，这得益于这段时间的超强训练，但穿上制服和没穿制服完全不一样，焕然一新，脱胎换骨，以假乱真，一时间真有些晕眩，有些迷糊。大牛说走吧，我脚都站酸了，你还没显摆够。他一激灵，回过神，心里那个激动，五味杂陈。

　　回到家，老婆还没回来，他在狭窄的出租房里走来走去。家里倒是有面镜子，可惜太小，是老婆从小区捡来的，里面的水银裂了纹，把人也裂了纹，不仅裂纹，还模糊，看上几眼，倒把他看得心烦，索性不看。本想淘米做饭，但他穿着这套崭新的制服，一时舍不得脱，想想这婆娘往天早到家了，今天咋还不回来。早点回来，让她欣赏欣赏，高兴高兴。说不定还会像新婚夫妻，搂着亲一阵。

　　孙志得干脆出门，到老婆小区去。路上遇到熟人，就有人打招呼，客气得很，羡慕得很。他大叔，啥时当上城管啦？瞧这衣服，穿在你身上多精神，换个人啦。以后出来攮街，看见我可手下留情，放一马哟。孙志得心里既高兴，又不舒服，瞧你说的，啥叫撵街，叫执法，叫维持社会秩序！遇到了，该咋办咋办，啥都放一马，规矩还要不要？那人赔着笑，是执法、是执法，撵街多难听。孙志得刚走出几步，就听那人"呸"地吐了泡口水，声音不大，却清晰，啥玩意，穿上一套衣服就认不得自己是谁了，就得意忘形了，没有那套衣裳，你还不是跟我一样。孙志得心里说跟你一样，谁跟你一样？昨天是昨天，今天是今天，老孙是老孙，你龟儿眼红吧。

　　进了小区，一阵激烈的吵闹声传来，循声望去，是老婆在和人吵架。孙志得有些发蒙，老婆怎么和人吵上了，她在家里是有些脾气的，骂娃娃，骂老公，这也不顺，那也不顺，可那是在家里。孙志得知道她在外面地位低贱，被人看不起，被人吆来唤去，都得忍着。一个从乡下来的在小区里打扫卫生的人，不被人欺负才是不正常的。她晓得自己的位置，忍气吞声，被骂得狗血淋头还要装笑脸，被罚了做不该做的事，还得认真去做。一个失去土地的家庭，要在城里生存，何其难。只有到了家，在属于她的地方她才能发发脾气，宣泄一下。孙志得脾气绵软，让她去宣泄，只在心里说有本事你到外面和别人骂了试试。

　　谅她不敢，进城几年她真的没和人吵过一架，今天咋了，竟然和人吵上了，听声音，还吵得理直气壮，还吵得底气十足。过去一看，她是和小区物管带班的吵架，这人他晓得，是邻村的周顺毛，早些年他们在一起打过工，在建筑工地帮人挖土方，挑水泥砂浆，工作既苦又挣不到钱，他们先后离开工地，周顺毛投靠一个远房亲戚，到小区当保安，混得也还算好，当上小区物管的一个带班。此人也是富不起来的，人还没阔脸就先变了。对于很熟的人，譬如他的老婆素珍，不仅不关照，还格外苛刻。他忘了以前经常到他家吃饭，喝苞谷散酒；忘了有一次

· 140 ·

下雨，穿了一件他新买不久的夹克回去，至今没还。他听老婆诉说怎样被他欺负，心中实在愤愤不平。想去吵架，又不敢，说算了算了，忍得一时之气，免受百日之忧，你还要在那里讨生活，吵了架他更怀恨在心。老婆叹口气，知道他的为人。

周顺毛先看见了他，便停止了争吵，眼睛盯着他一动不动，很惊讶，甚至还有些震撼，这是孙志得吗？这是那个畏畏缩缩、胆小如鼠，扶不上墙、推不上树的孙志得吗？标准的军人，如果他穿的不是城管的衣服，就像个军官了。周顺毛不明白他怎么当上了城管，并且训练得这么中规中矩，他虽然在小区当保安，但是受雇于私人老板，城管是政府的一个部门，没有可比性。小区保安处理不了的事，城管来了嘎崩解决了。周顺毛在惊讶之余终于知道了他老婆为何最近突然变了个样，以前叫干啥干啥，咋训斥都低着头任吼任骂，现在……

也就是愣了一小刻，周顺毛一脸灿烂笑容，飞身跑到孙志得面前，紧紧抓住他的双手，又是摇又是晃，亲热无比，像寻找到失散多年的亲兄弟。周顺毛说孙哥，今天啥风把你送来啦？我听嫂子讲你骑摩托车摔伤了，一直惦记着去看你，但小区里破事多，一直抽不开身去。今天你来了，我哥俩一定要好好喝一杯，说好了我请客，你若争着给，就是看不起我。孙志得还在发蒙，他在想着老婆怎么也不能随便和人吵架，还这么张扬，该咋个开口化解这尴尬的场面。

那天晚上，周顺毛生拉硬拽把孙志得拉到顺河边的小餐厅，不但拉孙志得，连他的老婆也一定要拉着去。周顺毛说嫂子，在一起做事总有磕磕碰碰的时候，但我随时记得你的好，那些年我在你家吃过多少次饭，好多时候你去工地送饭，除了孙哥的连我的也捎上了。素珍一把甩开他的手，说伸开你的爪子，别拉脏我的衣服。现在你认得我是你嫂子啦？你不记得我随时被你骂得火扯扯的？那真是一个拳头攒到天亮？周顺毛脸红一

夜色朦胧

阵白一阵，嘿嘿嘿地干笑。

在顺河小餐厅，周顺毛点了四五个菜，都是硬货，一大盘一大盘的，还叫了几瓶啤酒。孙志得知道他的经济也不宽裕，说够了够了，多了吃不完浪费。周顺毛说难得请到你，哥俩好几年没在一起好好喝喝酒了。两人学着城里人，把啤酒盖子用牙齿咬开，咕咚咕咚喝开了。喝着酒，孙志得斜睨着眼，把眼睁大又睁大，脸丧着，嘴唇咬得紧紧的，逼视着周顺毛。看了几次，周顺毛都不在意。看得多了，周顺毛"扑哧"笑了起来，说孙哥你干吗呢？挤眉弄眼的，调情呢？是不是想起你们中队的队花了。孙志得说放屁，我是调情吗？我是试眼里的杀气，让你狗日的看了会害怕，会打冷噤。周顺毛哈哈大笑起来，笑得一身发抖，杀气？打冷噤？你说笑话吧？我看不到一丝一毫，倒是觉得温柔得很哩，孙志得心里一下很沮丧、很失望，真的？我眼里真的没杀气吗？你一点也不害怕？周顺毛说杀气是从心里来的，不是装出来的，你别闹了。孙志得心情低落，心想我这样子，以后谁会怕我呢？执起法来，谁听你的？几瓶啤酒下肚，孙志得心里越发难过，醉醉的酒意袭上心头，他竟哽咽起来。你狗日的咋会不怕我呢？你是故意说不怕，故意气我的。是不是这样？是不是这样？说着又把眼睁圆，又把嘴唇咬紧，嘴角咬出了个包，脸丧得拧得下水。周顺毛本来想逗他一下，但不能再逗，再逗他就要梭到桌子下了，周顺毛做出害怕的样子，说孙哥，你不要再这样逼视我了，我真的怕了，你咋这样凶呢，你是我见过最凶的人。周顺毛心想今晚白请狗日的吃了，像这样上不得台面的人，吃不吃一个球样。

孙志得随着小分队去执勤，这个中队是有良好传统的——"传帮带"，让老队员带新队员，在执勤的过程中，熟悉自己管辖的社区，交代必要的规章制度，尤其社区内一些大的商户、门店以及一些具体的人和事。孙志得在三人中年纪是最大的，资格却是最浅的，加之还不是正式的城管，他连合同制工人都还不是，还在试用期呢。城管小分队的队长小武，全名武立功，也就是二十来岁，别看年轻，他经历可丰富，初中毕业就在社会上混了，当过联防队员、交警协管员、社区保安，但干的时间都不长。究其原因，是他太好狠斗勇，脾气暴躁，事事出头，容易惹事。他的性格本来领导是喜欢的，干这份工作，不骁勇善斗，是不行的，很多社会油子、老江湖，你跟他讲道理是不行的，必须来硬的。可是凡事有度，过了就容易出事，他就因为爱出手而犯事，犯了事也只能被除名，否则人家不依不饶，不断上访，领导堵心。他和城管中队长大牛在过一起，两人曾是交警协管员。大牛到城管都当中队长了，他还在不断地换工作，不断被人家除名。他找到大牛，提出想来城管的想法，大牛踌躇良久，说兄弟，你我兄弟一场，本当留你的，但你脾气太暴躁了，容易惹祸。你是知道的，现在人们对城管印象不好，凡出事舆论都一边倒。这也难怪，我们执法对象是弱者，人们都是同情弱者的。现在各级都在整顿城管，一级一级督察，严得很。一出事，你栽了，我也完了。烟你拿回去，我请你吃饭，我还有瓶二十年的老酒。小武立马沉重地站起来，说牛哥为难，我也不勉强了，都怪我年轻莽撞，正好被人当枪使，好出风头才落到今天这地步。大牛的脸一下红了，他努力控制住自己，使脸色平缓下来。

　　这件事也就过了，大牛虽然内心有些歉疚，但经历的事太多，也就淡了，只是听说小武很沉沦，到处找事做却找不到。他没别的技能，转去转来都在这圈子里找，他的坏名声太大，自然找不到。听说他天天到小酒馆喝酒，家里穷，积蓄本来就不多，处了个对象见他这样子，毅然决然抽身走了。他不习惯在家喝，偏要到小酒馆喝，一去一天，天天喝得烂醉如泥，他住的那一带的小餐厅见他来了，头疼得不行，不烂醉如泥是不停喝的。

夜色朦胧

有天大牛带人上街去巡查，那天下大雨，他们开着"城管执法车"，一路上畅通，但到了一个背街，灯光黯淡，积水很深，远处的街灯似有若无地在水面上闪烁，有人看见了一个黑乎乎的物体卧在街边积水里。他们下车，遇到这事不能不管，如果是病人要叫120，如果是流浪汉，要送救护站。等他们下车，将这人翻过身来，发现是小武，他喝醉了酒，躺在泥水里酣然大睡，好在人行道上积水不深，如果脸朝下面，恐怕早憋死了。

大牛抱着浑身湿透、全身冰冷几乎没有气息的小武心如刀绞，毕竟他们是在一个锅里搅过的人，小武曾为他挡过很多事，受过很多冤的人，如今沦落至此，差点在冰冷的水中丧失生命的人，让他感到惶恐、羞愧、自责。他在心里发誓，无论如何也要将他收留下来，让他重新振作，一如既往，哪怕为他担过。

大牛对小武进行了一次长谈，言辞恳切，语重心长，但在表达意思时，大牛很犯难，叫他改掉鲁莽粗野、横冲直撞的脾气呢，他又失去了锐气。他们是维护城市秩序的，要和各种各样的人和事打交道，如果个个温文尔雅，事情就砸了。如果畏首畏尾，遇事装傻认怂，他们也无法执法了。大牛不能明说，只能让他自己去想去悟，怎样在这两者之间把握好度。

大牛把孙志得和他编在一起，也是有考虑的，他想让孙志得在小武身上学学霸气，多些冲撞精神。也让小武多些温和、克制，互补一下他们的优劣势。

另外一个城管队员是胖姑娘小李，名字挺雅的，李雅丽。这个姑娘的胖是很惊人的，十八九岁，体重就一八十多斤了，粗胳膊粗腿，脸庞红润，精力旺盛。好在她还没发福，胖归胖，但不臃肿，腰身也没像水桶状，看着也是舒畅的。只是这姑娘特别爱吃，特别能睡，在街上巡查，走一路吃一路，遇上"刘记凉面店"，她非要进去吃；再遇上"张嫂锅贴"，又要进去吃；接着是冷饮店，她说渴死了，再不喝点冰汽水她要热疯了。以前管理不太严格的时候，大家乐得跟她一路吃过去，人家毕竟是个大姑娘，热情、大大咧咧、随和，和她开玩笑也不乱生气。吃完大家争着给钱，小店的老板不收，说你们是贵客，请都请不来。大家也明白人家不收钱是让你以后手下留情。他们坚决要给，偶尔也有实在抹不开情面，没给钱的，事后被领导知道被狠狠骂过。胖姑娘李雅丽很不过意，散会后执意要请大家的客，大家乐了，刚才为吃的事才挨过骂，又要吃。她说不吃干啥呢？要不我请你们唱歌，唱完吃烧烤。大家又乐，说来说去，还是离不开个"吃"字。

　　小武、李雅丽和孙志得到辖区巡逻，他们三人负责的这片辖区，有三条大街、六条小街，小巷就多了去了。最近小城创全省文明城市、卫生城市，上面抓得很紧，沿街的商铺所有货物不得摆在门外，这就让商铺的营业空间大大缩水。原来有的炉灶和餐桌摆在人行道上，修自行车的就在店门外修，卖小吃的直接在门外经营，篷布和绿化树连在一起，坐下就喝、吃，热热闹闹、熙熙攘攘，自得其乐，自成风景。一条街逛完，该吃的吃了，该喝的喝了，该买的买了，方便、惬意，但也有很大问题，人行道被占了，走路都成问题，挨挨挤挤、磕磕绊绊，油烟弥漫，污水、垃圾遍布，这能创文明卫生城市吗？给人们的印象就是这个城市脏、乱、差。上面下决心一定要彻底改变这种状况，举全城之力，抽调了所有部门能冲能闯的人，组织了一系列大规模的清理、综合治理行动，终于使所有街道的铺面之外的占道经营退回到店内，所有的摊贩不在街面出现，一座城清清爽爽、寂寂无声。城管队伍经过严格培训，言行、礼仪、着装有了很大改善，既要严格执法又要文明执法，制定了很多规章制度约束着他们。

　　他们三人走成直线，像军人又不是军人，李雅丽特别不适

夜色朦胧

应，她喜欢一路走一路笑，走一路训斥一路，走一路吃一路。现在不行了，其他都好克制，就是吃不能克制。走了一段路，她被路边小店的各种香味诱惑，饥肠辘辘，清口水直淌，只有憋回去。前面有个公厕，她眼睛一亮，说武哥、孙哥，你们先走，我方便一下就来。小武挤了下眼，说你去你去，知道你随时要"方便"。李雅丽高兴地叫一声，武哥你真好，没人我就要亲你一下子。说着跑进公厕去了，进去又出来，两人只见她的背影了。她飞快地走进一家生煎包子店，要了一笼灌汤包子、八个生煎包子，欢快地吃起来。临走，她忘不了向店主要了两份生煎包，用塑料食品盒装起来，出门的时候，她为咋提生煎包犯了难，她现在是在执法，提着吃像啥话。想想，把背着的肩包取下来，把东西放进去。过路的两个女的嘲讽地笑，这是个别致的新包，男朋友才买给她的，只能装口红、香水和其他精致东西的，她顾不得，装着走了。

走到小街，她看见小武和孙志得与一个小摊贩吵起来了，老远她就知道这人是他们的老熟人，这两年他们和这人打的交道太多了，是典型的老"游击队员"。他有一辆经过改装的手推车，车轮是自行车的车轮，很短的推手，不锈钢的烤箱，有好几层，可烤臭豆腐、羊肉串、洋芋、红薯等，灵活轻巧，精致轻盈，推起就跑，停下就卖。这人眼尖腿长，别人还在傻乎乎地卖东西，他就嗅到气味，看到远处的城管，推起就跑，三蹿两蹿就不见踪影。城管刚走，他就出现，别人问他咋就不等一会儿，他说刚打过仗的地方最安全。尽管如此，他还是时不时要落入城管手中，罚款、掀车子，都有过，但他最怕的是没收车子，这是他的衣食父母呀。有次他的车子被没收了，去要了几次要不到，他就带着一家老小到区政府门口，老的七八十岁，白发苍苍，身子佝偻，弱不禁风，随时可能倒毙；小的五六个，穿得稀里哗啦，脏得一塌糊涂，他们哭的哭，叫的叫，饿了，吃点别人给的冷洋芋、冷馒头，困了，捡几张旧报纸垫着就睡下。每天围观的人走了一拨又一拨，最后是区长过问了此事，发话还他车子。当然也叫他写了保证书，可那保证书就像街上贴的包治百病的小广告，是没作用的。

小武说你相不相信我把你这车掀了？那人说我相信，但你不敢，看来他是知道最近上面在整顿城管执法纪律的。小武说老子今天就掀了会咋个，你走不走？那人说你掀嘛，你是不想穿那身皮子了，没有这身皮子，你连老子都不如。孙志得说这身皮子咋了，你说话太难听了。小武气炸了，说老子今天赌这身衣服不穿，也要掀你的摊子，说着飞起身要去踹，孙志得紧紧抱住他，说小武，你忘记纪律啦，干不得呀。小武一身蛮力，根本抱不住，眼看就要踹上。有人对小摊贩说你走就是了，站着干吗？那人说我就不走，看他咋整。掀了我的摊子，你两爷子脱不到爪爪。不少围观的人已经拿着手机等着照相，眼看气疯了的小武挣脱孙志得就要踹上了，突然，一人飞奔而来，大叫闪开闪开，不要堵路，众人发愣，只见她飞奔而来，推着车朝人行道飞奔而去，那小摊贩大叫我的车，我的车，飞快地去追，追到小巷里才追到。李雅丽停下车，说推走吧，不要让我再看见你，那人以为她要把车推到城管办，这是他最怕的事，哪怕去要车去闹，总要很长时间，他的生意就做不成了，衣食就是问题，没想到这姑娘却把车还给了他。

李雅丽坐在路边呼呼喘气，小武和孙志得匆匆赶来，李雅丽说你们咋搞的，这半天才赶来？我想把他的车推到城管办，哪不防被他追上，把车抢走了。孙志得说那咋办呢？我们犯错没有？小武说你抢不赢他？你那么能吃，身强力壮的，恐怕车你都扛得起来。李雅丽恼了，说我能吃咋了？我胖咋了？我又没想嫁给你，你那样我还瞧不上呢？小武说你还有理了？谁让你推车的？推了谁让你把车丢了的？李雅丽说我不推走你们在

· 147 ·

夜色朦胧

街上吵得一塌糊涂，现在整顿城管纪律，你想犯规？孙志得说是的是的，小李一片好心，不要怪她了。小武嘿嘿地笑起来，笑得很吊诡，说她为我们好？笑话，这点鬼名堂我都看不出来？孙哥，别看你年纪大，你比她差远了。孙志得蒙了，说啥名堂？我看没啥名堂嘛，不推走车我们整下去就麻烦了，依你那鬼脾气，总有憋不住的时候。李雅丽说走，别站着说话，你还是分队长呢，执勤，带头执勤，说着撞了小武一下。小武瞪她一眼，走就走，不会好好说话？你那膀子撞人不疼？

<h1 style="text-align:center">三</h1>

现在这座城市倒真的很干净整洁有秩序了，每条街都有专人管理，清洁工认真地打扫卫生，洒水车一天几次地清洗地面，不仅把沥青路路面、人行道的青石板冲洗得一尘不染，连人行道树都沐浴似的洗得清爽翠绿，下雨天也洗，这城能不干净么？

走在湿漉漉、干干净净的大街小巷，孙志得很感慨、自得，一直纠结于心的卑微感离他而去，他现在可以昂首挺胸地走在路上，但他胸挺得不是很高，腰也不是挺得很直。尽管经过大牛中队长的严格训练，情况有了很大改善，但不注意腰又耷拉下去，小武说孙哥你没吃饭？他说吃的嘛，咋不吃？李雅丽说我倒真有些饿了，要不找个地方我请你们吃麻辣烫。小武说去去去，你一天就想着吃。我是说他胸挺不高，腰打不直，影响形象哩。孙志得说，好好好，我注意，我注意，这样挺着好是好看，但太累人，也太不舒服，一天像棍子样戳着。

孙志得他们走的这条街，过去是个自发形成的菜市，非常热闹，啥菜都有，生的熟的，煮的卤的，腊肉火腿一样不缺，方是方便，但太拥挤，也不卫生。孙志得当过一段时间小贩，在这里卖过蔬菜水果，走在这里，他百感交集，过去是他被人撵，现在是他撵人。在那个时候，只要听说"城管来了"，所有的小贩提起篮子、挑起担子、推起车子飞哒哒地跑，眼尖的、腿脚灵便的跑脱了，而上了年纪的、目光呆滞、跑得慢的就被逮了。他们的东西，包括秤、车子、篮子、担子会被没收。孙志得虽然年轻，但眼光不灵活，只是跑得快，也有被没收的时候，但次数不多。为了逃避，他也像其他小贩一样，随时观察有无城管，时间长了，人也变得惊慌慌、贼眉鼠眼的。有一次他看见街角出现了大盖帽，他本能地叫一声"城管来了"，挑起担子就跑。他一跑，一条小街炸了锅，小贩们慌慌张张地收拾东西跑起来，有年纪大的、手脚迟缓的，跑也跑不快，东西倒弄了一地。等人跑完，来了几个大盖帽，但他们不是城管，是卫生防疫站检查食品卫生的。小贩们像是麻雀，惊慌慌飞了，又回来了，一起骂那个说"城管来了"的人。他混迹其中，慌乱中谁也没认出他来，但他看着一地被踩烂的桃子、李子、西红柿、大白菜，他心里很惶惑、羞愧、难过，他把头夹在胯里，任凭人们去吵，去发泄，骂娘骂爷的很难听，但他觉得是应该的，他恨不得人们打他一顿。

这样昂首挺胸地走了半天，他的自豪感渐渐减弱了，这条街经过几次严格的大规模整治，已经变得很清爽、整洁了，街两边再也没有小贩出现，临街隔三岔五有几家卖菜的，但都限制在门店里。这条街有几家大单位，下了班的人去菜市场太远，总要顺路买点菜的，限制在门店里的店主似乎不太敬畏他们，他们没占道、违规，只是房租贵，但不惊慌，神闲气定。

小武走着走着也没劲了，他说息静风烟的，人花花都没得，有球的整头。他还是怀念过去这条小街闹哄哄、人来人往、摊贩云集的日子。一个城管，没有执法对象，就不能对他们吼，追他们，训斥他们，也看不到他们低眉顺眼恭恭敬敬的样子，还叫啥城管？事情真是怪，本来他们的任务就是让城市干净、

夜色朦胧

整洁、有序，可一旦变得干净、整洁、有序了，他们又有些失落。失落什么？三人各有不同，小武是因为没有被撵的对象，失去威严的感觉；孙志得是想找自豪感、尊严感，似乎也没找到；李雅丽是不能随便上馆子，不能在街头随便哪个饮食摊站下来就可以吃东西。

小武突然眼睛发光，他迅速走到墙拐角处，招呼他俩也过来，说不要讲话，看他们要咋整？不远处，有家门店，卖蔬菜的，大概才进了新鲜蔬菜啥的，转不过身，试探性地把摊子移出一截。他们这样做，是看看城管的反映，如果城管不开口，睁只眼闭只眼，他们以后就这样摆，扩大经营范围。

等把菜码齐摆好，小武说走，那一瞬间，他精神抖擞，步伐坚定有力，眼睛放光，像战士出征；孙志得的腰也直了，胸也挺了，也是一脸兴奋；李雅丽无所谓，她正在吃放在坤包里的东西呢，赶紧把没吃完的咽下，跟上他们。

像任何一家摊主一样，突然出现的城管，让那人惊慌失措。小武说咋个说，才整顿完你就占道经营，你硬是没把政府放在眼里，没把城管放在眼里。那人慌慌忙忙往回搬东西，说我今天进的菜多，没得个堆处，暂时放在门口一下，我搬，我搬。小武抬起腿，一只脚踩在凳子上，说搬什么？不要破坏现场，你把东西搬回来，恢复原样。那人站住，一脸的惊慌，他知道现在管得很严，罚款事小，弄不好把他的门店封了，停业整顿，他这生意就做不成了。他挤出一脸苦笑，佝偻着腰，恭顺可怜地说我错了，我是第一次，再也不敢了。小武对李雅丽说照相留证据，取好证。李雅丽掏出手机开始照，那人更慌，对着小武尽说好话，孙志得心里有些不爽，他站在那里，这人竟然没跟他讲过一句话，他似乎是个影子，他说你讲啥也晚了，等着处罚就是，我们几个人一起出来的，你想抵赖也抵赖不了。那人才转过身，对着他说这位老同志请你手下留情，我认错，认罚，我这店才开起来，房租都欠着呢。孙志得找到了感觉，终于有人向他求情，可怜巴巴的。那人说请你做个主，放过我一马，我会感谢你的。小武横了他一眼，恶狠狠地说这事你做主了！我们听你安排。孙志得心里咯噔一下，分队长不高兴了。他僵着脸，对那人说你莫瞎说，我们这里是他做主，他是分队长。那人又转过身，一脸谀笑，几乎要磕头作揖。孙志得看他要哭的样子，心里软了下来。

他们刚走不远，背后传来低而愤怒的声音：他妈的，才伸出半个板凳，就训老子半天，赔半天的礼，那个胖杂种，凶得很，还要掀老子的摊子哩。回头一看，那人的摊子围了几个人，那人正在唾沫横飞地向围观的人讲话。小武听到骂他，气得转过身就朝摊子跑，孙志得看他急赤白脸、怒目圆睁的样子，晓得这人今天要惹祸了，他赶紧一步不舍地追着，几乎和小武同时到达摊子。小武飞起一脚向摊子踢去，脚尖已经踢着支摊子的板凳，板凳歪了一下，孙志得赶紧死死抱住他，把他朝后拽。愤怒之下的小武已经丧失理智，他因脾气暴而出名，沦落、惶惑，狼狈不堪，中队长大牛冒着天大压力收容了他，嘱他一定改掉暴躁脾气。他这段时间确实改了很多，遇到事百般克制，哪怕有时遇到委屈，想想大牛对他的关照而忍了。今天这事他忍不住了，那人骂到他的娘了，这对他是万万克制不住的了。他爹在他很小时候死去了，是他娘含辛茹苦把他拉扯大的。他暴跳如雷，像狂怒的红了眼的公牛，孙志得拼尽全力也拽不住，眼看他快扑向摊子，李雅丽出手了。这个胖姑娘往摊前一站，把手叉在腰上，塔一般稳当，她说你踢，你踢，我站在这里让你踢。小武挪向这里，她挪向这里，小武挪向那里，她挪向那里，老是找不到下脚的地方，加上孙志得拽着他，拽得紧紧的像挂在身上的石磨，让他施展不开，累得呼呼喘气。

拽着、挣扎着、冲刺着，小武总不得逞，他和孙志得站着呼呼喘气，孙志得知道他的脾气，这人犯起浑来三头牛也拉不住。他在伺机反扑，稍作休整呢。孙志得说你们让他来踢，李雅丽你将这拍下来，大家都拍下来，你们作证去举报，就说城管踢摊子了。围观的人都笑起来，自有城管以来，都是城管拍别人的照，如果有别人拍城管的照，他们是不允许的，很多时候为没收人家的手机、相机而起争执、冲突，哪有城管自己拍自己，还叫围观群众拍。

小武蒙了，傻眼了，没想到自己的部下拿出手机来要拍自己，还叫围观的人也拍，他气得大吼一声，朝前就跑，跑得飞快，围观的人"哗"地笑了，孙志得恼了，说笑什么笑？人要讲规矩也要讲良心，你摆摊错了，撤回去就是了，还要背后骂人，城管是在整顿，但你也不能违章违规，更不能背后骂人。围观的人转了风向，指责起那人来，说是的嘛，人家维持秩序是对的嘛，才整顿好几天你又带头乱占乱摆，要不得嘛。有人又说，骂人是不对的，尤其背后骂人更不对。那人被小武刚才的行动吓到了，果真踹了他的摊子，倒霉的还不是自己，他在瞬间又变得谦卑恭顺了，不断地向孙志得点头哈腰，不断地赔不是。

孙志得真有了志得意满的感觉，他觉得自己是适合当城管的，临危不乱，柔里藏刚，善于机变，化干戈为玉帛，他为自己找到了许多自尊自豪的理由，他的腰不由自主地直了，胸也自然而然挺了，甩着手，操着正步去找小武了。

在小街找了一大圈，不见小武的影子，孙志得觉得奇怪，他不至于不上班回去了吧，这是脱岗，在城管的工作纪律中，脱岗是比较严重的违纪行为，他是分队长，这道理他是懂得的。

孙志得踅进一条狭窄的小巷，这条小巷是要拆迁的，房屋破败，居住的人少，很冷清。他突然听到"嘭嘭"的声音，小巷清寂，这声音很震耳，三弯两绕，来到开阔处，他看见小武正在踢垃圾桶。小城的垃圾桶笨重，有近一人高，灵巧精致的垃圾箱常被破坏，这是铁制的，结实着呢。小武像个足球运动员，退后几步，飞起一脚踢在垃圾桶上，垃圾桶厚实沉重，被踢得摇摇晃晃；他又后退，飞跑几步，又踢上去，垃圾桶仍然只是晃动。他似乎是恼了，不再后退，不再起跑，而是站在笨重的垃圾桶前，跳起来，狠命地踢。

孙志得站在不远处，他没走上前去，没去劝，他晓得劝他是无用的，这个心眼直、脾气暴的人，你越劝麻烦事儿越多。他要发泄，要把心里的憋屈和怨气发泄出来，这种憋屈来自他的整个习惯被打破，要重新换一种工作态度，要进入到一种新秩序中。孙志得心里也不好受，小武虽然领导着他，但年龄毕竟比他小得多。他大概是使劲太大，把脚踢疼了，蹲在地上抱着脚揉。

孙志得说兄弟你不会恨我吧，刚才是出于无奈，我临时想起的办法，我们不自己拍照片，他们就要拍照片，你就控制不住自己，你把他们的摊子掀了，白菜青菜、茄子小瓜、香芹番茄弄一地，照片一发出去，立马全世界都晓得了，说城管掀摊子了，引起大家的愤怒，到处乱传，影响多大。现在上面抓得这样紧，天天学习，随时开会，整顿城管作风，重塑城管形象，你这不是往坑里跳吗？而且是睁着眼跳！蹲在地下的小武茫然地看着他，他困惑、不解、迷茫以及对孙志得的行为的良苦用心终于明白，他站起身，拉着孙志得的手，说孙哥，我心里难过，城管这样当，还有啥当头？不如回去干点别的。孙志得说兄弟，回去干啥呢？干啥都难，条条蛇咬人，当城管，虽然也会碰到些难缠的人，但总体上还是好的，你没当过小贩，当过就知道了……

四

所有摊点都退回到门面里去了，街道终于空旷，辽阔甚至

夜色朦胧

清寂；所有的行人心情都极为复杂，过去他们经常抱怨，城市拥堵、街道肮脏、环境秩序差得到了根本改善，一个城市清清爽爽、亮亮堂堂，人行道没有人占道经营了。过去，修单车、摩托车的，占个地儿横七竖八，单车、摩托车、工具一摆，油污横流，连人过都要侧着身子，一不小心踩着油污"吧嗒"一下就跌一跤。过去把雨篷朝门外一搭，街道的那部分就是自己的了，卖刀子、剪子、塑料制品的，卖香蕉、苹果、西瓜、大枣、石榴的，卖羊肉串、麻辣烫的和烤青苞谷、红薯、洋芋的，青烟缭绕，各种气味混集，污水横流、垃圾遍地，确实方便，更是热闹，可也太肮脏、太混乱了，天天在赶集，时时在赶庙会，人们怨声载道，不断向上级反映。

所有的摊点都在街面消失了，所有经营都必须在指定的市场，所有摊点必须在门店里，干是干净了，宽是宽敞了，但买东西又极不方便，有时买棵白菜、一把小葱也要走很远的路。摊主要租门面，租金又高，菜就涨价，岂不让人着急。

胡老四宰鸡、杀鸭、洗猪大肠，这是鸡屎鸭屎、鸡血鸭血汤汤水水的生意，让他搬到门店里去，一百个的不方便，一千个的不高兴。过去，几大笼鸡鸭，往门口一摆，鸡叫鸭鸣，此起彼伏好不热闹，几个大锑盆往门口一摆，倒上滚烫的水，有人买鸡鸭，伸手捉来，刀子一抹，丢在盆里拔毛开膛，转得开、溅不着，利索、畅快，地下尽是血污也不碍事。累了，坐在椅子上水烟筒一咂，呼噜呼噜，喷云吐雾，爽快；大搪瓷杯里泡好浓茶，咕咙咕咙一阵猛灌，全身通泰。现在龟缩在门店里，局促、憋闷，缩手缩脚，还要出房租钱，胡老四心里有气，憋得要爆炸了。

小武说今天胡老四这狗日的再把盆端出来，老子非要踹了它。孙志得说先不忙踹，踹了他又到处乱嚷乱告，我俩不好交差。小武说孙哥，文明执法也不是这样执呀，老子们成他的孙子了，帮他端盆、倒水、清扫，干脆辞了职去给他当小工算了。

孙志得心里也不爽，这胡老四是这条街最难缠的一个，别的摊子，虽然也有意见，但他们总体还算配合，谁愿意多出份租金呢？有时他们也讲点难听的话，胡老四就不同了，除了鸡笼没搬出来，盆盆罐罐都搬出来了。城管一来，其他试着搬出来的都忙搬回去了，只有胡老四岿然不动，稳稳当当，悠悠然然吸他的水烟筒。

老胡，才整顿完，你咋就把东西搬出来了，这有点不恰当吧。孙志得支开小武，一个人去处理。有啥不恰当？摆个盆在门口，挡着谁了？我有工资拿，也不消在这里风吹日晒，开膛破肚抹鸡屎了。你有门面，在屋里不好吗？孙志得好言相劝。好，好的是钱，一个月一千五，我一天能赚多少钱？手烫成爪爪，脚蹲得抽筋，赚的钱弄不好连房租也不够。孙志得知道他对搬进门店有怨气，但有啥法，不整治街不成其为街，城不成其为城；不整治，大家有意见，城管挨骂，整治了，摊主的房租加重了他们的负担，城管也挨骂。他当过小贩，晓得生活的艰辛，也受过城管的气。当了城管，想威风一下，找回做人的尊严，扬下眉、吐下气，结果眉也没扬，气也没吐，一样的窝囊。

孙志得说老胡，我来帮你端进屋，大家都不容易，你不要为难我。说着弯腰去端盆，胡老四怒吼，放下，不要动我的盆，哪个为难你？孙子才为难人，才攉得鸡飞狗跳，才让人无端租房坑人。孙志得直起腰，脸上带着笑，说不要乱骂人哈，宰鸡宰鸭是你的本分，攉街喊人是我的工作，我不做这份工作，狗日的才来帮你端。胡老四说我晓得你卖过菜跑过黑摩的，不要穿上这身皮就以为是啥东西了，充其量你也是一条攉人的狗，你有本事，你来打我！

这话戳到孙志得的痛处，他一下狂怒起来，我对你百般忍让，好言相劝，放下身价帮你端水，你还说我是狗，这也太欺负人了嘛。孙志得血脉偾张，头发倒立，眼睛通红，他说胡老

夜色朦胧

四，你说谁是狗？你今天不说清老子饶不过你，老子就是不穿这身衣服，也要拼个你死我活。老实人暴怒起来是十分可怕的，他们会做出不计后果的事，胡老四看见他眼睛在瞄着那把锋利的还残留着鸡血的闪着寒光的刀子，胡老四恐惧了，他一步跳过去，把那把刀子抢在手，嘴里说不要过来，不要过来，再过来老子就杀人。愤怒得丧失了理智的孙志得一步步逼过来，说老子今天就要过来，你不杀我你就不是人养的，咱们一命换一命。胡老四在这条街上以刁横而出名，为了抢占摊位，他和周围的好几家摊主打过架。其实，他是打不过谁的，他身材矮小，瘦骨伶仃，手和腿像麻秆似的，但他有股横劲，这又是他职业生涯造就的，他打不赢人，但脱下裤子打老虎，不要脸不要命，有时即使打到趴下，半天不见喘口气，缓过劲来又要去寻人打，大家对他让三分怕三分。城管也最怵他，每次城管来，其他摊贩都跑了，只有他不跑，一是他盆盆罐罐和笼子一大堆，不好跑；二是他不怕谁，人虽瘦，精力出奇地好，一个人和几个人吵，吵半天嗓子不哑，精神不倒。再不行，就打滚耍赖，孙志得就吃过他的亏，李雅丽的妈得了胃溃疡，请假陪她妈到省城治病。小武、孙志得去把他的鸡笼搬了，孙志得要把他的鸡笼抬进屋，他不让，和他们吵。吵个半天，人越围越多，交通堵塞，又是下班高峰期，孙志得去提鸡笼，胡老四过去抢，顺脚把那盆水带翻，那是烫鸡鸭的水，里面尽是鸡毛鸭毛、鸡肠鸭杂碎。水是血水，又臭又脏，地下积起一大摊，腥臭得叫人掩鼻，他顺势倒在污糟及血腥秽臭的水里打起滚来，嘴里喊城管打人了，城管打人了。事情发生得太突然，速度又太快，人们还没看清咋回事，胡老四已经倒地，一身血水，满脸污糟。围观的人都是同情弱者的，不少人拿出手机纷纷拍照，不少人义愤填膺，帮着倒地的人声讨城管。小武和孙志得成为众矢之的，那些人中也有看清楚事情是咋个发生的，但人多势众，群情激愤，就不敢讲。加之不少是后来看见的，人们只认看到的情节，事情就更说不清，此时开口，无疑是引火烧身。

那天如果不是城管出动了更多的人，把小武和孙志得他们强行抢回去，他们就要吃大亏了。当天，拍到照片的，就开始在微信里传播，拍的人不少转发的人更多，一时舆论倾向倒地的摊贩，小武他们成为众人声讨的对象。这事影响很大，分管的副区长作了批示，要求查清事实，给公众一个交代，宣传部门、纪检部门、城管局也表示迅速查清，给公众及时答复。小武和孙志得被轮番审查，几天几夜得不到休息。中队长大牛焦头烂额，事情发生在他领导的中队，他有直接责任；如果事实是真的，小武保不住，孙志得也保不住，他也要写检查。年底评比，不仅他个人的年终奖泡汤，全中队的也受影响。

好在这事终于还是有人出来说话了，那天中队来了个穿着灰色夹克白底运动鞋的老先生，老先生头发银白，朝后梳着，脸色红润，声音洪亮。他说他看了这几天的报道，心情很复杂，舆论是一边倒的，对你们很不利。本来我是不想讲话的，说实话我对你们也是很有意见的，城市需要有人维持，要不然就乱套了，但你们就不能文明点吗？我晓得你们有高人一等的优越感，你们面对的是弱势群体，是社会底层的人，我就看见你们的人掀人家的摊子，一地全是桃子、香蕉、梨，踩得稀烂，这是人干的事吗？大牛压住自己的怒火，挥手赶走了屋里的城管队员。他着急上火又恼怒，刚刚出了事他们压力山大，在痛苦的等待处理的日子中苦苦煎熬，突然地，又跳出一个老头子上门来讨伐，真是人心叵测、世事艰难，人越倒霉，趁机落井下石的人越多。什么是屋漏偏遇连夜雨，这就是。大牛压住怒火，说老人家，欢迎你提意见，督促我们改正，但你不能骂人呀。老先生说骂人，这是骂人吗？我是退休中学老师，是有知识有文化的人，要不然你们真该骂。天寒地冻，刮风下雨，一个小摊贩半夜三更去进点货，赚点血汗钱，你们就忍心动不动就没收人家的秤、人家的三轮车，动不动就掀摊子，蹲在地下痛哭

夜色朦胧

的女人和被吓得哇哇哭的娃娃，就引不起你们的一点同情心吗？大牛知道，这些事是有过的，但他们的职责是维持社会秩序，搞不好各级主管部门就不饶他们，社区群众要举报他们，绩效工资、奖金要打折扣，他们容易吗？这是耗子钻风箱——两头受气，这是猫和耗子的关系，不抓耗子还要猫干吗？

大牛请老人家坐，老先生也不坐，倒水给他，他也不喝。说你别瞎忙活了，说完我要走，没事我还不来你们这里。大牛赔一脸笑，说你老人家有啥尽管讲，能做到的我们一定会做。是不是家里有人做生意，要安招牌或者是打广告？老先生说我不做这些，我是来为你们说话，为你们提供证据的。啥证据？是不是说城管打人的事？我们正在调查，正在处理。大牛很紧张，说老人家坐下慢慢讲，慢慢讲……老先生不坐，端端正正站着，说尽管过去你们做了好些不文明、不讲规矩的事，但我还是要帮你们说话，实事求是，一码归一码。那天你们的城管，那个矮胖墩壮的人呢？刚才我还看到。大牛知道他说的是小武，立刻紧张起来，说老人家你看错了人吧，我们这里没有这样的人。老先生立即不高兴了，你们呀，就是不讲真话，现在这社会就坏在不讲真话上，我讲真话吃过大亏，但我还是要讲真话。那个人就是你们中队的，以前打人没打人我不知道，但那天他们没打人。另外一个年纪大的，被他喊了去端笼子，有没这人？大牛知道是孙志得，说有的，有的。是那个宰鸡匠自己跌在地下，然后就在地下打起滚来，速度太快，大多数人没看清，我是看清了的，我还用手机拍了照，清清楚楚，谁也骗不了谁的。大牛一听，激动得差点跪下地，真的，如果不是在办公地点，他真想给老人家好好磕几个头，现在这事炒得沸沸扬扬，各种媒体一边倒，有的虽然说得含蓄些，但也有明确指向。领导生气，主管部门生气，全城市民不高兴；调查的、采访的，一拨一拨来，把人都快弄疯了。瑞气环绕，天降好人，这老人家正是他们的救命菩萨，这是救他们于水火的观音菩萨呵。

老先生拿出手机，打开视频，果然那段录像清清楚楚、明明白白，上面记录的时间也精确到几分几秒，正是事情发生的最早记录。现在传播的，时间上是推后的。

　　这种事的结果是谁也没想到的，事情朝相反方向发展，舆论平息，各种调查也自行结束。但这件事的影响是深远的，中队连续学习了半个月，每天下班召开会议，大牛深情无比地讲，讲一次激动一次。大家也感慨万分，如果没有这位仗义执言的老先生，他们背的黑锅是洗不清的了，小武和孙志得更是感慨，买了东西要去看老人家，要当面表示感激，大牛和老先生通了电话，老先生说不要来，来了我也不见你们。只是你们以后真该好好整顿，坚持好的，改掉坏的。大牛把老先生的话向大家讲了，也结合工作做了整顿。

　　但胡老四确实是个胡搅蛮缠的人。这事过后他非但没有收敛之意，反而说城管和上面打联手，收买一个什么人伪造假录像。那么多人录的都不是真的，就那人录的是真的？现在科技太发达了，天晓得他们咋个造的假。

　　孙志得郁积在胸口的怒气不可抑制，狗日的胡老四，害得他们一个中队鸡犬不宁，壮得像牛样的大牛兄弟瘦了一圈，焦头烂额，遇谁骂谁。小武也弄得蔫头耷脑，像条丧家狗样夹着尾巴。现在胡老四还这样嚣张，不把他打压下去，自己这身制服是白穿了。

　　胡老四提着寒光闪闪的刀退到屋里，他原以为进了屋这个蔫茄子样的城管就不敢进屋了，谁知孙志得步步紧逼，挺着他那瘦瘦的胸膛说你杀呀，你杀呀，你不杀你就不是人养的，老子就是死了，也要把你这无赖拖到地狱里去。胡老四是极聪明的人，他晓得往死里一逼，会闹出不可收拾的局面，他人利索机灵，返身一跳跳到门外了，一出门，撒腿就跑，嘴里喊杀人了，杀人了，城管杀人了。孙志得在后面追，他在前面跑，街上的人哈哈大笑，提刀的人反而嚷着"杀人了，杀人了"，这不是天大的笑话吗？这不是一场闹剧吗？观看的人拿出手机照相，胡老四气急败坏，边跑边骂，照个球，见死不救你们还照相，众人笑得更欢畅，这狗日的，自己骂自己哩。

五

小武调到其他分队了，孙志得在他管的这片区域渐渐有了名气，大家都晓得这是个不怕死的城管，连出了名的无赖胡老四都服他了。自打那件事发生后，胡老四再也没有把烫鸡鸭的血淋淋的大铝盆抬出门了，但他仍然把鸡毛、鸭毛弄得一地都是，鸡毛鸭毛满天飞；仍然不把铝盆的水好好倒在下水道，故意让污水顺着门流出来。人们从他门口走过，都要小心翼翼地提着脚走。你去干涉，他说鸡毛会自己飞，我能抓住它们吗？风一吹，它们就上天了。水会自己淌，我能挡住吗？有谁看见我倒脏水在门口了？泼点溅点出来都不行？洗个碗还要溅点水出来哩。

孙志得也没辙了，全城在创建文明城市、卫生城市、安全舒适城市，街道上整天都有清洁车在洗街，连行道树都被洗得水嫩葱绿，天天像出浴的美女。唯独胡老四这门口，环卫工刘大姐成天扫也扫不干净。刘大姐是乡下来的，身体弱，带着个在城里读小学的孙子租房住，她每天半夜就要起床，天冷天热头疼腿痛也从不敢休息。胡老四门口这块，成为刘大姐最头疼的地方，随扫随脏，尤其是没浸过水的鸡毛鸭毛，随风一吹，飘得到处都是。刘大姐也不敢惹他，连城管都奈何不了他，还能咋样。

那天下班后，孙志得顺着小巷走，这样离家的路近。走到巷尾，他看见一个人坐在巷里，在一道石坎上哭，还把头埋在膝下，肩臂一抽一抽地，哭得好伤心。他看像刘大姐，便停住脚步，上前一问，果然是刘大姐。她满脸的疲惫、憔悴、伤心，原来她这个月的奖金被扣了，原因是她扫的这条街的胡老四家门口那段，随时都有污水，随时都有鸡毛鸭毛，影响了整条街的环境卫生。刘大姐男人在外地打工把腿跌断了，成了残疾人，她带着一个孙子在城里租房读书，其困难可想而知。

孙志得心里闷闷的，把手伸进内衣口袋，那里有他才领的工资和奖金，他想拿点钱给她，手触到温热的钱夹，又踌躇了。他也不宽裕，家里也等着用钱，这次幸好有那位老先生仗义执言，他们的奖金才没被落下。但要拿点钱帮人，还是下不了决心，他的手离开口袋，想想他即使拿个百把两百块钱，也帮不了啥大忙，况且刘大姐会不会要？她虽穷，虽赢弱，但也是自尊心很强的人，估计咋也不会要他的钱。最好的帮助，就是能制止胡老四乱泼乱倒脏水。

胡老四的门店是卷帘门，他在屋内倒水，没有门槛阻隔，水就会顺着流出来。他倒水是思考过的，不能全倒，他烫鸡鸭的铝盆很大，一次要加一两桶热水，全倒不仅门口、街道上都积起了，那样会激起公愤。他倒了剩下一小盆时，就倒在地下。尽管水不是很多，但水太脏了，黏稠油腻，还有血污、腥臭味，伴杂着稀释的鸡屎鸭粪，人一踩上去，不小心就会滑一大跤。

天还没亮孙志得就来了，他晓得胡老四会趁每家店铺还没开门，就悄悄将污水从店内泼了淌出来。天亮了，上班的人多，大家一走，少不了有人踩了滑倒，怨天怨地，骂店家、城管、环卫。他去的时候，刘大姐也来了，刘大姐哭兮兮的，提了竹扫把只能把淤积着的血污水扫走，但扫不干净。孙志得是提了一桶水来的，他用水来冲洗，一桶水冲洗完，他又去提。他和不远处的一家早点铺店主很熟，人家愿给他水，但胡老四门口岂是一桶水冲得干净的，孙志得前前后后提了十多桶水才冲净。那地面是长年累月被污染的，虽是水泥地面，但浸染到骨髓里了，地面已积了层壳，孙志得用竹扫帚扫，用洗衣服的刷子刷，最后连人家刷墙的钢丝刷也借来了。孙志得蹲在地上一点一点地抠，一点一点地刷，来来回回地提水，累得满头大汗，腰酸

夜色朦胧

脚麻得不行。过往行人看见城管转变作风，真是难得。有的带着怀疑的眼神，既惊奇又疑惑，这是不是作秀？上面来检查，做样子给大家看的？有人说就算做样子也总比不做好，这个样子也是不容易做的。

倒是周围店铺的人知道是咋个回事，他们小声小气地说你不要瞎子点灯白费蜡了，你一走，污水又淌出来了，你永远也弄不干净的。孙志得说管他的，泼了又洗，他泼一回我洗一回，我看他还好意思再泼。那人说他都会不好意思的话，城墙就没有拐角、长青湖上长盖盖了。他说的长青湖是指城里的一个公园，意思是连湖面都会长个盖盖遮住。孙志得说人心都是肉长的，他脸皮再厚，总不会看见别人为他出力流汗心安理得。那人瞟了胡老四的门面一眼，说劝你你不信，你弄吧，累死你他也不会皱下眉毛动下心的。

胡老四的鸡鸭店开得晚，等他揉着眼打着哈欠打开卷帘门时，看见门口变得清清爽爽，连长期结成壳油腻腻地粘在地面的那层，也被刮得、洗得、刷得见水泥地的本色了。他惊讶地看了一眼，说哪个狗日的恁个勤快，把地整得那么干净？没得人搭他的话，他在干净得可以打滚的地下走了一圈，说日怪了，扫地的不可能扫得那么干净，这个地面，不用铲子铲、刷子刷是弄不干净的，这个狗日的好费心，整得恁干净。还是没人搭他的话，他自言自语地说，这是啥人呢？他为啥要这样？无事做了？闲得抓干疮了，屁眼疼了？啥狗日的。隔壁卖干货的老朱听不下去了，说老胡呀，你这嘴咋这样脏？人家做好事还被你骂半天，不晓得这阵打了多少个喷嚏呢？胡老四说做好事？这年头还有人做好事？学雷锋也不用跑来在我门口学，要入党当官争表现，他不会到市委门口去，扫得再干净我会表扬他？对他有啥好处？老朱说你满嘴的歪道理，我讲不赢你，我服输，我服输。胡老四说你服不服都是这道理，这辈子我还真没见过这样的好人呢？

连续几天，情况依然如此，胡老四的店照样开得晚，但脏水一样倒出来。孙志得的耐心也快到极限，他到熟悉的那个早点铺去提水，店主说老孙，你在我这店里提了多少桶水了？我这水是要出钱的呀。我劝你不要瞎子点灯白费蜡了，人是贱皮子，你越这样他越要倒。孙志得无奈，说那要咋整呢？来硬的不行，哪个不想来硬的。现在抓得严得很，文明执法、礼貌执法，决不许违规，我要以情动人，以情动人。店主说本来是好事，谁不喜欢文明执法、礼貌执法？但遇到胡老四，你这套就无用了。

孙志得很是沮丧，情绪低落到极点，他真想把那桶水倒了，妈的，人家当城管当得威风体面，他当城管倒当成孙子了，不能吼不能吵还要面带笑容，还要以情感人。他觉得窝囊透顶、无聊透顶，还不如脱了这身衣裳，当他的小贩去。

刘大姐迎面走来了，她手里提着一袋热气腾腾的包子，还有两双雪白崭新的线手套。她将东西塞给孙志得，脸上喜滋滋地说孙大哥，感谢你了，感谢你了。我们领导悄悄来检查过了，说我把胡老四门口这块牛皮癣治好了，这个月没扣我的奖金。我太高兴了，真的，自打扫这条街，我还没领过一次全薪奖呢。孙志得接了包子，他心里百感交集，正想撂挑子，见刘大姐喜笑颜开，他感到由衷高兴。他还没见她笑过，成天愁兮兮的，有时还看见她在街拐角处哭，这幸福来得既不容易也容易，也就是没被批评、没扣奖金。他想看来还得坚持下去，刘大姐扫得再辛苦，扫得再干净，胡老四这杂种也认为是应该的，只有继续下去了。

又过了一段时间的一天早上，天阴沉沉的，空中下起了水毛凌，这水毛凌既不是雪也不是凌，其实是比雪还厉害的夹杂在冷空气里的雾状的冰凌，下到地面就结成冰了。孙志得那天是提了桶热水来的，没有热水冲不掉地面的血污。才走到胡老四门口，还没上台阶，脚一滑，他摔了一大跤就跌下去了。这

夜色朦胧

路面太滑了，穿上防滑的保暖鞋也不行。他这一跤跌得太实在了，一大桶热水泼出去，他直挺挺地趴在地上，热水顺势而流，浸透了他的衣服，天冷、风大、刺骨，他冷得嗖嗖抖起来，以至忘记了头上受了伤，他的头硬生生地磕在石坎上，划了个口子，血汩汩地流出来。过路的人看见，惊得叫起来，他用手一抹，血粘满手，也粘满了脸，以至连眼都模糊了。

他迷迷糊糊的，有人将他扶起来，有人脱了外衣给披上，有人打120。在医院，有人帮他脱了湿透的衣裳，有人用厚厚的被子给他盖上，接着就是医生为他止血、缝伤口……

六

也许是迫于舆论的压力，胡老四脸皮再厚、再无赖，一旦受到众口一词的人人谴责，成了过街老鼠——人人喊打，老人娃娃都吐口水，也会触痛他沉睡麻痹的神经。也许是孙志得的行为感化了他，一个人一而再、再而三地丢掉尊严，不顾面子，反反复复地帮他洗地，本来固有的关系颠倒了，应该是摊贩怕城管，反而是城管来帮自己，并且不怕冷嘲热讽，不怕天寒地冻，最后摔伤自己。这是任何铁石心肠的人也会受到感动的，除非他已经不是人。

确实，那天胡老四见孙志得跌得头破血流，水湿遍全身，又冷又疼，人都昏过去了，胡老四还是受到震撼，人家为啥呢？也就是讨生活，只是他做的是城管，如此地折磨人家，以致他受了伤，自己这样搞，还是人吗？

孙志得受到表彰，相关部门正在抓城管转化作风，文明执法、微笑执法、感动执法，他的行为正好与上面要求相符。他不仅受到表彰，工资和奖金也增加了，并且由临时合同工转为正式合同工。事实上，正式合同工和体制内的人差别也不大了，他成了人人羡慕的对象。

孙志得高兴不起来，他的腰又塌陷下去了，背又佝偻了，内心五味杂陈，百感交集。他原来幻想的是穿上城管的制服，神气活现，风光无比，人人羡慕，个个畏惧，别人见他就对他点头哈腰，一边敬烟一边套近乎，告别流动摊贩生活，活出一个有尊严的人样来。可轮到他，他做不到威风凛凛、趾高气扬、心狠手辣，加之上面抓行风转变，他这样的人遇到无赖到极点的胡老四，反而变成孙子，尽管做了许多事，受了伤，最终感化了胡老四，但他内心还是十分不爽，他不知道这城管到底该怎样当才又威风又有尊严且不被人讨厌。

　　他还要承受更大的压力：人一出名，采访挡都挡不住。那段时间正是上面狠抓转变行业作风的时候，城管是行业作风整治的重点，孙志得的行为，无疑是最大的亮点，不仅本行业表扬他，号召大家向他学习，新闻媒体更是敏感，一拨一拨的人来采访他。不仅口述，还要摆各种造型拍照，不仅本人讲，还有其他城管队员讲，中队长大牛自己都不知道讲了多少遍了，还有各种不同部门的人来采访，让他不胜其烦。开头他还高兴，自己中队出了这么个人，又是自己介绍进来的，脸上自然有光，但成天被人追着讲，自己也烦了。其他城管队员本身就有意见，见了记者纷纷躲避，躲避不了的，丧着脸，苦大仇深地讲些统一的好话，记者才走就"呸"地吐一泡口水，愤愤不平地骂几句，他们骂孙志得，骂这怂狗日的做些怂事，丢人现眼的还变成典型。

　　一连串的采访、宣传，他成了小城里人人皆知的明星似的人物，走到哪里都有人指指戳戳，他去执勤，更加的谦恭，更加的和蔼，脸上一天挂满笑。但这不是来自内心由衷的笑，而是强装出来的苦涩的、厌倦的、虚假的笑，心情不好也要笑，别人态度不好也要笑，笑来笑去，笑得比哭还难看，人们一见他的笑，不是温暖，而是赫然、惊恐、极不舒服。这样的笑，脾气再怪的人也经受不住，他的笑让大家厌倦。

夜色朦胧

现在谁也不愿与他搭档工作，胖乎乎的李雅丽不愿意，她还千方百计想法吃点东西，跟他在一起，不是置入全城人的监视了么？小武更不愿，他说我天生的黑风丧脸，又不会笑，想培养也培养不起来，即使我克服了坏脾气，但光是笑就要给他丢脸，我不能抹黑他的光辉形象。孙志得没有怨言，是的，谁跟着他也是遭罪，他不愿别人跟着他遭罪，这样他良心上也会有些安慰。一个人去管一片辖区了，他管的这片辖区卫生、社会秩序确实好，他是名人了，大家都认识他，对他也敬三分。再说，人家容易吗？你在街边摆摊，人家不骂不撵，笑着劝导你，你赖着不走，人家也不掀你摊，一直在旁边笑着劝。那笑里内容丰富：忍让、克制、屈辱、自卑和不顾自尊。辛酸和无奈的交织，怒火中烧的努力克制，克制自己的艰难和自尊摧毁的痛惜，那种变化万千的笑让人不忍，再无赖的摊贩也会落荒而逃。这当中他也听到各种各样的嘲讽和挑衅，但他是文明执法的模范了，再扎心的话也得忍着，实在忍不了，跑到无人的地方吼一会儿，默默流一回泪。

他多次受到表彰，他管辖的区域成为模范区域，他帮清洁工扫街，帮乡下进城卖东西的年老农民背东西，背到指定的市场；他帮眼瞎的叫花子数钱，帮腿残的叫花子推弹子车，连乞丐都不好意思在他的辖区盘桓，这不成为典型都是不可能的。

可偏偏出了事，那段时间，正是全城创建卫生城市的关键时刻，省里要组织检查、验收、评定。持续一个多月了，这座城市天天扫地洗街，环卫工人加班加点，机关干部全部上，石板铺的人行道、沥青铺的大街，被清洁车洗得干干净净，连绿化树也一天洗几次澡。洒水车上有人手持水龙头，把树冲得青翠欲滴，像贵妃出浴似的；路面没有一张纸屑、一片落叶，石板路清爽得人可以在上面打滚，脚都不忍踩下去；电线杆上，墙面上所有的小广告都得洗刷掉。有人用油漆喷的广告，洗刷不掉干脆用白油漆、绿油漆全覆盖，这个城市干净得就像豆蔻年华的少女，白皙洁净，连新冒出的一点青春痘也要消除掉。

偏偏有人和孙志得作对，这个人神出鬼没，半夜三更张贴小广告。那些小广告巴掌样大，是用强力胶水或者什么胶水贴的。孙志得上班时看见小广告，惊讶得眼瞪老大，嘴半天合不拢，这是要他命呀，平时都不允许出现的小广告，在关键时刻出现，真是把人往死里逼哩。他急三火四，匆匆忙忙去取了水桶，找了刷子、铲子来刷、铲、洗，别看那巴掌大的小广告，清理起来挺费劲的。先用水润湿，用刷子刷，用小铲铲，铲完还有痕迹，又要用清水洗，铁丝刷刷。清洗掉一张很费劲，况且，贴的不是一张两张，走几步又有，走几步又有，贴的不费力，清洗的真要命。有的贴得高，孙志得踮着脚也够不着，就得借凳子来，一手提塑料桶，一手铲小广告。一上午下来，还没清理完一半，把他累得脚酸手软腿抽筋，连走回去吃饭的力气都没得了，只得在小馆子里要了便餐，吃了就在人家沙发上打个盹，好在是熟人，店主也没为难他。

下午继续干，本来他可以去找大牛请求支援的，但他没去。一是他怕去了，有人说闲话。这是没得疑问的，谁叫他成了典型，谁让他奖金比他们高、荣誉比他们多，这里上报，那里上电视；谁叫他让他们成为他的陪衬，领导训话总爱拿他来说事，让他们经常脸上无光。二是他怕为难大牛，他去求援，大牛派人人不来，他会陷入尴尬，只得自己来，让一个中队长亲自来帮他，他也实在承受不了。

那天晚上，他拖着疲惫的身子，走路都几乎打瞌睡，好几次头碰到树干才猛地醒过来，他终于借着灯光清洗完他管的那片辖区，回去倒头就睡，睡得天昏地暗。

第二天，他挣扎着起了床，尽管一身酸疼，头晕脑涨，脚步如灌铅般沉重，但他心里还是喜悦的。终于清除了牛皮癣，终于见不到一点小广告的痕迹，上面来检查，他也可以放心了。

终于走到他管的地段，他傻眼了，昨天才清理完的小广告，

夜色朦胧

又鬼使神差地贴上了，数量比昨天的还多，贴得比昨天的还高，似乎专门整治他。他头一晕，腿一软，差点瘫坐在地上，妈的，这不是来要老子的命么？他气得日妈捣娘骂了一气。他是顾不上他的形象了，顾不上他出了名的笑容了，脸色青紫，目光狰狞，眼珠通红，他连杀人的心都有了。

那天，他把老婆也叫来了，把在上学的儿子也叫来了，一家人卖力地干。老婆理解他、心疼他，儿子也心疼他，他们一家人在大家的围观下使劲地刷，使劲地铲，互相配合，齐心协力，干到下午临近下班，终于将小广告铲完、洗尽。老婆、孩子都累得走不动路，他看着心疼，说不回家吃饭了，今晚改善改善伙食。老婆心疼钱，说馆子里的东西又贵又脏，最近不是流行猪瘟么，咱们回家吃。他说瘟啥瘟，人家老板都在吃，你比他们金贵么？那是谣言，咱们不能信，是不是儿子？儿子有一段时间没有好好地吃过肉了，难得奢侈一回，说没问题的，是邻县闹了下猪瘟，我们这里从来没有。

走了好长一段路，老婆都不进去，她看着装修好点的馆子，都认为是高档的。最后选了家小餐馆，总算美美吃了一顿。儿子吃得满头大汗，惬意无比，老婆叹口气，说有钱多好，娃娃不会这样馋，你也不会这么累，饿了，出门就可以吃呀。他忧心忡忡地说今晚这狗日的不会来贴吧，再来贴就真要我的老命了。儿子说但愿这人来贴选在星期天，要不然我上课就来不了。老婆也说今天我是请了假的，明天就不来了，但愿这个挨千刀剐万刀杀的不要来了。他一脸愁容，说但愿但愿。心里想，再这样折腾下去，他真的经受不起了。

凌晨时分，他被惊醒了，尽管白天铲了一天小广告，累得狗样的，倒下就睡，可他睡不踏实，不断地做梦、翻身、踢腿，梦中总是有人追他。一会儿是条凶恶无比的黑狗；一会儿是他干了什么见不得人的事被人围着骂，围着打；最后是他被一群人追着撵着用石块打得到处逃窜，后来逃到一座悬崖边，下边黑雾蒸腾，阴风阵阵，他无处可逃了，左看右看，都是深渊，猛然间下了决心，死了算了，纵身一跳，向下猛坠，"啊"的一声惊醒了。醒了，全身湿透，心仍然在狂跳。

他再也睡不着了，看看时间，才凌晨4点多，此刻是最寂静最寒冷的时候，街上的车辆基本没有，喜欢夜生活的人也大多回去了，树影暗昧，灯光昏暗，连最早的清洁工都还没有来。他打着哈欠，穿上防寒服，拖着沉重的步子出门了。

他凭直觉这贴广告的人还会来，他知道贴广告的人受雇于人，他们有他们的任务，每天要贴多少张，贴在哪些地段都有规定的。这就像他们一样有指标、任务、路段，各行各业都是规范化管理的。他知道受雇贴小广告的多是年轻人，年轻人身体灵活，爬高上低，奔跑突围是他们的强项，一般人即使发现他们也很难追到，他们跑得比兔子还快，眨眼间就消失在黑夜里了，要将他们捉住是不容易的。

出门前他做了精心的设计，城管的制服是不能穿的，人还没走拢早将要抓的人吓跑了，脸不能露出来，认识他的人太多了，他天天在街上走不说，还时不时地上电视。好在是夜里很好装扮，他找出那件当小贩时穿的防寒服，衣服厚有帽子，穿了好些年已经又脏又破，还好没扔掉，终于派上用场，他还找了个编织袋提着，里面装上些家里的塑料瓶、烂纸板啥的，这样就很像捡垃圾的流浪汉了。他走走停停，一路观察，遇到垃圾桶还会停下，谁也不会怀疑这是个流浪汉，他要的是以静制动、以慢制快、出其不意的效果，这样就能发现贴小广告的人，并且将他捕获。

慢慢地走了一段路，仔细观察了一阵，终于有人出现了。这段路树荫浓密，灯光幽暗，靠街边几乎看不清什么。这人个子矮小，比他读高中的儿子矮了好些，并且瘦弱，但人机灵，走路脚有些瘸。他靠在垃圾桶边装模作样地翻找，那人在远处看了一阵，放心地过来了，知道翻垃圾的人是没有威胁的，那

夜色朦胧

人提着个手提袋，里面是一沓一沓的小广告，还有一只小桶，肯定是粘贴剂了。那人走到他身边，一点戒备也没有，还和他打了个招呼。这么早，天亮来捡嘛。他将身子背过去，臃肿的防寒服连头蒙住不答话，那人说聋子呀，比我还可怜。说完转身去贴小广告了。

等他刚贴出一张，背后一只手狠狠地将他抓住了，回头一看，这不是捡垃圾的流浪汉么？你干啥？我这里没有啥，你捡你的垃圾，我贴我的广告，各干各的。孙志得不答话，也不松手，紧紧抓住，小个子力气不小，人又机灵，一挣脱就前功尽弃了。挣扎了一会儿，小个子不挣扎了，他停下来，打量孙志得，在微弱的灯光下，终于透过他肮脏的有帽子的防寒服，看清了孙志得的脸，这不是那个城管么？那个天天在这一带巡视，还帮别人洗地、搬东西的城管么？糟了，不晓得他守候了几天，落在他手里还有好结果么？

孙志得紧紧抓住他的领子让他挣不脱，小个子突然跪下来，眼泪涟涟，哀求孙志得放了他，说他是外地人，流浪到这里，打工人家嫌他力小体单不要他，在餐厅洗碗，打烂两个碗又被解雇，没地方住，晚上睡桥洞，睡廊檐。现在又管得紧，撵得没地方躲，肚子饿了，捡垃圾桶里的东西吃。实在无法了，才干上贴小广告这事，总算能吃上饭，能有个地方住。他讲的是真的，讲得心酸，讲得疼痛，讲到痛处，哽咽得说不出话。孙志得听了，心里酸酸的、涩涩的，都是底层的人，他何尝没有这些经历呢，眼前这小子，比他儿子大不了多少，有钱人家的娃娃，正是读书、谈恋爱的好时节，谁知道没吃没住到处流浪的苦？他想放了这小子，但这段时间他受到了责问，包括奖金被扣和大牛谈话的方式，再不禁止张贴小广告的事，大牛是保不了他的了。加上这几晚熬更守夜连同一家人清洗，半夜起床的守候，他想是不能放了，硬着心肠，拖起那人就走。那人不走，赖在地上，一拖，就大叫起来，哎呀，我的脚……疼呀……那叫声，是锥心刺骨的疼痛，孙志得停下，矮个小伙撸起裤管，他的腿肚包生了个疮，已经腐烂，不知用些什么缠住，黑漆漆的，流脓淌水，已经腐烂得不成样子，孙志得心里一震，这是个可怜的娃哩。他问咋不去看医生，小伙说没钱哩。这个月的钱还没发，老板说月底完成任务才发。他一阵难过，知道这些老板黑得很哩。他摸摸口袋，口袋里的钱也不多，凑起来一百多块。他说拿着去看病，把疮医好，拖久了脚就废了。小伙子狐疑地看着他不敢接，他厉声说接着，你可以走了，但不要再来贴小广告，听见没有。小伙低着头，千恩万谢，提着小桶快步地、一瘸一拐地消失了。

等他第二天来上班，他管辖的地段又贴满了小广告，他头一晕，小广告漫天雪花似的飞舞，飞快地旋转，像龙卷风一样迅疾，他头一晕，跌倒在地。有人喊老孙、老孙，孙城管你咋啦？你病了吗？脸咋这样白，要不要送你去医院？他摇摇头，两颗苦涩的泪滴了下来，他知道，他是不能再穿这身制服了……

手指向北

一

正在值午班的赵贵生接到电话，说他爹快不行了，让他赶快回去。他知道他爹的最后一刻到了，赶紧去向保安队的队长请了假，心急忙慌地骑着他那辆除了铃铛不响、到处都响的破单车朝家赶去。

到了家，家里的人都聚集在他爹的那间小偏厦里，呼的呼，叫的叫，乱作一团。见他来了，忙给他让开道。他爹赵华栓头发凌乱，脸枯萎得像只干瘪的陈年大枣，白得阴森森的，罩着一股死亡气息。他紧闭着双眼，气息全无，任大家千呼万唤就是没有半点反应。贵生老婆凑近他的耳朵，大声说，爹，贵生来了，你醒醒吧。贵生带着哭腔，撕心裂肺地大喊一声，爹，我是贵生，你醒醒，睁开眼睛看我呀！贵生这一喊，他爹的眼皮似乎动了一下。儿子说爷爷醒了，爷爷醒了，他的眼睛动了。贵生弯下腰，把头凑近他爹的耳边，爹，你醒了，我是贵生，我赶回来了，你老人家有啥事不放心的，你跟我讲，有啥要交代的，你跟我说，我一定做到。贵生喊得焦虑，喊得揪心，喊得迫切。他爹的眼皮动了动，仍然没睁开，贵生老婆说爹还有事放不下，等着你哩。贵生带着哭腔，眼睛充血，声音嘶哑，说爹你是不放心我吧，我是个无用的人，啥事也做不成，没有能力孝顺你，让你过上好日子，我是不孝子呀。爹，你睁开眼睛看我一眼呀，你有啥要交代的你讲，我一定满足你的心愿，我对天发誓，不完成你老人家的心愿，叫我天打雷轰，永世不得做人。爹的眼睛终于睁开了，他的嘴张开，喉咙咕咚地响，就是讲不出话。贵生老婆忙端起已经冷了的蜂蜜水，用勺子舀了灌进去，水又顺着他的嘴角流了出来，仍然讲不出话，抖抖擞擞地伸出一只手，用一根指头指着窗户方向。贵生说爹，这窗户是该换了，又小又暗，塑料布又挡不了风，还一天乱响。我一定换，再穷也换，换成铝合金钢窗。他爹的头似乎摇了摇，嘴里咕咙咕咙的，讲不出话来，手仍然伸着，手指仍然指着窗子方向。贵生老婆说爹，你是不是放心不下你孙子读书的事？你放心好了，我们进城打工已经六年了，政策规定可以就近读书，你孙子已经报上了名，等着发通知书呢。老人指的方向正是县三小的位置，他们进城打工一直担心孩子报不上名读书，老人比他们还焦虑，身体好的时候到处去打听，到处托人，为此他还买了瓶好酒送给远房亲戚，但仍然没下文。他很着急也很伤心，农村人咋就这么苦呢？打工人的娃就不是娃么？他曾背着家里人找过对面那所小学的校长，苦苦哀求，还要给人家下跪，但人家说老人家你赶紧起来，这事不是我不办，我也没办法，这事上面规定的。他还心疼他那瓶好酒，那是他几乎一年捡垃圾，卖纸壳、塑料瓶的收入呀。听到儿媳说有政策了，孙子可以读书了，老人脸上有了一丝不容察觉的笑，但手仍然没放下。

贵生突然若有所悟，他爹好多次说北京真大呀，升旗好壮观哟。他们家有台电视机，是老人收破烂时人家卖给他的，才二十元，只能看一个频道，人家是当破烂准备扔的。这个只能看一个频道的电视机是老人的挚爱，天天晚上他都要看到深夜，放啥看啥，一个节目都不落下。最爱看的是《新闻联播》，一看到天安门广场，他就兴奋不已，尤其是看到升旗的解放军雄赳赳、气昂昂，气宇轩昂地列队出来，看到他们升旗，看到无数的人屏息凝气、庄严无比地看升旗，他总是无比地激动，佝偻的腰也挺直了，黯淡无神的眼里也发出了光，嘴里说要是能亲眼看一次，这辈子也值了……

贵生心里一道光闪过，突然明白了老人的想法，他那根手指僵硬地指着窗户，窗户不是北边吗？他是想到北京呀，每次在逼仄的出租屋里看电视，只要看到北京，看到天安门，老爹总是莫名兴奋，他知道他的这个情结。过去的几十年中，他一直在老家的乡村里当生产小队长，这是中国最基层的小官，管着全队百多号人。尽管如此，他也把这个小官当得尽职尽责，当得呕心沥血。他知道百十号人的嘴都系在他身上呢，稍有闪失，百十号人的吃喝拉撒就成问题。每天鸡还没叫他就起床，提着粪箕从村头走到村尾，把沿路的猪屎狗屎捡了倒在公家的粪堆上，然后又到村里的地块走上一趟，谋划着一天的活计，哪块地要松土，哪块地要浇水，哪块地打农药，然后他在村头敲响了老梨树上的那口破钟。

尽管他尽职尽责费心费力，这个村的人仍然是吃不饱肚子。每到饥荒，村里的人都走了，到坝区或者有在城里居住的亲戚处去借粮，他想堵住大家却怎么也堵不住。站在村口看着大家背着背篓，拉着孩子朝外走，他一阵心酸一阵自责，一个管着一个生产队的队长连大家吃饭问题都解决不了，算啥事呀。他知道这个村再怎么折腾都解决不了吃饭问题，关键是缺水，一年也就雨季会下几场雨，其他时候都是干得冒火星的，村里人畜饮水都是靠各家各户挖个水塘，收集些雨水，水里绿得发黑，蚊蝇遍布，仍然舍不得用，只有煮饭喂猪时用一点。洗脸呢，盆里盛着浅浅的一点水，蘸湿毛巾你揩了我揩，毛巾黑得腥臭，剩下一点水也要倒在猪食盆里喂猪。庄稼呢，任你怎样折腾都种不好，缺水嘛。年成好的时候能有些收成，年成不好的就是一堆禾秸。

下定了决心要修一条引水渠，没有水这个村永远没有希望，他也知道靠村里几十号劳动力修条水渠的难度，挨家挨户地动员，反反复复地开会，晓之以理，动之以情，最后总算说服了大家。

离村几里路的地方有眼山泉，水桶粗，挂在岩头上白白地流走了。引水渠虽然离村不算远，但要经过一个岩壁，难度就大了。他带着乡亲们靠简陋的工具，也就是钢钎、铁锤，连炸药都没有，他带人拆老土房，用老墙土熬硝，自己炒炸药。连续干了三年，终于把引水渠修通了。他在凿岩壁的时候系在腰上的绳子断了，摔下悬崖，好在摔的过程中被一棵斜生出来的树挡了一下，左脚却断了。

在医院里，乡亲们守护着他，没有住院费大家凑，乡亲们把舍不得吃的鸡蛋、挂面送来，让他暖心不已。他的事迹被县级记者知道了，报道了出来，大家都佩服他。一个远在深山没有财力、物力仅凭钢钎、铁锤就修引水渠，确实不容易。

一天，一个县上的领导来看他了，领导和善亲切，问了他的情况，嘱咐随同来的医院院长尽全力治疗，住院费不用考虑，要他安心养病，伤好回去带领带大家把余下的工程搞完，争取早点把水引来。领导问他有啥要求，他说没有，只是请领导批点钢钎、炸药，领导马上就答应，叫随同去的秘书和物资局联系立即批准。

走的时候，领导说你是当之无愧的劳模，这个要工会抓紧办，以后有机会，让你去北京，去天安门广场，想不想去呀？他听了，兴奋地撑起身子，两眼放光，这事他做梦都不敢想的，他一家世世代代都住在大山上，不少人连县城都没去过。北京，天安门广场，他做梦都不敢想的事，领导却亲口讲了，这让他无比感动，伤还没全好，就忙着回去了。

县级劳模倒是评下来了，钢钎、炸药也解决了，但去北京的事却没有下文。引水渠修好后，来了些县上、公社上的领导，那个看望他的领导倒是没有来，听说调到其他地方去了。

他经常站在村口那棵老梨树下向山垭口张望，一看见有公家的人来，他不好意思问，人家也不晓得他的想法，只说了工作上的事。一次次地等候，一次次地失望，他终于知道这件事是不可能的了。尽管如此，他还是拖着受过伤的左脚不时到村口张望。

这个心结伴随了他一辈子，无事时他坐在火边发呆，时不时从嘴里冒出一句，县长咋就不来了呢？他就是调走了，也不该把这事忘了……

后来，贵生进城打工了，在工地上挑过砂浆，挖过大坑，再后来经人介绍到一个小区当保安。妻子呢，当过小贩卖过菜，现在当清洁工，一家人在城郊租房子住，把老人也接来了。老人来了看到他们开销大，收入少，又是房租又是水电费，吃啥都要买，一把小葱、几棵蒜苗都要买，在乡下房前屋后去扯就是。他闲不住，又心疼他们，就拖着瘸腿去捡垃圾，屋子本身就小，被他捡来的纸壳、塑料瓶、易拉罐、废书废纸塞得满满当当，气味实在难闻。

在城里，他们唯一的娱乐就是看电视，虽然只有一个频道，他们还是乐此不疲地看。儿子六岁了，喜欢看动画片，只能跑到隔壁人家去看，有一次哭兮兮地回来了，说王佳佳骂他，说一台电视机都买不起，经常赖着看电视，不许看。贵生听了心里难受，说没出息的东西，不让看就不看，等有钱了老子给你买一台大电视机给你看。贵生老婆说不要说大话了，等你有钱是猴年马月的事了。儿子快哭了，说我就看不成电视了，王佳佳又不让我看。他说不看就不看，会死人？老人在旁边脸色很难看，他起身在他堆废品的屋里摸摸索索，过一阵子出来，把一沓用塑料纸包得一层又一层的钱拿给他，说凑凑吧，我只有这点钱，原想攒着，想去一趟北……他没把最后那个字说出来，这个地名对他太重要了，是他一辈子的心愿，是他难以释放的心结。贵生知道他说的啥，便说你留着吧，这点钱也不够干啥的，你的心愿我是晓得的。你这一辈子也就这一个心愿，我拼死拼活，想尽一切办法也要实现你的愿望。爹苍老的脸庞舒展了一些，眼里有了喜色，但他还是说看来是难的了，我也就是说说而已，不是在电视上经常看得到么？就当我去过了。孙子懂事，说爷爷我不看动画片了，大彩电也不买了，你在电视上看的和真的不一样，把钱攒着，爸爸一定会带你去北京的。

二

　　虽然老人死在城郊接合部的棚户区，遗体火化无论如何也避免不了的。为火化还是土葬，贵生和老婆发生了争执。老婆知道，城里死也是死不起的，丧葬费、火化费、花圈、骨灰匣子，亲友来吊唁总得吃顿饭，吊唁厅是按天收费的，来人总要有个坐的吧，一个凳子一天五毛钱，守夜总要有个火炉吧，一个火炉一晚一百元，水电还要另算。在乡下，地老天荒，村子偏僻，地是不用出钱的，请人抬棺是不用出钱的，粗茶淡饭，一大锅豆花，一大甑饭，一锅红烧肉，村里人也不会说什么的。所以，他坚持运回去土葬。贵生不是不会算，回去土葬无论如何也比在城里火葬省钱，但他还有个想法，这就是老爹一辈子的心愿，他不是怎么也落不下气闭不上眼吗？他挣扎着等他回来，伸出手指向北方，然后又将手指指向天花板，他信誓旦旦地答应了他的要求，他才闭上眼睛，撒手而去了。
　　他想老爹的愿望是无论如何也要实现的，他苦了一辈子，

手指向北

七岁娘就死了，老爹怕他们受委屈，硬是一个人苦死苦活地将他们三姐弟拉扯大了。老爹虽然当过生产队小队长，但山区穷，加上他一辈子爱面子，不会多拿生产队的一点东西。后来引水渠修好了，他的一条腿却永远残废了。他以残废之躯养大了三个儿女，两个姐姐嫁在山区，他拖家带口在城里打工，老爹一辈子没过过一天好日子。他就这么一个心愿，自己指天划地赌咒发誓要实现他的愿望，总不能人一死就忘了。但要实现他的愿望，把他土葬了怎么实现，唯一的就是把他火葬了，背着他的骨灰到北京，让他的灵魂能目睹他想看的一切。

几番争吵，最后老婆还是争不过他，争吵的结果是他也确认殡仪馆的收费太贵了，这帮发死人财的家伙太黑了，他们把能压缩的一切环节和不必要的开支都节省了。人呢，就停一天，总不能才落气就送进火炉吧。殡仪厅就租一天，通知的亲友不能超过二十人，凳子二十个，茶杯自带，不够买点纸杯；热水自烧，带个茶壶去，葵花籽称两斤，碎茶叶半斤。骨灰盒呢，千万不能买殡仪馆的，据说最便宜的都要几百元呢。家里有个以前留下的小木盒，做工精良，好像是装首饰的，是土改时分地主家浮财得到的，还描有花纹，虽说漆脱落了些，但总体还好，有点缝隙，用石膏抹抹也就行了。衣服呢，有几套八成新的，洗干熨平也可将就了。

遗照呢，家里有一张老人当年评上县劳模时，县级记者拍的，人虽憔悴，但神采很好，胸前还戴着一朵大红花，当初他请人家放大了留在家里，正好摆在灵堂前。

这个丧事简单得不能再简单，殡仪馆不想接纳，但正在提倡殡葬改革，只有接下。为收费的事他们和殡仪馆不断磨不断缠，受尽殡仪馆工作人员的冷嘲热讽、挖苦打击，各种难听的话都说出来了，贵生和老婆哭丧着脸，一脸麻木地听他们数落。

丧事办完了，贵生捧着老爹的骨灰伤心而麻木地坐到深夜。现在，最揪心的就是怎样实现老爹的愿望，这事让他很纠结，放在其他人家也不是什么大不了的事，有钱的，买张机票抱着骨灰盒一下就到北京了。这事贵生是无论如何办不到的，他们家是几乎没有存款的。他在小区当保安，一个月也就八百多元；老婆当清洁工，四百元不到，还要扣除各种费用，清洁工具要自己买，哪里清扫有点遗漏，哪家餐馆门前的污水没清理干净，都要扣钱的。城里租房贵，就是他们住的城郊接合部的棚户区，一月也要三百多元，加上水电，一个人的工资就搭进去了。在吃的方面，他们是极尽节俭了，买最便宜的菜，一个月吃一次肉。娃娃经常眼巴巴地看别人吃肉咽口水，好多次想吃碗红烧肉他们都舍不得买。但娃娃读书这事他们很大方，他和老婆知道一个道理，要改变这个家庭的命运只有靠娃娃，而读书则是娃娃唯一的出路，为娃娃读书的事他们可没少花冤枉钱，还没到读书年龄就开始四处托人。这个县城规定户口在哪里就在哪里读书，他们来城里打工，买不起房落不了户只能回山区去读书。他们人托人找了不少关系，也上了不少当，有的人声称认识某某科长，只要关系到位就可疏通，他们像溺水的人抓到一根稻草也不放，人家叫买东西就买东西，叫请客就请客。折腾来折腾去，针尖上削下的那点钱也折腾进去了，人家还是说不要急，正在疏通呢。说找的人上边也还有领导，还要疏通。还好，就在他们焦急万分时，县里的新政策就来了，进城打工的农民工子女可以就近入学。

他们听人说城乡接合部这个学校教学质量差，城里好点的学校要进去就要交择校费。贵生和老婆铁了心，要让娃娃读好的学校，砸锅卖铁都要读。为此，攒了一点钱，老婆死死地拿着，就是歹徒拿刀架在她的脖子上，她也不会松手的。老爹捡垃圾卖废品几年攒了点钱，原是要拿出来买电视机给孙子的，电视机没买，他这一死，千节省万节约，也折腾完了，哪里还有闲钱余米。

老婆说你不要哭兮兮的了，你就是坐到天明也不会有一分

◆

手指向北

· 179 ·

半文的。我先说好，我手里这点钱你千万不要开口说拿来用，就是我爹死了我也不会拿出一分的。咱们几代人就指望娃娃了，娃娃读不出来书还不是跟我们一样。他说我没想娃娃的钱，就是卖血我也不会打娃娃读书钱的主意，我是想咋个省点钱了却爹的心愿，眼下咱们手里是一分钱也没有了，爹那点钱用来给丧葬费还差一截呢，再找人借钱也借不到了。老婆说你也不要太焦心了，爹虽说有这个愿望，但人都死了，去不成也就不去了。你就是有能力去，他看得见摸得着么？爹活一辈子活得憋屈，没享过一天福，也就这么一个愿望，不让他的愿望实现，他在九泉下不安，我一辈子也不会心安。你说他死了啥也看不见了，你这是不想让爹实现愿望的借口，人是有灵魂的，这你也是相信的。昨天咱们在屋里撒的灰，不是有脚印的么？你也说爹来收脚迹了，他要到他生活过的地方走走看看。这会你又说人死了啥也看不见，你这是成心不让爹的愿望实现。

贵生越说越气，几乎是指着老婆的鼻子发疯了。老婆不再说什么，只是说你要去你去，反正我是没有一分钱的。贵生说我自己想办法，就是走着爬着我也要去。我是对爹发过誓的，兑现不了对爹的诺言，我就是猪狗不如的人。

话虽然说了，贵生还是愁眉不展、忧心忡忡，他知道他是借不到钱的。在城里，他只有几个和他一样手上无钱的朋友，乡下老家更不可能。这次爹死，两个姐姐来奔丧，也尽其所能地拿出了钱，她们的娃娃也要读书，找她们借钱是指望不上的，贵生想只有去多打一份工，挣点钱。虽然这钱来得不容易也只能如此。

三

他把爹的愿望和自己的想法对小区保安队长说了，保安队长是部队转业下来的，却有一颗柔软的心。他说你爹一生不容易，他有这个愿望好，你无论如何要帮他实现这个愿望。按他的要求，保安队长尽量把他调到晚上上班，这样他就可以在白天去打一份工了。

经人介绍，他去车站帮人扛货物。这虽然是个小城，却有火车经过，并且是个中转站，有大量货物需要人扛。

扛货物是苦力活，每包东西都有一两百斤重，从这节车厢卸下，扛到另一辆列车上。在这里扛东西的工友，大多身强力壮、肌肉圆滚，他们身材大多不高却长得很敦实，全身肌肉发达，腿上青筋裸露。贵生虽然也是个下力人，却瘦弱单薄，况且他生活在山区，几乎没扛过东西。

这活是没人能帮的，东西扛上背就要咬紧牙关扛到目的地，他知道扛包的苦，但扛包是以包来计价的，扛得多工钱自然也多。他开头还可以胜任，扛了一两个钟头，他就难以坚持了，头上虚汗一层一层涌出来，汗水渍了眼睛却不能抹，手一松包就掉下了。眼睛辣得生疼，眼前一片恍惚，脚都打闪了。往回走的工友见状，忙取下脖子上的毛巾帮他擦去额上的汗，对他说这是苦力活，第一天少扛点，慢慢增加，免得腰受伤，他笑着答应了。

中午的时候，工友们三五成群邀约着朝火车站前的小馆子吃饭去了，搬运工活苦，体力消耗大，他们能挣钱，也舍得花钱，在吃上他们是不吝啬的，吃不好他们是支撑不下来的。

那个同乡工友要拉着他去下馆子，他期期艾艾地说我带了饭盒呢，昨天晚上他就让老婆装了盒饭，菜比平时多，有炒茄子、炒豆腐，老婆还买了鸡腿，两只，他一只，娃娃一只。他打开饭盒让工友看，老乡说你这咋吃，扛货物是累死牛的活，不吃好咋行？老乡也是知道他心思的，说要想扛货物就一定要舍得吃，像你这样，不到半个月就废了。走，我请你，他被生拉硬拽地跟着去了。

火车站是个热闹的所在，有高档豪华的餐厅，更多的是一家接一家的小馆子，这些馆子设备简陋，生意却出奇地火爆，门面小，只摆得下几张桌子，大多摆在门口，要啥现点现炒，叮叮当当，热热闹闹，油煎火烹，羊肉汤锅沸腾翻滚。贵生的这位老乡豪情万丈地说今天我请客，我这位老乡叫贵生，他在太平小区当保安，他爹是我们老家的老队长，一生累死累活，带着我们全队人修了一条引水渠，脚也残废了。他有个最大的愿望，是到北京，到天安门广场看升旗。贵生拖家带口负担重，只好来这里挣点钱实现他爹的愿望，大家多担待点，不要为难他，我拜托大家了。大家听了，都说贵生不容易，有孝心，老爹这心愿一定要实现。你若去，把我们的心愿也带去。

点了一大桌菜，红烧肘子、凉白肉、回锅肉、大刀圆子、罐罐肉等，尽是油腻味重的菜。还打来一大罐散酒，贵生暗叹，这要多少钱呀，他们真舍得吃，看来他只能吃这一次，以后再也不能来。他不好意思多吃菜，小心翼翼地拈一点，赶紧埋头吃饭，工友们都脱了外衣赤裸着上身，一人一大碗酒豪气十足地吃肉喝酒。他的老乡用勺子舀了一大勺肉在他碗中，说兄弟，来这里就是一家人了，我们这些扛大包的人，能大碗喝酒大块吃肉，人粗野，但心好，凭下大力吃饭，不害人，不坑人，有事大家帮衬着，啥难关都能过。他心里很感动，想想等攒够去北京的钱，一定要请大家好好地吃一顿。

但人毕竟不是铁打的，贵生白天在车站扛大包，晚上还要到小区值夜班，这里是县政府公务员住的小区，管理很规范，要求也高。上班时要服装整洁，事无巨细环环都要做好。他在工地上扛了一天的包，到小区上班时，人就困得不行。有时巡夜，他和另外一个保安打着强光手电筒到处走，每辆汽车下面，每个角落都要巡视到，防止小偷潜入小区。走着走着，他就睡着了，手电筒固定地射着一个地方，人像树桩立着，同去的保安推醒他，说你也算有本事，站着都能睡，昨晚是不是和你老婆大战一通宵了。他没回话，这个保安是才来的，不知道他的情况，他死劲地摇晃木愣愣的脑袋，拖着又酸又疼的身子继续走。

第二天值夜班，他带了些大蒜，把小米辣装在口袋里，快要困到瞌睡了，他就咬一大口生蒜，有时是咬一大截小米辣。他平时是不大吃辛辣的，这种辣味很足的东西，把他辣得眼泪都快掉下来了，口腔是火辣的，胸口里像有一团火烤，他一激灵，已经到了眼皮下的瞌睡被辣跑了。瞌睡没了，身上依然又酸又疼又无力，想着老爹的愿望，想着老爹临死时指向北方的手指，想着老爹苍老疲惫、瘦削干瘪的脸和他最后挣扎着睁开眼睛的那微弱的充满希望的光，他也挣扎着走。轮到值门岗时，是比较轻松的，在值班室他可以坐着，有人来按一下开关就行了，这是防止外来人进入小区的。但一坐下，他眼皮重似千钧，脑袋木木的，混混沌沌，随时都会睡着。来的人经常不见他开门，人家就喊，叫开门，半天了他才惊醒过来，匆匆按下门钮。这个小区的人多是公务员，修养好，也没多说什么；也有脾气差的，尤其是人家有事着急进去，甚至是下雨了他也没反应，人家就会急了乱骂，你聋了吗？站了半天你还不开门，敲门也没得反应，我家水管漏了，等你慢吞吞开门，水都淋到人家楼下了。他一激灵，开了门，忙向人家道歉，来人说你是在睡瞌睡吗？这可是不行的，值班睡觉是违反管理条例的，我要举报你，让你滚蛋。他慌了，没有什么比让他失去工作更可怕的事。在值班室里再三道歉，只差跪下去了，那人说我有急事先走，这事没完，你等着卷铺盖走人吧。

他再也不敢打瞌睡了，他泡浓浓的酽茶，那搪瓷的大杯子里茶叶和杯沿一样齐了，茶水浓得像清油，喝下去没多大作用。他死劲地掐自己的大腿，把大腿掐得青一块、紫一块，火辣辣地疼，也管不了多大用，倒是这事让他惊醒了不少。他心情很沮丧，他知道这事的严重性，上班时睡觉是绝对不允许的，轻则扣除工资奖金，重则开除。他感到忧伤，感到惧怕。他不由得有些怨恨起老爹的那个临死遗愿。哪个人没有遗愿，哪个人一生中没有难以实现的愿望，又有多少人是实现了的，不都是带着遗憾离开世界的。你有遗愿也罢，偏偏是个难以实现的愿望，你知道家里多困难，你的孙子读书还要择校费，你忍心让他像我们一样，你不是说不吃不喝也要将他供出来，我们几代人就指望他了。这也怪我，我不该把你的手指方向讲出来，不讲出来也没有人知道。但这行吗？他想一阵，埋怨一阵，甚至说你死了也不要拖累我，你看我累成啥样了，就是牛马，也有个休息的时候，我累死了这一家子咋办？你忍心吗？

埋怨过后，他又感到很后悔，老爹这一辈子吃苦受累，中年丧妻也没为他们找个后妈，怕他们受委屈，千难万难把他们拉扯大，一辈子没过个好日子，就是人残废了，还在拖着一条瘸腿到处捡垃圾。有时看见他背着一捆纸板一瘸一拐的身影，心里难受得想掉泪，他说捡一点算一点，有一分算一分。为了能多捡一点，他常常在深夜出去，那时捡垃圾的少，可以多捡一点。他舍不得吃，舍不得穿，饿了买两个馒头，还要留一个给孙子吃。他几乎没有任何要求，为了节省，有时在垃圾箱里发现还没有完全坏的食品，他就吃了，说多可惜，哪还在乎好不好的呢，其实他是省一顿饭罢了，是在为这个家庭竭尽全力地做点贡献。他的这个愿望，在心底埋藏了一辈子，直到死也难以忘怀，他错了吗？没有错，他无非就是想去一趟伟大的首都。在这之前他也没想过，是那个领导对他说了这话，一句话在他心里埋下了一颗种子，这颗种子也许是这位领导随手丢下的，他没想到这颗种子却顽强地在老爹心里发了芽，生了根。临到死了，这颗仍然没有从他心里长成参天大树的种子，多么渴望着从他心里突围出来，蓬蓬勃勃地生长呀。

他也埋怨那位领导，你不能办到就不能随便开口，你不知道你一句话有多大的分量，你不知道北京、天安门广场对一个山里忠厚老实的农民有多大的影响。你忙，但是该过问一下，你虽调走了，但总该打个招呼，让后面的人去办。你不知道你这句话对这个山里老农有多大影响，你不知道他心心念念，至死也想实现这个愿望；你不知道他的儿子要背负多大的重负，得承受多大的心理压力，要实现他的愿望，人都累瘫了，不晓得坚持得下坚持不下。

　　埋怨一阵，气渐渐消了，埋怨归埋怨，老爹的这一愿望也不是啥奢求，这恐怕是绝大多数中国人的愿望。人活一世，草木一秋，雁过留影，哪一个人，包括像草木一样生活的人，内心里都有这么个愿望。他们有的连县城都没到过，但都会说这一辈子能到北京，能到天安门广场也就值了，这是他们平凡生活里的最后的圣地。老爹之所以这样执着，是那人点燃了他心中的这盏灯。人死了，这盏灯也不能熄灭，他必须手持这盏灯，完成老爹的遗愿。他是对老爹作过承诺的，没有他的承诺，老爹的眼也是闭不上的。天大地大，还有什么比对一个临死的人的承诺大，无论如何，就是累死累活，就是脱几层皮也要实现老爹的遗愿。

四

　　尽管如此，他终究还是倒下了。

　　那天去火车站扛包，他感到头晕眼花、心慌脚软，身上的力气已被全部抽干，在平地上走路人也像醉汉样东倒西歪。他的老乡说我看你脸色白得像张纸，走路打趔趄，你怕不要扛了。这活儿我们都难承受，你又要上白班，又要值夜班，钢浇铁铸的也受不了，你把自己苦废了，你一家子就没指望了。他摇摇空空溢溢的脑袋，木然而又坚定地说没事，我坚持得住。

　　阳光白炽，空气干燥，阳光像无以数计的钢针洒向所有的角落，在这盛夏的天气里，人们都躲在屋里。有人在没有阴凉的地方行走，他们就像躲避坏人追杀一样行动迅疾。女的无论如何是要穿裙子打伞的，毒辣的太阳只一会儿就会把人烤黑，平时热闹的车站行人寥寥可数，太阳把水泥地面烧成一块熔铁，倒一盆水下去，"吱溜"一声连白烟都不会冒，马上干了。摆摊的全都撤到屋檐下，树荫里，红红绿绿的遮阳伞变成一朵朵枯萎的蘑菇，伞下的人昏昏欲睡，或者鼾声如雷。就连蝉声也高一声、低一声，如濒临死亡的呻吟。

贵生在扛第五包的时候，就坚持不住了。他全身大汗淋漓，脸色苍白，呼吸急促，脚像踩在棉花堆上，走路酒醉一般趔趄。他看见不远处的火车，看见来回扛包的工友全部摇摇晃晃，东倒西歪，还来不及喊出一声，就连人带包摔倒在地。那天他扛的恰巧是硬件，里面不知那是什么东西很沉很沉，木条做的箱子，整个像块巨石。

他倒下了，木箱重重地砸在他的脚上，鲜血直流，但他没感到疼痛，他已经休克了。工友们放下包跑到他身边，焦急地呼喊，他的那个老乡说中暑了，中暑了，先把他挪到阴凉的地方。他们抬的抬身子，拉的拉手，他的老乡说不行，他的脚受伤了，我来背。

他们把他背到车站大厅阴凉处，有人给他扇扇子，有人给他揩汗，有人帮他掐人中，有人拿了一个西瓜来，劈作几瓣，敷在他脸上、胸口上。鲜红的西瓜汁像血液一般在他身上流淌，混同着他脚上的鲜血让人触目惊心。经过一番折腾，他终于醒了，醒了后他感到锥心刺骨的疼，这时人们才想起他的伤，他们忙着把他背到车站旁边的一个小诊所，诊所的医生忙给他消毒、检查、包扎伤口。小诊所的医生手法生疏，动作粗鲁，摆弄他的伤脚就像摆弄一根木棍，酒精渗入伤口，疼得他杀猪样嗷嗷乱叫。诊所医生说叫什么，男子汉大丈夫还像婆娘一样。工友说医生你看看他骨折没有，要不要照照片。诊所医生捏了捏他受伤的脚，说没有，我治跌打损伤几十年，看一眼就晓得骨折没骨折，骨折了，他小腿那里会翘起来，他这是外伤，不碍事的。我给他开点内服药，隔三天来换一次绷带，半个月准好。工友们听了，说那就好，那就好，伤到骨头就麻烦，他拖家带口的，娃娃要读书，还要实现老人的遗愿，白天来扛包，晚上还要值夜班，脚伤了他那个家就麻烦了。诊所医生也不细问，只说我也不多收你的钱，拿个成本费就行了。大家感谢一番，将他送回家去了。

五

老婆回来，大惊失色，既心疼又埋怨，一边给他煮糖水鸡蛋，一边埋怨，我早就说过不要去扛包，你那身板耐得住？人家都是年轻力壮身体壮实的人，上个白班都累得不轻，晚上你还要上夜班，你就是钢浇铁铸的人也要累垮。这下好了嘛，不要说白天去扛，连夜班你也去不了，我看你是成心毁了这个家哩。他心疼得不耐烦，说你不讲了行不行，过几天好点我就去上班，连累不了你。老婆边喂他鸡蛋边说上啥子班哟，你动都动不了，没摔断骨头就是你家祖宗保佑着你，这么大的外伤，不好好休息好好医，你就废了。他说我咋能躺下，家里大小开支，娃娃的择校费，还有老爹那个遗愿，焦死人了。老婆一听心里的火就蹿了起来，赵贵生，你是鬼迷心窍了，我就晓得你是被你爹牵到你的魂了。哪个人没得个愿望，三岁娃娃都有，他想到北京，我还想到外国呢，是不是有了愿望就一定要实现，就是他这个愿望是好的，但要实现就要有条件。他苦了一辈子也就是这个愿望，我也不反对，但要有条件的时候去实现，你想想看，他人都死了，也就不急一时半会儿，我们慢慢挣钱，慢慢攒，你这样累死累活，累残废了，你还能养家糊口？你还能实现爹的愿望？

贵生沉默了，老婆的话说到他的痛处，他想他是不能再这样白班夜班连续累了，人始终是人，就是你有天大的毅力，也

◆ 手指向北

熬不过自然规律。才上一个星期的班，就被累得晕倒了，这个星期扛包的钱就是一分不花，完全拿到手也就是三百五十元，不够买张去北京单程的火车票。况且，这一病，一分钱收入没有，吃喝拉撒加上看病的钱，倒赔进一大截，竹篮打水，越打越空。

他越想心情越加沮丧，越加灰心，加上疼痛他更加烦躁。他把老婆手里的碗扯过来，一下丢在桌上，剩下的汤汤水水泼了一桌，说不吃了，管他妈的，我啥也不想了，躺着好好养病，活一天算一天。

开头几天，他几乎白天晚上都在睡觉，他觉得无比困乏，每根神经，每块肌肉，每个器官以及骨子里的困，全释放出来了。多少年来，他从来没有好好地睡过一个囫囵觉，每天都拖着沉重的身体去上班，尤其这个星期，他白天晚上连轴转，扛活本来就苦，就是车站上那帮工友，身强力壮的也从来不加班。况且他们舍得吃，没有足够营养是会累垮的，他也想和他们一样下馆子，但他实在舍不得。自从刚去时老乡请他吃过一次，他以后再也不去了，总是躲在无人的地方吃带去的盒饭，所以他才会累到晕倒。

现在能躺下了，他觉得能躺下睡觉是世界上最幸福的事，能躺下睡觉，想睡到什么时候就睡到什么时候是多么惬意。有时他到中午还在酣睡，老婆回家担心地伸出指头在他鼻孔前试一下，发现还有气才放心了，她怕他就这么睡过去。他要把他这一生欠缺的瞌睡补回来，他要让每一块肌肉每一根神经松弛，把疲乏释放出来，他要把骨子深处的疲乏尽情地驱逐出来，让空乏的身体重新充满力量，去实现自己的目标。

老爹的像和骨灰盒原来是放在他那间偏厦里的，那间偏厦拥挤逼仄得不行，除了他那张木床外所有地方都堆满杂物。他捡来的塑料瓶用麻布口袋装着，纸板和废书堆得很高，还有人家丢掉的烂凳子旧沙发，以及金龙鱼牌食油的瓶子和塑料桶，形形色色，杂七杂八，床上床下，所有空间都堆满了。他的遗像和骨灰盒放在床前的一张旧桌子上，他们租的地方太逼仄了，本来应该在客厅或堂屋放上他的遗像和骨灰盒，但他们哪有客厅或者农村人说的堂屋呢，他们只有一个房间，也就是十多平方米的样子，摆下两口子睡的床也没剩多大空间了。儿子大了，在他们的床边支张小床，用布帘隔一下算是有了他自己的空间。前面其实是延伸出来的房檐，他们把它砌了墙，留个窗子算是厨房了。厨房里摆满柜子、桌子、铁炉、炊具，打个转身都费力，遗像和骨灰盒摆在这所谓的客厅里显然是不合适的。他原想把老爹的遗像和骨灰盒摆在睡房里，但老婆不答应，他说哪有老公公的像和骨灰盒摆在儿媳妇睡的地方，摆在这里你不觉得尴尬吗？况且儿子也睡在这里，会吓着他的，他想想也是，也就打消了这个念头。

昏天黑地睡了几天几夜，他总算把多年欠下的觉补足了，没有睡着，人醒着就觉得空落落的，心里就杂七杂八乱想起来。想往后的日子咋安排，总不能就这样小铁匠打铁，打一天吃一天，还是要有积蓄，生活还是要得到改善才行。想娃娃读书的事，择校要一大笔钱，即使有了好学校，自己和老婆几乎是半文盲，你想人家城里的孩子，爹妈不是公务员就是医生、教师，先天条件好，后天有辅导，现在不是说不能输在起跑线吗？只要有钱也好办，可以请家教，请不起家教可以去上各种补习班，但要钱。他们哪里有钱请家教或报考补习班，这样的话，娃娃就是花钱择校也不可能有好成绩。这样一想，他的心情又低落了，人呀，没啥都行就是不能没钱，娃娃择了校以后考不上重点中学，读大学照样没的希望。

心情一低沉他就想看看老爹的像，老爹虽然没文化，但他毕竟当过劳模，当过生产队长，他看问题朴实而睿智，有农村人的通达。以前有啥心事总是和老爹唠嗑，老爹总能用通俗而深刻的道理使他的心结打开。现在老爹去世了，连说个话的人都没有了，心里就空了一大块。他扶着桌子、凳子，慢慢挪到老爹住的那间偏厦，老爹的屋更加逼仄更加混乱，所有的东西积满厚厚的灰尘，人一动，灰尘飞扬，空气浑浊而呛人。他想老爹也够委屈的，活着如此，死后更加不堪，连一块洁净的地方都没有，依然和他捡来的废品相伴。他有些心酸，找了块抹布，拭去老爹相框上的灰尘，当他擦拭老爹骨灰盒的时候，骨灰盒里似乎有轻微的像叹息的声音，再听却没有了。他又轻轻擦拭，骨灰盒里又有了轻微的像人低语的声音，他心里有些发毛，不由得后退了一下。但他很快就镇静了，这不是别的，是自己的亲爹呀，好些天了，他来不及到偏厦里看他一眼，来不及对他说些心里话，他相信他是听得到他的话的，他相信他是看得到他的一切的。不是说人是有灵魂的么？老爹是个忠厚、老实、善良的人，对他们更是无私的。他是不放心这个家，他更想的是他那个牵挂了一辈子的愿望迟迟不能实现。

擦拭干净，他又挪动着出去，拿了几个苹果盛在一个盘子里。这些苹果是在火车站认识的那个老乡看望他时送来的。送来时也没留人家吃顿饭，老婆没在没人做，况且家里也没有好菜。老乡去老爹住的偏厦，对着老爹的像磕了三个响头。老乡说老队长，我是村西头赵家的三娃子，你带领大家修引水沟的时候我还小，我的爹妈都去参加了，他们说没有你我们现在连吃水都是问题，庄稼更是没盼头，大家都怀念你，你做了件功德无量的事呵。我听贵生兄弟说了你的愿望，这是应该的，无论如何也要让你的愿望成真。

老爹去世，没有灵堂，连个供桌也没有，让他孤零零地还是住在灰尘遍地、杂物堆齐顶棚、潮湿污浊的地方，连个祭品都没得。他有些责怪自己，再困难买点祭品总是买得起的，再忙，总能抽点时间来陪陪老人，虽说是为了他的那个遗愿而忙、而拼命，但总是觉得是找借口。摆好供果，他本想给老爹磕几个头的，无奈脚受伤弯不下腰去，他就站着像城里人那样鞠了三个躬。

那天他和老爹絮絮叨叨地说了许多话，讲儿子读书的事，讲今年天旱，城里的蔬菜都涨价了，猪肉更贵，听说是爆发什么口蹄疫，大点的养猪场都办垮了，死猪一车车被拉去埋掉。讲他去火车站扛包的事，说他的保安队长人好，知道你的遗愿，破例让我上夜班；讲因为白天扛包太累，值夜班时都打起了瞌睡，差点被开除，是人家讲了好话保住了自己的饭碗；讲车站上扛大包的那伙工友，吃苦耐劳，忠厚耿直，那个老家住在村西头姓赵的工友，人好啊，对他很关照，还请他吃饭，还欠着人家的情呵。受伤了，人晕死了，是人家送他到小诊所去医，还惦记着来家里看望。他还来你这里给你磕了三个响头呢，还感念着当年你带领大家修好引水渠，让大家喝上水，让地里的庄稼不再干旱，让牛马牲畜有水喝。他说爹啊，你的心愿我一直记着呢，你知道如果不是为了你的心愿，我咋会去扛大包，一天上两班，像牛马畜牲样煎熬。如果不是为了你的心愿，我也不会累得晕倒，脚也不会受伤，我比你心急呢，巴不得你早点实现愿望。你不要着急，给我点时间，攒够钱我就带着你去北京，去天安门广场看升旗，你说好吗？

和老爹讲了一番话，贵生心里好受些了，骨灰盒静静地躺着，再也没有细碎的声音，老爹似乎得到安慰，安安静静地沉睡了。

他看到屋里乱七八糟堆满废品，想收拾打扫一下屋里也无法，他想等脚好了，腾出点时间把老爹屋里的废品拉去卖了，这样屋里也敞亮干净些，暂时把这间屋当作灵堂，等去北京回来再想法把老爹的骨灰安葬了，老家地广人稀，让他回到老家，也算是了了他的心愿。

他瞥见立柜上有一包东西，用牛皮纸包着，很厚的一沓，他想老爹是没有啥东西留下来的，他一生清贫，脚残废了还去捡垃圾，无非是尽量补贴他一点，不会有什么东西留下的。但那个用牛皮纸包扎的蒙满灰尘的东西是什么呢？钱和物是不用

手指向北

想的，但得打开看看心里也踏实。

　　他举起一根棍子把那包东西扒拉了下来，屋里瞬间灰尘弥漫，斜斜的阳光照进来，无数金色的浮物像银河里的星星一样闪烁，光线浮华而嚣张，呛得他猛地咳了起来。

　　打开那个裹了一层又一层牛皮纸的包裹，他看见两本发黄的硬皮账本，里面全是一张张贴在账本上的从报纸上剪下的黑白图片和从彩色画报上剪下的图片。老爹收废品捡垃圾，有时会从某个单位或私人手里收到成堆的报刊书籍，他不识字，否则会发现好些有价值的东西。但他喜欢翻着看，看好看的图片，不晓得他啥时收集的，看得出很用心，用剪刀剪得齐齐整整，用糨糊贴得熨熨帖帖，巴巴实实。他一张一张翻着看，这些图片多是他没见过的。有奔驰而来的火车，火车上的烟拖成一条长龙，气势非凡地呼啸着前行。有在大海里航行的轮船，船巨大的身躯像海上城堡，船上的人迎着朝阳满身金黄，船后的水流汹涌澎湃，像白色的链条迤逦而去。有"东方红"牌的拖拉机，金黄色，气宇轩昂地一排排奔赴在平坦广袤的大地上，拖拉机后被犁起的泥土，恰好和巨型轮船的波浪相似。他想老爹剪贴这些图片，是他向往和渴望这些新生的美好事物。在他们这里的山区，依然是牛耕人犁，他连客车都没坐过，他对火车、轮船是多么向往，他只能凭想象来展现他的愿望。外面的世界太大太大，新的事物太多太多，他局促于山区，借居于县城，他有多少没看过的东西，又对这些新奇的东西多么渴望……翻着老爹剪贴的册页，最多的还是北京，北京天安门，还有故宫、颐和园、天坛，还有北京火车站、天桥等，天安门广场的图片最多，他能收集到的都收集了，有彩色的、黑白的。天安门背后的天空，霞光万道，祥云朵朵，天空绚丽辉煌，金色的阳光一束束穿云而过，万朵云彩犹如被金线串起的琥珀，天安门披上了金色霞光，端庄肃穆，气宇轩昂，上面的旗帜迎风猎猎作响；金水桥一字排开，镀上金光，熠熠生辉。天安门有正面的、侧面的，有检阅游行、庆祝活动的，应有尽有，煞费苦心。那些年，这些照片很多，但多是印在报纸上的，他特别钟爱画报上的，那时画报很少，能订画报的单位也不多，可见他是费了心的。有一组天安门升旗的图片，格外引人注目，湛蓝的天空，白云轻拂，天安门广场的旗杆高耸入云，一面五星红旗在天空中猎猎作响，蓝天、白云，飞翔的白鸽，作为背景的天安门，组合成了一幅令人心旌摇动、激动万分的画面。还有不少是升旗仪式的，国旗班的战士从天安门出来，个个高大伟岸，英姿飒爽，豪气万丈，他们的动作整齐划一，铿锵有力，掷地有声，看得人热血沸腾。尤其是升旗的那一瞬间，升旗战士手一扬，国旗冉冉升起，随风飘扬，那是多么激动人心的一瞬呵。

贵生翻看着老爹的剪报，他的心情也波澜迭起，如潮流涌动，眼睛也有些湿润了。他想老爹为什么不能释怀，人一生中总有难以忘怀的东西，总有希望和憧憬，老爹的精神世界里有这些美好的东西，让他在艰苦的生活中也有精神支撑。他活在他的精神世界里，内心柔软，生活艰辛而充满希望。他想无论如何也要实现他的愿望，不要说在他临死时发了誓、许了愿，就是冲着他多年的释之不去的心愿，也要将它实现。

六

脚上的伤还没完全好，贵生就去上班了。老婆说你急啥，再急也不急这一时半会儿，才一个星期你就去上班，伤整发了多的钱就去了。他心里急，又不便跟老婆多说，老婆对老爹的愿望总觉得有些小题大做，人嘛，哪个没得个愿望，问题是要有条件，没得条件硬去做是没道理的。今天实现不了，还有明天，不是等米下锅的事，何必那样急呢。

日子恢复了以前的模样，不急不缓，平平淡淡的，但贵生内心却焦虑，这样上班不累，每天值完班回家，可以吃上一口

手指向北

热饭，还有时间看看电视，到附近遛一遛。但收入呢，只能是维持日常开支，前段时间去火车站扛大包，收入倒是可观，但那活不是常人干得了的，况且他还要上两班，为了攒钱舍不得吃好的，干了没多长时间就累倒了，脚也受了伤，苦到的那点钱来无去无，倒贴黄瓜二两。

老爹的那个愿望幽灵一般随时缠绕着他，他抬头想低头想，白天想晚上也想，尤其那天看了老爹剪贴的册页，他更是忧心如焚。他想如果不再找一份工作，这辈子恐怕难实现老爹的遗愿。他下班以后到处游荡，看看能干点什么，最好是适合自己，不至于累得趴下的那种活。夜幕降临，他看到街边、小广场上的夜市很热闹，那年头已经允许人们自由经商，夜市上多半是摆地摊的，摆着五花八门的东西，有从广州趸来的牛仔衣、牛仔裤、电子手表，有在地上转来转去闪光的儿童玩具，还有景德镇进来的赝品瓷器，大的花瓶有人高，形形色色的瓷器占了小广场老大一块地面。他想这倒是一门好的不费力气的生意，但要有钱，还要有进货渠道。他跟摊主聊了一会儿，知道他们进这些服装要乘火车到广州，买了用大编织袋随身运回来。他是无钱也无时间去外面跑的，他看到城里到处乱跑的三轮车，有人停下问他要坐吗？去哪里？他根本舍不得花钱去坐，况且他也不需要坐，但他还是上了车。他想和蹬三轮车的聊一会儿，了解一下蹬三轮的行情，从蹬三轮的这位老哥这里知道：蹬三轮关键是要有执照，执照是由城建局发的，控制得很严。以前几百元就办了，现在你拿几千元也办不下来，有的关系硬的办了几个执照，买几辆三轮车租出去，比自己蹬来钱哩。他想这个事倒是适合自己做，蹬三轮车不像扛大包样累人，并且是现钱，拉一个有一个的收入，实在累了可以少蹬一点。但他打听清楚了，自己买辆三轮车要一大笔钱，最主要的是办不下执照，最好的是租车。但租车要交一笔押金，也是件头疼的事。开口向老婆要钱，只有攒着给儿子的择校费，很快秋季要开学了，老婆是打死也不会拿出来的，他也开不了这个口。

正愁眉苦脸地走着，背后有人在他肩上拍了一巴掌，兄弟这么晚了还在街上瞎逛，是不是来找站街的小姐？他扭头一看，正是老家的那个老乡，他说找啥哟，肚子都混不圆还有那心肠。老乡说和你开玩笑哩，看你愁眉苦脸的，和兄弟媳妇吵架啦？他说没有，我出来看看，寻思着找点啥事干。老乡说你不要命了，再这样你小命就没了，留得青山在，不怕没柴烧，慢慢来嘛，不在这一时半会儿。他将刚才坐三轮车了解到的情况讲了一下，老乡也觉得这还适合他干，劳动强度不算很大，没有定额，能拉多少算多少。他说租车定金高，正愁哩。他这个老乡是古道热肠之人，说这事我帮你，你明天来拿钱吧。他听了万分感谢，正在登天无路、下地无门的时候，又是这位并没有多少交情的老乡伸出援手。老乡说你也不要感谢我，你老爹那个愿望，其实也是我老爹老妈和好些山里人的愿望，你去了北京，也代替我们完成山里人的愿望。只是你要悠着点，不要把人苦废。留得青山在，不怕没柴烧呵。

回到家，他把蹬三轮车的事和老婆讲了讲，只是没提租车的事，说是一个朋友约他，车是人家的。老婆说我晓得你心里那个结，我是不赞成你去蹬的。蹬三轮车虽然没有扛大包累，但你干两份活是吃不消的。他说我蹬了试过，不算太苦，我们这个县城除了东门那里有个坡，其他都平坦，上坡我下来推着走，不算累人哩。

开头几天也还胜任得了，但干了几天他就觉得吃力了。坐三轮车的人啥样的都有，有的懂得体贴人，上坡还自己下车走，让他很感动；有的就很刁蛮，那天坐上两个年轻人，看样子是情侣，坐在上面嘻嘻哈哈，动手动脚，还不断催他快走，遇到上坡也不下来，还吆喝着催促着，走了县城一圈，他们还要走，是兜风哩。他实在蹬不动了，说我要收车回家了，请你们下车。那男的说你是怕给不起钱？拿着，一百元，今晚我坐不尽兴是

手指向北

不会下车的。说着拿出钱，他苦笑着脸说我真的蹬不动了，你们去坐其他的车吧。那男的说我就要坐你的三轮车，你到底蹬不蹬？不蹬你一分也不要想得到。说着一把抢过钱，他想今晚遇到找茬的了，不蹬是得不到钱的了，一百元也还真不是小数目，这人装阔，在女朋友面前炫耀哩。他把钱接过来，头昏昏，腿麻木，鼓起劲又蹬。

那晚他拉着这两人在县城兜圈子，他确实很累了，呼吸急促，脸色苍白，虚汗长流，他对自己说坚持，坚持，一百元呵，离目标又进了点。他想着老爹的那个剪贴，想着上面形形色色的画面，突然头一晕，把三轮车蹬进路边树丛里去了。车一偏，那两人和他摔到树丛里了，还好并无大碍，那两人正好滚在一起，高兴得大笑。他呢，也无碍，连点擦伤都没有。

蹬了几天，他突然发现老爹的遗像和骨灰盒不在了。他一有时间总要到那间偏厦去坐一坐，对着老爹的骨灰盒喃喃自语，说些老爹想听的话，那间偏厦成了他的加油站，坚持不住的时候去看看老爹，倾诉一番，他的精神便又得到支撑。晚上睡得很沉，但梦多，一个接一个，不连贯，乱麻麻的，但总和老爹有关，总和那本剪贴有关，那些图像清晰地出现在梦里，仿佛他和老爹真的去了北京。醒来，心中怅然，梦是反的，正是没去过，所以才出现那些梦景。有时，在寂静的暗夜中，他听到老爹骨灰里窸窸窣窣的声音，和他那天听到的一模一样，他想，老爹是放不下他的心愿呵。

他的举动都被老婆看在眼里，老婆想他是走火入魔了，一个人一旦摆脱不了那个执念，他就要不顾一切地走下去。她不是不支持他的想法，关键是他不顾一切，伤精费神耗体力，这样下去，终究是要出事的，那时就后悔莫及了。

她托了个可靠的人将老爹骨灰盒带回老家，托他的姐姐暂时保管着，等合适时再说。她想让他不要日思夜想、魔魔怔怔、不顾一切地挣钱。

他暴躁异常，追问老婆骨灰盒的下落，眼睛血红，面孔扭曲，把老婆吓到了。老婆如实讲了，说我只是把爹的骨灰盒寄到大姐家，暂时放一下，省得你一天牵肠挂肚，疯疯魔魔的。我不是不支持你的想法，只是觉得这样做你身体受不了，迟早要出事的。你放下挂念，我们慢慢创造条件。他说我等不及，如果上一天班只够我们吃喝，哪年哪月才能实现老爹的愿望。老爹不在我身边，我就像被抽了筋，乏了力，丢了魂。

七

他买了张班车票，回老家去了。正是盛夏，山岭、田地到处郁郁葱葱，河流蜿蜒而去，泛着细碎的金光。村子比原来更加葱翠，自老爹带领大家修了那条引水渠，干涸的田园变得葱绿而有生气，但收入仍然少，靠种庄稼只能维持温饱，不少人都进城打工，做小买卖去了，大姐家人多地少，姐夫是半个残疾人，守着家带着一家人在地里讨生活，生活还是窘困的。

一进门，他就急匆匆地问大姐爹的骨灰盒呢？你放到哪里去了？大姐没想到他会来，她知道兄弟媳妇的想法是好的，让爹的骨灰盒摆在这里，让他不要太痴迷执念，慢慢地去实现爹的遗愿，否则把人苦废了，一家人还有啥指望。大姐说急啥子，先吃饭嘛，他说吃啥饭？我先看一下。大姐只得带他去看，他家房子虽然陈旧，但宽大，三开间，楼上用来堆粮食。他也没把老爹骨灰盒摆在堂屋中间，农村人忌讳多，虽然是自己的亲爹，毕竟是死人的骨灰，娃娃还小，他就把它摆在阁楼里。

阁楼安有亮瓦，光线充足，她将供桌搬到楼上，把爹的骨灰盒供起，供桌油漆斑驳，但还干净，可见是擦过的。他一见到爹的骨灰，一下就跪下去了，接连磕了几个响头，喃喃地说爹，爹，我终于找到了你，你一天不在我身边，我吃不下，睡不好，魂也丢了，精神气也没有了。爹呀，我是你不孝的儿子，你托梦给我，还丢不下你的念想，你在骨灰盒里不得安宁，都是我的罪过呀，儿子无能，让你放心不下。说着，他泪流满面，低声啜泣起来。姐姐在一旁也难过起来，掩面抽泣，陪着他流泪。

他站起来，看见供桌上放着一张用学生作业纸画的画，画面上是雄伟壮丽的天安门，天安门上有巨大的五星红旗，画是用蜡笔画的，画得稚拙而夸张，红旗鲜艳，天安门城楼金黄，很是夺目。大姐说你侄儿听说了外公的愿望，他撕下作业本的纸画了这张画，他说要让外公时刻看得见。他心里一热，说鹏鹏懂事哩，他读几年级了？大姐说五年级，娃娃还听话，一放学就帮我做事，不是割猪草，就是锄草，养鸡养兔哩，就是成绩不咋好。我跟他说你读不好书就没出息，你不是想到北京看天安门吗？我跟他讲了北京，讲故宫、天坛、长城、火车站，讲放礼花，他听得入神，说一定要好好读书，外公没去过的地方他一定要去。大姐面容憔悴，满脸沧桑，手粗糙得像树皮，有谁知道，她做姑娘时是村里的村花，水灵灵、鲜灿灿，出水芙蓉一般，艰苦的日子磨去了她少女时代的美丽。

那年，他们生产队下放来了一家从省城来的人家，男的三十来岁，女的也就二十多岁，带着一个孩子，栖栖遑遑，孤苦伶仃。老爹心好，将他们安排住在队里破败的老房里，老爹还带着人帮他们修缮了房子，挖了火塘，凑了些家具，让他们有了立足之地。这家男主人在省城一家大机关工作的，常年出差，见多识广，后来不晓得啥原因被下放到这。他的妻子也是在大单位工作的，人娇小美丽，善良可亲。他们才来连饭都做不熟，老爹随时约他们来吃饭，娘教他们学做家务，要不然，他们连蒸苞谷饭都蒸不好，天天搅糊糊喝。他的妻子很喜欢大姐，说这姑娘又俊俏又聪明，能把书读出来就好了。可他们这里几十里路只有一个村小，山路崎岖，还要经过猴子岩、手扒岩，他们是不放心的。况且，家里人口多，活路重，还要指望大姐承担的。

每年他们回去探一次亲，回来时总要给老爹捎一点东西。他们给他带的是文具盒、橡皮擦、玻璃珠，还有万花筒，一旋转就看到五彩缤纷的世界；给姐姐的还有大白兔奶糖，绚丽多姿的图案。这在山区，简直是叫人目瞪口呆、惊奇万分了，就是县城里这些东西那年头也没有，他们成了村里娃娃们追逐羡慕的人。这家的女主人尤其喜欢大姐，有时带给她的是一块丝巾、一条围巾、擦脸的雪花糕，还有香胰子、毛巾。大姐一出去，村里的人把她围住，啧啧叹奇，尤其是姑娘们，更是羡慕得不行，百般讨好她，她高兴了，把系在脖子上的纱巾借给她们系一系，她们兴奋得脸发红，小心翼翼，唯恐有点闪失。他们给山村的人打开了通向另一个世界的门，让麻木、封闭、混沌的心有了光亮，晓得外面世界是多么广阔、丰富、绚丽、斑斓。

山区寒冷，即使热天，只要天阴下雨，人就冷得不行。夜里，家家的火塘里燃起了熊熊的柴火，一家人围着火塘煨罐罐茶、烧洋芋、炕苞谷花，日子虽清贫却温馨。这家人没有柴火，要到很远的地方去找，他们就经常来他家烤火，长夜漫漫，雨冷风大，坐在火焰跳跃的火塘边，喝着罐罐茶，吃着烧洋芋，他就给他们讲外面世界的事。他知道的真多，讲得又生动，他讲北京、上海之大，讲火车、电车、天桥，讲商场里人来人往，货物满眼看不过来，讲大剧院差不多有对面山崖高，演各种各样的戏。他讲得最多的是北京、天安门，还有故宫、颐和园、天坛、长城。外面风声萧萧，冷雨飘零，屋内不仅温暖，还让他们听到了很多让他们惊讶万分的东西，让他们对外面的世界

手指向北

充满憧憬、想象、期冀和渴望。就是这样的讲述，给他们贫乏、饥渴的心灵浇灌了期冀、想象、憧憬的鲜活之水，给他们贫乏和枯燥的生活增加了一份活力。

他想，老爹这一生挥之不去的心结，是和这个下放干部的讲述有很大关系的。尤其是讲到天安门、升旗，讲到很多人半夜就起床，赶去看升旗仪式，讲到护旗战士威武雄壮的身躯、整齐划一的步伐，所有人的头齐刷刷地抬起，看国旗冉冉升起、猎猎飘扬的时候，他眼里闪着光，神情特别专注，问这问那，兴奋不已。其实，在遥远的年代，在贫苦的日子里，这颗种子已经播下了。后来，他成为县劳模，那位县领导的一句话，更是深深地楔入他的心中，如果说那位下放干部的讲述是种子，那么县领导的一句话，就是浇活那粒种子的水。这粒种子在他心里生根发芽，茁壮成长，长成参天大树了，就无法从他心里走出来。所以，至死他都不能忘怀他的这一愿望。

吃完饭，他执意要走，大姐一家留他住一晚，他们聚少离多，一家人能在一起的时间少之又少。他坚决要走，不愿多耽搁一天时间。大姐拿出两百元钱来，厚厚的一沓，用塑料纸包了一层又一层，说这点钱你拿去吧，我晓得你要实现爹的愿望，你一天都等不得，你千万不要再一天上两个班，前次就累出事了，现在一定要悠着点，熬垮了，你一家人也完了。他说我晓得，我会悠着干，你们放心。只是这钱我不能要，你拖家带口的，到处要用钱，我咋忍心要。大姐说过年卖了两头猪，杂七杂八用了些，还剩这点，你拿去添补点，出远门开销大哩，钱攒不够就缓一缓。

他去抱骨灰盒的时候，大姐就晓得他是铁了心，一时半刻也等不得了。大姐说我去和你二姐、三姐她们说一下，大家攒一点钱，省得你下死劲地挣钱。他说你不要开这口，她们也是困难得很哩。二姐、三姐嫁到比这还远的高寒山区，咋忍心要她们的钱。大姐说若去了，千万记得在天安门照几张相回来，让我们也看一看。

事实上，他那位老乡已经在为他筹款了。他回老家，在村头遇到贵生大姐，拉扯了些闲话，说到他日思夜想、累死累活挣钱的事，大姐很焦急，说你劝劝他，去北京的事最好缓一缓。你晓得，我家几姊妹都不宽裕，他是我家一根独苗，累坏了一家人也没希望了。老乡安慰她，说你也不要着急，众人拾柴火焰高，靠他这样挣何时才攒得够钱。我正寻思着咋帮他一下，老队长的愿望，不仅是你们一家的愿望，也是我们一村人的愿望哩。

老乡回来后请火车站扛大包的那帮弟兄吃饭，吃着饭他将贵生的事讲了一遍，讲了他老爹当初带领全村人修通了引水渠，解决了全村人吃水和田地浇灌的事，为此他还摔坏了一条腿，全村人至今还感念着他；讲了老队长至死不能忘怀的愿望，临死前嘱托的事；讲了贵生拼死拼活一天上两个班的事。但大家晓得，靠他这样是一时半会儿攒不够钱的，况且前次就累得伤了脚。这事只有拜托大家，我们一人凑点钱，帮他和他老爹实现这愿望。这帮扛大包的糙汉是很讲义气的，别看他们一天满口粗话，行为举止也没个礼数，但他们豪爽、实在，大家伙谁有了难处，他们都会施以援手。他们做的活很苦，工钱也要高些，平时抱团取暖，有酒大家喝，有肉大家吃，有难大家当。他们听了说行，贵生和我们在一起时间不长，这个兄弟实在，不是耍心眼的人。他爹的愿望就是我们的愿望，哪个老人没得一个心结呢？这个忙我们帮，能出多少算多少，也算我们的一个心意吧。

当即大家就把身上的钱掏出来，三十、五十、一百地放在那个老乡面前，钱少的和身上没带钱的，说明天你记得提醒一下，明天我们把钱交给你。其中一个壮实的小伙说我出两百，我是一人吃饱，全家不饿，身上也攒不住钱，有一文要花出两文。老乡激动得站起来，双手抱拳，说我代贵生感谢你们了，也代他爹感谢你们，你们圆了一个老人几十年的梦呵。

八

贵生出发了，他带着简单的行李和一个长方形旅行袋，他把老爹的骨灰盒装进去，说爹，你的愿望就要实现了，你不晓得没有那帮工友的支持，我是难得实现你的愿望的。你在天有灵，保佑我平平安安到北京。旅行袋里发出细微的响声，他说爹你答应了，我们就出发吧。

贵生是从县城的小火车站出发的，这条线是货运线，没有客车，要到另一个地方才能转坐绿皮火车。火车站的工友和站长讲了，让他坐在一节车厢里，这种车厢是露天的，遮不了风遮不了雨，他坐上后把车上的货扒了个口，躺了下去。当天晚上他只是吃了随身带来的干粮，开水也没有，口干得发苦。他把爹的骨灰盒抱在怀里，火车颠簸得厉害。他说爹，你一辈子没走出县城，一辈子没坐过火车，现在终于坐上火车了，你不要看它抖，跑得快呢，路上这些村庄、树木哗哗地从后面倒去，你以前坐马车慢悠悠的，哪里见得到这些风景。人呀，真是应该出来走走，才晓得外面的世界有多大，才能见到一辈子见不到的东西。

渐渐地，他睡着了，睡得很沉很香很踏实，还做起了梦，断断续续地不连贯，但都是熟悉的景物。他想他是没见过的呀，怎么就看见了北京的火车站，熙熙攘攘的人流和天安门广场，他拉着爹的手，在金水桥边照相……突然，一个炸雷把他惊醒了，漆黑的天空中噼噼啪啪下起了大雨。才一会儿他的全身就淋湿了，他赶紧把覆盖货物的雨布扯点儿来盖住身子，但雨布

· 202 ·

是系紧了的，只扯动一小块，顾得了头顾不了尾，身上还是被淋得裤带都湿了。他把老爹的骨灰盒抱在怀里，说爹下大雨了，你受苦了，这天气出趟门也不消停，不过没关系，明天我们就可以坐客运火车了，风吹不着雨淋不着，舒舒服服就到北京了。

　　第二天他脚步沉重，头昏昏沉沉的，不断地打喷嚏流清鼻涕，他知道是感冒了。火车站行人熙熙攘攘，他也找不到卖药的地方，他想坚持一下就好了，这点病算啥。

　　火车站那个挤，大厅里人密密麻麻、熙熙攘攘，大人叫，小孩闹，肩扛手拿大包小包的东西，好不容易买到票，发车时间就快到了。他随潮水一样的人挤向车厢，他提的东西不算多，人也机灵，挤出一身臭汗，总算挤到车厢。这是中转站，车厢内几乎没有座位，过道里到处都坐满、站满人，有的在座位下铺张报纸，照样睡得着。穿过一节车厢，他实在不想费劲了，再走几节车厢也是找不到座位的。他看见几个人在座位上打扑克，啤酒、花生米、烧鸡堆满桌子，他们赤裸着上身，大呼小叫，花生壳、瓜子壳吐满一地。他不敢指望人家会让座，把包放在脚下，手扶着座位靠背站着，这一站，就站了七八个小时，脚站木了，就蹲在地下抱着包休息一下。后来连蹲也蹲不下来了，上来的人越来越多，过道里人挨人，人挤人，爹的骨灰盒在他脚下，他怕有人不知道这是啥，便将其拿走，那爹就消失在去北京的路上了，那他还去干吗？他弯腰把爹的骨灰盒拿起来抱在手里，这样抱着没多长时间手就酸了，越来越沉，越来越酸。原先手还可以扶一下座位背，省点体力，现在抱着，更加累，脚酸手麻腰疼。他想起小时候爹带他去赶集，十几二十里山路爹就是抱着扛着背着他去的，他现在是抱着爹去北京，爹一定很欣慰，在高一点的地方，可以看车窗外一闪而过的风景，可以看车厢内各种各样的稀奇，也算满足了他一辈子没出过门的遗憾了。

坐了三天四夜的车，总算到了北京。一下火车，他就被北京火车站的气势震撼了，高大轩昂的大厅，好几排电梯，如蚂蚁一般密集的人群。走出大厅，他站在车站上仰望火车站的门楼，天啊，世界上竟然有这么高大的门楼，他们县的那个货运火车站，连一层都比不上，矮叽叽的一身灰尘地蹲在地上。蓝天、白云，宏伟壮观的火车站，和他爹剪下的图片一样壮观，他激动万分，把爹的骨灰盒高高举起，说爹，我们到北京了，我们到北京了。你看，这就是你日思夜想的北京，这就是你心心念念的北京火车站……

贵生向人打听哪里的小旅社便宜，当他寻到一个小旅社去登记住宿时，摸遍全身不见了随身带的钱，他急出了一身冷汗，脑袋里"哐当"一声，一片空白，脸色煞白，身子一软差点跌下去，这是他的救命钱，是众人为圆他爹的梦凑的血汗钱呵！他把凑成整数的钱缝在内裤里，身上只揣了百十元。一路上小心翼翼，随时伸手去摸，叮嘱自己千万不要出事，想不到钱还是被偷了，这时他才发现裤子被刀片划了个口子，几天几夜的火车，也不知道啥时被偷的。他欲哭无泪，苍白着脸离开了小旅馆。

他在大街上茫然无助地走着，爹的骨灰盒似乎动了一下，旅行袋里发出似有若无的声音，他知道爹晓得了钱被偷的事，他更加惶恐，更加难受。他说爹你不要操心，既然到了北京一切就好说了，我走着爬着也要将你带到天安门，带到你想去的地方。

不知走了多长时间，他的肚子实在饿得不行了，满大街都是大大小小的餐厅，北京就是北京，豪华的餐厅有礼仪小姐优雅而热情地站着，他不敢靠近，这样的餐厅气势逼人。远远瞥一眼，里面人影绰绰，正在开心地喝酒吃饭。小餐厅和县城也不一样，所有餐厅都是玻璃门窗，没有露天的火炉和沿街而摆的桌子。县城馆子都是当街炒菜，各种蔬菜、肉类用篮子装好，现点现炒，满街的油烟和香味。

尽管没闻到当街炒菜的香味，他的肚子还是饿得不行，他腿脚发软，背着的行李沙袋一般沉重，肠胃痉挛，心里一阵阵发慌。他没有乞讨的经历，不知道怎么办？况且他也放不下面子，自己千里迢迢，堂堂正正地来到北京，怎么开得了口乞讨呢？他看到一些餐馆和街头巷尾都有人乞讨，那些年，上访的、被偷的、专业乞讨的都有，真的假的形形色色的，报纸上经常在登，有的要了钱转身进餐厅，住旅馆，还往家里寄钱，大家都戒备。所以都说去去去，没有钱。更多的人则是望都不望他一眼，扬长而去。他冒出试一试的想法也熄灭了。

他转到偏僻的地方，想寻找点人们丢掉的食物，在县城他就看见过有乞讨的流浪汉捡东西吃，这些东西多是丢在垃圾桶里的。当他看见一个垃圾桶时，下决心去找食物，他想他一不偷二不抢，捡东西吃当然是丢脸的，但他是被迫无奈了呀。他对他爹的骨灰盒说爹你不要生气，我捡点吃的是为了明天有力气带你去。

当他走拢那个垃圾桶时，一个倒垃圾的北京大婶见他提着旅行袋，满脸疲惫，羞怯惶恐的样子，说你是外地人吧，怎么来翻垃圾桶？他说我是云南的，刚下火车就发现钱被偷了。去住旅馆没得钱，连揣在外面口袋的零钱也被偷了，肚子饿很了，来找点吃的，他一脸的惶惑羞愧。那位大婶说云南的，远得很啊。你来北京干啥？他将来北京的目的说了，那位大婶挺感动，说不容易呀不容易，这么远来北京就是为了看天安门、看升旗。我们住在北京真是有福气，想去，起个早就去了。大婶说你跟我来，垃圾桶的东西不卫生，吃了拉肚子咋办？你还要去天安门呢。

大婶是开小餐厅的，此时餐厅已经打烊，她麻利地打开火，给他炒了盘肉、两个小菜，煨了一个汤。望着大婶忙碌的身影，他的眼睛湿润了，他原是打算捡点吃的支撑一下，没想到遇到这位北京大婶，不仅给他吃，还三盘四碗地做给他吃，他狼吞虎咽、风卷残云，一会儿就把东西吃完了。大婶说慢慢吃呀，不够再添点。他说够了够了，吃得饱饱的了。这是他出发以来吃得最好最惬意的一顿。吃饭时，他习惯地把他爹的骨灰盒放在膝盖上，大婶见他如此看重，说那是什么？你放在椅子上。他说是他爹的骨灰盒，大婶既敬重又有些忌惮，本想留他在店堂里住一夜的念头打消了。说我拿一百元给你，你去小旅社住一夜，有啥困难去找救助站，请他们帮一下。大婶把找救助站的方法告诉了他。

他千恩万谢，也不会说什么，就是个谢谢你家了，谢谢你家了，这是老家的方言。大婶说你走吧，今晚好好休息，明天去天安门广场要赶早呵。

正是北京的夏天，街上霓虹灯闪烁，各种型号的汽车如流水般驰过，高大的树木树冠浓密，冠盖相接，树下人行道成了树的穹隆，人流如织，恍恍惚惚如水流中，凉风习习，花香袭人。走出小餐厅的贵生深情地看了一眼，走了几步他又退了回来，他着着实实地感谢这位北京大婶，素昧平生，大家对流浪的人百般戒备，她却给了他吃的和钱，让他感到人世间的美好。从此一别，再无相见，再无报答机会，他却只会说一句谢谢你家，谢谢你家。心里觉得对不起这位大婶，表达不了他的心意。按老家的习俗，是该跪下去磕三个头的。可这热热闹闹、人流如织的地方，他不好意思。想想，学学城里人的方式，鞠三个躬吧。他退到餐厅门口的树荫下，虔诚地深深地鞠了三个躬。

他很疲倦，也很兴奋，顺着大街一直在走，也不晓得要走到哪里，但他就是想多看看北京的景色，他还舍不得钱住旅社，还在为返程的钱焦虑，餐厅大婶告诉他找救助站，他不知道在什么地方，也不知道人家会不会帮助他。他无法说清他的身份，出门时也没开个介绍信啥的。想想暂时不考虑这些，到了北京就是好事，总算了了爹的愿望，管他的，带着爹看看北京的夜景再说。北京的夜景，确实是五光十色，璀璨无比，那些大楼，一栋一栋参差不齐，有的高得进入云端了，都是玻璃镶嵌的呀，像个巨大的玻璃匣子，灯光闪烁；有的窗子是亮的，有的暗的，在夜空里庄严而神秘；大街上霓虹灯交相辉映，流光溢彩，形似流动的彩带，贵生把老爹的骨灰盒高高举起，说爹看到了吧，这就是北京，就是你心心念念、死也不能忘怀的北京。你看这些高楼大厦，有我们老家的山高了，都伸到云层里了，月亮都挂在它的半腰呢，星星都在它身边眨眼呢；你看这大街，不晓得有多少盏灯哟，五光十色的，连成一片了呢。那年进县城，你看到县政府那条街就走不动了，说这世上还有恁漂亮的街景，比起这里来就算不了什么了。你看这汽车，我也说不上是啥车，一辆接一辆，长龙样的，那些大商场、大宾馆、大餐厅，我们也进不去，看看外观就得了。你看人家北京人的穿着：西装、T恤、运动服、长裙、短裙，一个赛一个的漂亮。

走到一个街头公园，贵生见这里树丛密集，有石山有草坪，不少人坐在草坪、木椅上乘凉，他想在这里过夜正好，北京的夏天比老家还热，但这里夜风习习，在树丛里睡一觉，等天不明就去天安门广场不是正好。

他找了一个隐蔽点的地方躺下，这是个人造的土丘，树木繁茂，正好斜躺。他把爹的骨灰盒放在身边，但想想这样不安全，怕有人以为是什么东西被提走。他干脆把旅行袋抱在怀里，这样就像小时候爹抱着他在怀里睡觉一样。他说爹，我们是在北京睡觉呵。你看这里风景多好，有茂密的树，前面还有玫瑰花，花好大好香，再远一点还能听见大街上的喇叭声，多热闹……

说着说着他就睡着了，他睡得很沉实，很酣畅，几天几夜

手
指
向
北

的火车，他确实太累了。

不知睡了多长时间，他突然被一阵窸窸窣窣的声音弄醒了，并且有毛茸茸的东西拂过他的脸。他一下惊醒了，以为有人要抢他怀里的旅行袋。刚一动，一个东西倏地跳上树了，这时天已亮了，北京的天亮得早，他看见是只小松鼠。他心里真心感谢这只小松鼠，不是它恐怕要睡过点了。他想到底是北京，大街上的公园里也有松鼠，不但有，而且有灵性，知道他要去天安门广场，一早来把他弄醒了。

天色尚早，这时是北京最安静的时分，但小公园里已经有晨练的人，他向一个大爷问去天安门广场怎样走。大爷很热心，说是要去看升旗么？正好赶得上。大爷告诉了他坐几路车，说直达车，不用转车。

那辆公交车是始发车，上车的人很少，里面空着的座位很多，他问了身边的人，都是去看升旗的，大家就有了天然亲切感，见面就熟，聊的话题都是看升旗的事。

到了天安门广场，贵生被天安门广场的庄严雄伟、气势恢宏震慑住了，他呆呆地看着，内心激动不已。这时晨曦初现，深邃辽阔的天空现出了镶嵌在黑色里的金色彩霞，像海潮漫卷，金色的彩霞逐渐蔓延，无数道金光从云彩的缝隙里喷薄而出，把天安门镀上了一层金光。正在这时，有人喊出来了，出来了，仪仗队出来了。聚集在旗杆周围的人头齐刷刷地朝天安门看去。贵生屏息凝神，眼睛一眨不眨地盯着，庄严的时刻要到了，他把爹的骨灰盒举过头顶，他怕爹看不见整个升旗仪式的过程。他刚将骨灰盒举起来，后面的人就抗议了，说你把举着的东西放下来，影响我了。他愧疚地说对不起，对不起，这是我爹。那人说明明是个盒子，怎么成你爹了？他说我是从云南来的，带我爹的骨灰盒来了，这是他死时的遗愿。那人不吭声了，从云南边疆来，千里迢迢，这得多大的毅力呵。那人说哥们，佩服你。

正像在画报上、电视里看过多少遍的升旗仪式，清清楚楚地出现了。这仪仗队多威武、多壮观呵，他们是一水儿的高挑个子，气宇轩昂，步伐整齐，掷地有声，使得广场也微微震动。

贵生悄声地说爹仪仗队出来了，你看见了吗？你看他们多威武、多雄壮，他们马上就要升旗了。贵生是听得到他爹的声音的，老爹说看见了，看见了，贵生我们没白来，我终于看到升旗了。儿啊，我这一辈子值了，你也值了。

看着升旗的战士齐刷刷地向国旗敬礼，看着手执国旗的战士手一扬，五星红旗冉冉升起。那一刻，贵生抑制不住地流泪了。这是我们国家的旗帜啊，为了看到这一刻，老爹等了几十年，为了看到这一刻，他吃了多少苦，受了多少累。但当旗帜一升起，他觉得所有一切都是值得的。

广场上有的地方有人在摆摊照相，不少人在排队等着照相，贵生想起家人和老乡们的嘱咐，贵生啊，到了北京一定要照几张相回来，尤其是天安门城楼，我们没去过也总算开了眼界。他口袋里只有那位北京大婶给的一百元钱，半夜出来到现在还没吃一点东西，肚子饿得咕咕叫，也舍不得去吃点东西。他想管他的，先照几张相再说，后面的事再想办法。

他看到一位面色红润、头发灰白且向后梳，身穿银灰色休闲装的人似乎有些熟悉，但咋也想不起在什么地方见过，只是模模糊糊觉得有些印象。他身边是一位富态的老妇人，提着行李袋，手里挎着一件铁灰色的毛呢长大衣，想必是那位老人的外衣。他们照了好些张相，甚至还让摄影师提着相机随他们跑到天安门城楼下，他们是要近距离照呀。摄影师也乐意，因为他们照得多。等他们回来，那位老人说抱歉，让你们久等了。北京我来过好多次，可是我的老伴是第一次来，想多照几张哩。贵生一听他的口音，竟是老家的声音，一点不走味。他惊喜，在这么遥远的地方，在这茫茫人海中，竟然遇到老乡。他走近，

手指向北

说我听你的声音是我们那里的人。你家是不是乌蒙县的？那人愣了一下，见面前的这人从相貌到穿着，都是家乡人。口音更不用说了，地地道道的家乡话。他说你是乌蒙县哪个地方的人？乌蒙县地方大，口音大都一样，但又有些差别。他说我是黑古凹那里的，我们村叫赵家庄。那人说噢，你是那里的人呀。那里我去过好多次哩，你是否晓得有个叫赵华栓的人，是你们那里的生产队长、劳动模范，带领大家在没有条件的情况下修了条引水渠，是个能人哩。贵生大惊，那是我爹呀，你咋认识他？那人也惊愕，你是赵华栓的儿子？哎呀，果真有些像，几十年了，我去你家的时候你还在穿开裆裤哩，一晃，你都有四十岁左右了吧？他说三十四岁，乡下人显老。那人说你来北京干啥呢？来旅游？家里条件还可以嘛。他说可以啥子，主要是我爹一辈子心心念念想来北京，想看天安门。那人说你爹呢？他在哪？贵生眼睛湿了，他说我爹在这里呢。说着把旅行袋里的骨灰盒拿出来。那人惊骇，你爹死了？这是你爹的骨灰盒？哎呀，怎么就死了呢，岁数还没我大嘛。他伸出手，摸了摸骨灰盒，说老弟，一别几十年，想不到我们是以这种方式在北京相见。惭愧啊惭愧，我欠你爹一个承诺哩。他说我在你们县当过县长哩，当年你爹带领大家兴修引水渠，一无资金，二无工具，连炸药都是自己制，硬是把引水渠修成了，解决了全村的灌溉和人畜饮水问题，你爹是英雄哩，被评为县劳模，我承诺过让他到北京，看看天安门，没多久我就被调到黔阳县当书记了，以后一直这里调那里调，直到退休。当时事情忙，也没有催问这事，我对不起他呀。那人又伸手摸了摸骨灰盒子，好像在和老爹握手。他知道这就是当年他们县的县长，是他说了句要让老爹上北京的话，这句话让老爹心里充满憧憬、向往，成了他一辈子的心结。

　　贵生对那人讲了这几十年老爹的期盼、梦想和临终嘱托。讲他为了实现老爹的愿望，怎样想尽办法，一天做两份工，累了跌伤，后来还是家人和工友凑了钱才实现了这个愿望。但一到北京，却发现钱被偷了，还是北京大婶好心，留着吃了一顿饭，还给了一百元钱。

那人听了万分感慨，说一句话呀一句话，就成了你爹一辈子的心结，临死也忘不了。这次我和老伴来北京旅游，也是满足她一辈子没来过北京的愿望。这样吧，你现在连回去的钱都没有了，我拿一千元给你，你再带着你爹看看故宫、长城、颐和园，毛主席纪念堂是一定要去的，就在这后面，他说着就翻口袋。他惊呆了，一千元，这可是个大数目，除了买车票、住宿、吃饭，根本用不完这么多钱。他坚持不要，说我咋能要你的钱呢？你虽然是领导，挣钱也不容易，平白无故地拿你的钱，我爹也不会答应。什么平白无故？那人说当年我说过要让他来北京，结果这事那事忙了，把这件事忘了，也没去过问，让他牵挂了几十年，让你们吃苦受累。这点钱是我的一点心意，也算是我对他的一点弥补吧。

贵生的眼泪流下来了，接过钱，他抱着爹的骨灰盒，说老县长，我和我爹给你鞠躬了。没有钱，我还真回不去了，只有一路流浪，一路打工回去。也是我爹和你的缘分，想不到在这里遇见你。那人说是你爹和我跟北京的缘分，几十年，再走多么远都要在北京相遇，缘分啊，缘分。

过往

一

我们班的班主任许老师被处分了，许多同学感到诧异，说许老师怎么会被处分呢？他对人那么好。我倒一点也不觉得意外，许老师脾气暴躁，调到全市最好的重点中学——市一中任教，这是一所百年老校，名师荟萃，教学质量居全市之首，每年高考升学率稳居全市第一。以他的暴躁脾气，在这温文尔雅、谦和礼让的环境中，终究会出事。

我们几个都在机械厂当工人，是当年许老师很看重的学生，便约着一起去看他。我们买了些水果、罐头到市一中。走进校园，古柏森森、白杨萧萧，气象很是森然，这让我们感到了庄严和肃穆。我们都没读过中学，读小学时捉鱼摸虾，逃学旷课，是根本考不上中学的，市一中更是连想也甭想的。已经开学一个月了，我们还在到处瞎晃荡，今天约着去水库游泳，明天约着去打斑鸠，家里父母急得嘴皮起泡，我们仍然无心无肺地瞎混。

老天不会饿死瞎眼雀，这时我们这里的机械厂要办一个半工半读班。那年头，刚刚兴起半工半读的风潮，机械厂是我们这里最大的工厂，在离城十几里的一片坡地上。这个地方因其像马的长长的脖子，因此叫马脖子，倒也是很形象的。一群像脱缰的野马似的人，被拴到这家厂办的半工半读学校了。

　　我是去过市一中的，那些年我曾随一个朋友去市一中的图书室偷书。那年头没有任何地方卖书，恰好我那时狂热地喜欢上阅读，有时从一个朋友手中借到一本书，限定时间，一天或者两天，到时必须归还，因为他也是从别人手里转借的，逼得我连夜连晚看，看不完也得按时还。听说可以偷书，想拥有书的我毫不犹豫地答应了。

　　月黑风高，古柏森森，树影幢幢，到处暗暧，我根本没看清学校是啥样子，只是小心翼翼地随人潜行到图书室。见其大门紧锁，已经打上了封条，我们绕到后面，将一块破损的窗玻璃打碎，从缺口潜入里面，借着昏暗的路灯，我看见了一排排森然壁立的书，我被震撼了，这里的书之多，完全出乎我的想象。我们分头寻找喜欢的书，其实都是文学类书，匆匆忙忙装了一口袋，便出来了。

　　这是我唯一的进校经历，这所学校给我的印象是博大、神秘，有内涵，只是有些阴郁。

　　许老师住在学校靠后门的一排房子里，这是供家在校外的或单身教师居住的宿舍。见我们来，他感到有些意外，意外之余有些惊喜，我们好些年没见面了，许老师离开机械厂好些年了，他在乡镇中学、县中、职中转了一圈，最后来到本地区最好的市一中。

　　桌上放着一沓稿纸，台灯亮着，看得出他在写什么，我斜着眼一看，抬头有"检讨书"几个字，我赶紧把脸挪开，怕他看见了尴尬，他说没事，你们看，我在写检讨书呢。这是第三遍了，不晓得过不过得了关。

过注

我们面面相觑，说不出话来，气氛有些尴尬。许老师笑着说吃水果、吃水果，没事的，你们不要担心。接过他削好的苹果，我们沉闷地吃，谁也不好意思问他是因啥事受处分。兴许是知道我们的来意，许老师告诉我们他和学校的副校长打架了，看着我们吃惊的样子，他说这也没啥，我在机械厂和人吵架、打架不止一次，也没啥事。可这是在学校，这事也怪我，不该动手打人的，其实也不算打架，他先骂了我，我伸手一下就把他推倒在地。这算打架吗？也没伤也没疼，皮都没擦破一点。这在学校就不得了了，写了两次检查都没通过。我们安慰他，这算啥事呀，在车间里，我们经常吵架、打架，谁也不当一回事，过后照样打扑克、下酒馆。

许老师脸色阴沉，说我咋会变成这样了呢？脾气暴躁、爱发火、骂人、和人吵架。我想改，想压制自己的脾气，可怎么也改不了。他说这个副校长要把一个领导的儿子塞到我这个班，我了解了一下，这个学生不光成绩极差，还经常打架逃学，和社会上的一帮小混混在一起，经常到学校耍流氓、打群架，这样的学生我能要吗？我这是重点班呀，这不，麻烦事来了，他随时给我小鞋穿，还在评职称上做我的手脚。

许老师深深地叹了一口气，脸色阴沉，十分难受的样子。

二

我们那个班四十多个学生，没有校舍、宿舍，更没有操场。教室是炼铁车间废弃的一间房子，前面是废弃的炼铁炉，炼铁炉高大而颓败，像战争片中的场景，地上杂草丛生，锈迹斑斑的钢铁废件掩藏在萋萋荒草中。我们的宿舍，是厂里原来的一排马厩，重新粉刷，打通之后成了大宿舍，虽然刷了石灰，马尿的尿臊味仍然浓烈，没有老师，厂里派了一个技术员来给我们上机械制图之类的课。

没有班主任，更没有语文老师，开学两个多月了，除了上几节技术课，没有人管我们，我们像脱缰的野马，每天在宿舍外的那个大池子里游泳，那个大池子是炼铁车间的冷却池，也是"大跃进"时期留下的。我们还偷农民种的白菜、萝卜、蒜苗，去捉鱼摸虾，在大宿舍里生火煮菜，打牌胡闹。

突然听说要来一个班主任兼语文老师了，对这事我们没有多大兴趣，我们这一班人多是调皮捣蛋，瞎球胡闹的人，半工半读收来的本来就是考不起正规中学的人，厂里办学的宗旨就是培训当工人，而我们希望无拘无束、自由散漫地生活。

那天天气很冷，是初冬的一个早上，我们集中在厂里家属区前的空地上，等候新来的班主任，学校没有操场，来了两个月我们也没做过啥体操、开过啥会。那天我们都感到新鲜、兴奋，零零落落，歪三斜四地站着。突然，从前面来了一个人，这个人瘦而高挑，手里提着一根长长的竹竿，在教我们技术课的技术员的陪同下向我们走来，走到我们面前，他打量着地面，似乎在寻找什么东西。打量一阵，他说这地下插不进竹竿，我们才晓得他要找可以插竹竿的地面，这地面是三合土的，怎么插得进去。

他环视了一圈我们这群站得歪三斜四半工半读的学生，眉头皱了起来。他喊稍息、立正，人虽瘦，声音却极其洪亮，有一种穿透力，我们犹如被凛冽的寒风吹了一下，不自觉地站直了身子。他指了指我，说这个同学出列。我不知他为啥喊我，是不是我站得不正不直。他走到我面前，说把裤脚放下，把纽扣扣齐。我的裤脚一只高一只低，脚上没穿袜子，忙把裤脚放下。他又说纽扣没扣齐，扣错了，我低头一看，纽扣错扣了，衣服自然是一边高一边低，而且没扣上面的扣子，我们平时就是这样吊儿郎当的，从来没有人提醒。我的脸红了一下，忙把衣扣重新扣好。许老师一脸严肃，说从今天开始，大家要注意仪表，穿着要整齐，虽然是半工半读，说到底我们还是学生。

过注

下面我们要把班委组建起来，今天就先任你当劳动委员，我不知道他为啥要叫我出列，更不知道他为啥要叫我当劳动委员，可能是我个子高些、身体健壮些的原因吧。

许老师说我们没有操场，只能在这空地上举行升旗仪式。许老师说这位同学，你扶好竹竿，我来升旗。说着他把随身带来的一个小滑轮绑在竿头，又取出一面崭新的国旗系好。他转身站好，身躯笔直，北风呼啸，犹如一棵在寒风中挺立的白杨，他脸色严肃，声音雄浑，说我起头，唱国歌。他的声音真的是很浑厚，很有穿透力的。"起来，不愿做奴隶的人们，把我们的血肉……"也许是他的声音和他的表情感染了我们，我们精神为之一振，大家齐声唱了起来。他徐徐地把国旗升上竹竿，国旗在凛然的寒风中飘扬，我用两只手紧紧扶住，感到了风的巨大力量，感到了国旗随风飘扬的激荡，半工半读的四十多个学生声音整齐、激昂，一股凛然之力在简陋的空地上空升起。下班的工人围着我们，他们惊奇、振奋，没想到我们竟然在这空地上用竹竿升旗，没想到这群吊儿郎当的学生竟唱得这样投入、昂扬。

班委产生了，王志新当选为班长，他成绩也不算好，但是做事有魄力、讲义气、有担当。我自然是劳动委员，谁让我有一身好肌肉，有一把好力气呢。

许老师决定把我们教室外面一块空地平整为操场，炼铁车间在机械厂的围墙之外，原来是个荒坡，炼铁车间废弃之后，周围堆满铁屑废渣，荒草长得一人多高，里面还有野兔呢。

这事还有些麻烦，操场用石灰划出来了，但石灰圈里有一块菜地，是从圈外延伸到圈里的，这是坡下村庄里的一户农民种的。许老师去问厂里管后勤的人，他们说坡上的地都是厂里的，各自修，不用管。许老师还是不放心，说有这块土地的有关手续吗？人家说许老师，这块坡地连同厂里的全部土地都没有啥手续，土地是国家的，政府要建工厂，选中这一片荒地，当初还是乱坟岗呢。地委领导来看了看，说就这一片了，就把工厂修起来了。

许老师心里有了底，带着我们来修操场，他说石灰圈里的庄稼要砍掉，圈外的就不要毁坏了，人家种点庄稼也不容易，以后也不要进人家地里，更不许毁坏庄稼。

很快圈内的庄稼被我们砍掉了，那块操场也平整出来，许老师决定把操场修成三合土的，就是用石灰、公分石和黄泥拍成平整的地面，那些年水泥很少，要到物资局去批，厂里说没有水泥指标，就修三合土的吧。

那天许老师随着厂里的马车去城里拉石灰，机械厂离城有十几里路呢。我们正在平整操场，突然从坡下来了七八个人，有男人、女人、老人，还有小孩。到了坡上，带头的一个壮汉气势汹汹地问谁砍了我的庄稼，站出来。妈的，老子辛辛苦苦开出来的地，辛辛苦苦种的庄稼，你们说砍就砍了。我们面面相觑，尽管我们这帮冥顽调皮、瞎胡捣蛋的半大小子，平时天不怕地不怕，胡球乱搞，但还是被他的凶狠镇住了。壮汉说你们的老师呢？叫他出来，说不好叫他吃不了兜着走。我说老师进城了，你不要瞎喊乱叫。壮汉立即指着我，说你这个小杂种，是不是你带的头？你们有本事毁老子的庄稼，毁老子的地，就要立马帮老子把地恢复好。我们站着不动，随他疯狗样吼叫，他带来的那群人也十分凶狠，嘴里骂骂咧咧的，尤其是一个比我高比我大的年轻人，估计是他的儿子，扑着要上来打我。我心里有点虚，估计是打不过他的，但我也绝不能表现出怯懦。我是劳动委员，正带大家平整操场。小伙已抓到我的衣领了，拳头已挥过来，壮汉断喝，住手，不要打，让他们自己动手恢复。我们都站着不动，虽然被这一大家子的汹汹气势吓住，但谁也不愿把自己千辛万苦才平整出来的操场挖掉。壮汉大喝一声，他们不挖我们挖，我就不信有这么日怪。这群人没带工具，他们就去抢我们手里的板锄、十字镐，别看这群人中的老人和妇女，都是十分凶悍的。那个女的大概是这壮汉的老婆，不光一身横肉，连脸上都是横肉，她去抢吴仕民的板锄，吴仕民紧紧抱着不让抢，她骂着你这小狗日，你把老娘家的地挖了，还抱着板锄不让，留着去挖你家祖坟。吴仕民也不还嘴，只是把板锄抱得更紧。女的急了，伸手去挠他的脸，把他的脸挠了好几道血口子，还是不放，她干脆一口下去咬住吴仕民的手，吴仕民杀猪样叫了起来。她抢过板锄，就疯狂地挖我们平整好的操场。

一场混战开始，这场混战其实很短，我们这帮半工半读的学生人数虽然多，但根本不是这帮凶狠人的对手。况且操场跟他们自身关系不大，不就是上个操有个活动地点么。对于这家人来讲，尽管地不是他们的，但他们已经认定是他们的，每年至少可以收获一些粮食，所以他们在气势上就压倒了我们。我看到他们在疯狂地挖我们平整好了的操场，气愤极了，这块地我们深挖三尺，从很远的地方挑鹅卵石和铁屑，机械厂里有不少铁屑的。我们肩臂都磨破皮了，尤其是作为劳动委员的我，天天带头挑重担，甚至晚上都去挑，肩膀肿得像馒头，就是想着能有个地方竖根钢管升旗，能够有个地方供我们做操、打篮球。现在这家蛮横不讲礼的人竟然要把我们的操场挖掉，我不能阻止他们，但我决不退出操场，他们已挖到我面前了，雪亮的板锄像锋利的兵器，在我面前挥舞，一个不小心我的头就要变成狗头，砸出脑浆来。我闭着眼，决不退让，任他们吼，任他们骂，岿然不动。那个壮汉说把这小狗日的拖出去，我不信治不了你。那个比我高的年轻人又跳出来拖我，他的弟兄姊妹一起动手，他们已经把我拖倒，拖手的拖手，抬脚的抬脚，同时还不忘抓挠踢打我的身子。我被彻底激怒了，我是有一身蛮力的，在屈辱的状态下，迸发出巨大的力量。我挣脱出来，爬起身和那个年轻的打了起来，很快，我就不是他的对手，壮汉说上呀，使劲打这小狗日的。几人一起上手，再一次把我打翻在地。

三

许老师来看我，他面色苍白，神色悲戚。他先看了我脸上、手上的伤痕，我的脸是青肿的，脸上脖子上有许多抓痕，肿的部位是踢的。抓痕是那个凶悍的婆娘抓的，脸上涂了蓝药水，使我肿胀的脸十分狰狞。他痛心地说咋会这样？咋会这样？他们咋会这么凶残，这么下得了手？他又要掀开被子看我身上的伤，我捂住被子不让他看，我怕他看了更加难过。我身上的伤说轻不轻，说严重不严重，反正没骨折，没伤到内脏，但外伤还是明显的。

许老师不说话，脸色阴沉而忧虑，他瘦高而又单薄的身子，似乎被痛苦压弯了，身子佝偻头伏在腿上，我看到他的身子似乎有些微微颤动。过了一阵，他抬起头，说你好好养伤，不要起床，吃饭我让其他同学帮你去食堂打。他走了，临走，说了一句，这事不会完的……

许老师是名牌大学毕业生，不知啥问题把他下放到高寒山区教书，教了好些年，因为妻子在机械厂当工人，孩子又小，便申请到机械厂，恰巧厂里要设个半工半读班，就将他调来当班主任。

许老师个高、瘦弱、文静，脸色苍白，显得有些病歪歪的。我看见他在马车队马厩旁的半间房里煨中药吃，那是他和那个技术员老师的办公室。据说他得过严重的肺病，平时说话很温柔，在他的语言里绝对没有一个脏字，面对我们这群调皮捣蛋的学生，他也很少发火，即使发火，他的话也是文绉绉的，再愤怒也不会迸出一个脏字，这在机械厂这个环境里就显得有些出众，有些不合情。他见人打招呼总说你好。有人问事他总说请问你需要我帮你什么忙？我会尽力而为。去买菜，他说请问白菜多少钱一斤？人家说一毛五，他说便宜点嘛，人家说便宜，

过注

球才便宜，我这白菜边叶都没得一片，还便宜，你们城里人坐在屋里，风吹不着雨淋不着，球都晓不得还说便宜。许老师说老人家你理解错了，我说的是价钱便宜，你咋就发火了呢，我们讲话能不能温和点。卖菜的说你说便宜？那你说卖多少？是你自己说的嘎。许老师知道这个价格也是合适的，但他话也出口了，只得说那就两角吧。那人说好好好，那我就全部卖给你了。你拿不动，我帮你挑回去。许老师忙摆手，对不起老人家，我家里人少吃不了，我只要这一棵，请你原谅。那人马上丧起了脸，说不要那么多你说个球，一大清早的不要害我晦气。许老师听了不高兴，说你嘴咋个这么脏，讲点文明好不好。那人说文明是啥球东西，我不懂，你不要孔夫子的××文绉绉的。许老师被他的脏话弄得脸红筋胀的，呼吸也粗重起来，本想和他吵一架，奈何他嘴里说不出脏话来，吵起来不更吃亏。许老师拿出一张二十元的钱，拿起那棵小小的白菜，说钱不补了，赏叫花子。他昂首而去，心里有些自得，觉得终于还了一句有分量的话。走了一阵，又有些自责，这话是不是有些过分了，一个卖菜的人，你和他计较啥呢？这个想法一出，他又自责了，怎么能随便说别人是下等人呢？卖菜的和教书的是没有区别的，你这是明显的高高在上嘛，看不起劳动人民。

听说许老师家是教育世家，爷爷留过洋，是我们这里百年老校的第一任校长，也就是现在的重点中学市一中，老爷子不仅治学严谨，治家也严谨，对子女的教育严格而有方，五个子女全都是名牌大学毕业，还有几个出国留学。许老师的父亲是这所百年老校的第七任校长，母亲也是金陵大学毕业的，家里有钢琴和成架成架的书，在这种环境里长大的他，性格温和，待人彬彬有礼，他和母亲交流，有时甚至是用英语。父亲精通国学，很早就让他背诵唐诗宋词，阅读历代优秀文选。他几乎不会讲一句脏话，更不会像野小子一样翻墙爬树、偷鸡摸狗和打架，他活动的范围很窄，出了校门就是家门，接触的也是和他情况差不多的几个学生。后来，他父亲被打成右派分子，他大学一毕业就被分到高寒山区教书了。他的妻子从小和他在一个胡同住，也是性格温和纯善甚至有些怯懦的人，因为是单亲家庭，从小就内向胆怯。

许老师去找厂保卫科长，科长说这事他们晓得了，只是处理起来有些麻烦，你要他们把地退出来，还要赔礼道歉，赔医药费，就有些麻烦了。我们厂这片地，过去是一片荒坡，还有不少无主坟，是出名的乱坟岗，后来上级划了个圈，说就在这建厂，也没啥手续，领导说过地是国家的，你们修就是了。附近的农民说是他们的，当然也没啥证据，他们说他们世世代代住在这里，靠山吃山，靠水吃水，他们靠泥巴吃饭，所以就有一些人家来厂区空闲着的地上开荒种地，为这事厂里和他们发生了多次纠纷。前段时间他们把地种到厂区了，和我们厂里农场的人打了一架，伤了好几个人，这事还没解决呢。许老师说那咋办呢？总不能打伤人就完了，他们打的是学生，也就十多岁的娃娃呢，保卫科长说这事我去交涉一下，找个处理办法。

许老师回去了一个星期，实在忍不住又去问处理结果，保卫科长说这事急不得，这事关系到工农关系哩，等等看上级怎么处理，上次的事都还摆着，比起来，这事小得多哩。许老师说厂里的事我管不了，只是学生的事我要管，请你们尽快解决。

连续去了几次，厂保卫科给出的回答都是一样的，许老师彻底失望了。我的伤已经渐渐好了，只是走路还有些跛。

每天的升旗仪式照常举行，只是许老师的脸阴沉沉的，看得出他内心很压抑。我们平整好的操场，已经被挖得乱糟糟的，拉来的石灰，也寂寞地堆在那派不上用场。在这烂糟糟的地里升旗、做早操，不是绊到砖头就是绊到乱石，看着我们低头躲避砖头和乱石，队伍不像队伍，东扭西歪的，许老师的脸色更加难看，我想他内心一定十分愤懑，就像自家刚建的房子就被人掀倒一样难受，不仅难受，还有屈辱、羞愤。

那天晚上月色很好，我们从宿舍到教室那里去玩，这里晚上有废弃的高炉，漫漫的荒草里掩藏着废弃的铁锭，铁的毛坯，还掩藏着不少斑鸠、野兔，我们企图去捕获点野兔啥的。到了炼铁车间旁的教室前，我们看见一个瘦而高的身影蹲在挖烂的操场旁，月光把他蜷伏的身影照成了剪影，他的脸一半亮一半阴，看上去更加阴气逼人。我晓得许老师心里搁不下这事，这事放在我身上，过去了也就过去了，挖烂了也就挖烂了，可他们这一代知识分子，看上去很软弱，可骨子里却很偪。他们需要尊重、礼让、尊严，他们不屈服于暴力，忍受不了屈辱，但在这种状态面前又无可奈何，内心更加悲愤。

我们说许老师你在这干啥呢？挖烂了我们再把它平整起来，我们几十个学生也不缺劳动力。许老师沉默不语，过了一会儿，他说你们不能乱来，这家人是不会善罢甘休的，一旦平整势必要打起来。我们说打就打，我们几十个人还打不过他一家子，下次来我们把板锄、扁担、铁锹准备好。许老师说打是不能打的，两帮人打起来，肯定是要伤人的。伤了他们我们要负责的，伤了你们更不得了，你们是我的学生，我咋对得起你们的父母。我们说那就算啦？挖掉我们的操场，我们就眼睁睁地看着忍气吞声？许老师说这事你们不要管，我是班主任，由我来处理。

不知许老师是怎样想的，他竟然买了礼品去坡下村子毁操场的那户人家。从这里到坡下最多也就两里路，他走走停停，没走多远就停下来在坡上的小路边歇气。许老师是不抽烟的，那天他买了包好烟准备上那家时发，可他歇下时竟打开烟抽出来吸，平时不吸烟，加上抽得猛，呛得他剧烈地咳起来。我猜想许老师内心不知有多复杂，这叫啥事呀，自己带着学生在厂区开挖平整操场，被人家蛮横无理地挖掉了；自己的学生为了阻止毁坏操场被打伤了，事情得不到解决，还要提着礼品去寻求解决，这事说大了不是丧权辱国一般么？不是割地赔银的《辛丑条约》么？最使他难过的当然是明知是屈辱的事，但还只能这样做。

这条不长的野草覆盖的坡路他至少歇了三次，有一次甚至已经折回了头，往回走了一小段路他又折了回去，他内心不知道有多矛盾，有多纠结，这是被人打脸了还要送上门呀。但他终是朝前走了，走得磕磕绊绊，走得趔趔趄趄。

他的瘦而单薄的影子被斜阳拉得晃晃荡荡。

终是不出所料，许老师连这家的门都没进去，他被堵在门外，正在吃饭的这家人涌出门来将他团团围住。为首的壮汉劈脸就骂，你还好意思上门，你们拿着工资吃着白米干饭，老子们脸朝黄土背朝天，就靠在土里刨食，种点庄稼你们还要毁掉，你们是不是人生父母养的？你们是吃粮食长大的还是吃屎长大的？他带着身边七大八小的一群人，说你看这一排排牙齿，他们要吃要喝，不种点添补他们吃个球。许老师被一连串的话骂得脸红一阵白一阵，嗫嚅着说不出话来。年纪大的那人说你好好和人家讲话，伸手不打上门人，人家还提了礼呢。壮汉更愤怒，一把抢过许老师手里的东西扔在地上，说我不需要啥礼品，不要以为这点东西能打瞎老子的眼睛，我只是要地要庄稼，你带着学生毁了我的庄稼，这事咋说，到底赔多少钱？许老师气得脸色刷白，手都微微抖了起来，他想用礼貌的方式，上门讨个说法，让他们向自己的学生赔礼道歉，医药费嘛就免了，另外承诺不再挖地。可还没等他开口，迎头就是噼里啪啦被一顿骂。壮汉虽然态度粗野，但还没放开骂，他老婆的话就是满口脏话了。那些小砍脑壳的、砍血桩桩、五马分尸的，哪个挖老娘的庄稼，叫他不得好死。老娘带着一帮娃娃顶着蓝天晌午大太阳，好不容易挖点地种点庄稼，什么龟儿养的就把我的地毁了，把庄稼砍了。哪个砍的叫他脚底生疮、脑壳流脓，生个娃娃无屁眼，叫他一家死光死绝，死了流脓生蛆无人收尸……许老师脑袋嗡嗡响，他被这些污言秽语击打得站立不稳，脸色惨白，虚汗长流。他生活在这个小城，虽然也听得到各种咒骂声，但毕竟不是针对他的，每次听到他都匆匆离去，不堪那种语言

◆
过
注

·223·

的折磨，现在面对面地被人咒骂，许老师这么大年龄还是第一次。他气得头嗡嗡地响，眼泪水在眼里打转，他忍住侮辱，说你们能不能文明点，我是来讲道理的，不是来吵架的。男的说文明个球，老子们就是粗人，老子们一个月领到几十块的工资，打得到几十斤白米，老子就文明了。老子在屋头一坐，风吹不着，雨淋不着，拿张报纸、泡杯茶，狗头上插皂角，老子也会装洋哩。

许老师太想痛快淋漓地和他们吵一架了，可他咋吵呢，那些骂人的脏话他一句也说不出口，打小他生活的环境就不许讲一句脏话，有一次他在放学的路上学了句脏话，回到家一讲，被母亲用鸡毛掸子打了一顿。母亲是极少打他的，打完了母亲又罚他站在板壁前悔过，甚至连吃饭时也不喊他，他知道母亲是真正的生气了，从此他再没说过一句脏话。而那些脏话就像被咒语禁锢过了，想讲也讲不出。而现在，他却太想放肆地跳着脚大骂，那样也许会释放出他胸中积郁的怨气，眼睁睁地听着一大堆污言秽语泼来却无法回一句，他的屈辱、憋闷和愤怒可想而知。

回到家，妻子见他脸色惨白，人萎靡得不行，问他啥事也不说，饭也没吃就睡下了。可他怎么也睡不着，那些极尽侮辱的污言秽语浪潮一样击打着他，石子一样砸向他，他头嗡嗡响，胸里的气鼓得肚子都要炸了。他想说服自己，不要和这些没得教养的人计较，人被狗咬了，能去咬狗么？

他想睡一觉就好了，睡一觉可能就不会这么气愤了。可他怎么都睡不着，翻过来翻过去，床板压得吱吱响，就是睡不着。这家人骂他的话都是很肮脏很丑恶的，最使他气愤的是他已经走了，走了很长一段距离，这家人的大儿子，也就是打人的那个远远地骂了一句，日他妈，这个四眼狗还敢上门，找打的嘴脸。这句话是他最不能容忍的，他的母亲，那个善良、温和、待人谦逊有礼，一辈子勤勤恳恳教书的人，现在已经去世了。

她是个倍受尊敬的人，走到哪里都有人恭敬有加地打招呼。这句话像刀一样扎着他的心，比毒打他一顿还难受。他应该和他们打一架，但是没有，他虽然气得五脏出血，但他没有勇气走回去，他觉得自己太软弱、太窝囊，太没有男子汉的气概。

他来到炼铁车间，这晚没有月亮，天空低垂，暗夜如水，炼铁车间废弃的高炉像只巨兽伏在黑色中，萋萋荒草在夜风中高低起伏，发出萧索的声音。黑夜沉沉、流萤点点，这样的夜晚，是鬼魅出没的夜晚，也是最符合许老师心境的夜晚。他在废弃的炼钢炉前走来走去，走到操场上，他被挖出的砖头绊了一下，他更恼怒，狠狠地踢那些裸露在地面的废砖烂石，尽管他穿着反帮皮鞋，脚还是踢得生疼，但他还是找到了快感。很快，这种快感就消失得干干净净了，那句骂到他母亲的肮脏的话，让他骨鲠在喉，让他郁闷在胸，怒火中烧，不知不觉中，他突然在空寂中大骂了一声，我日你妈。这句话在冷凉荒寂的夜空中回荡，在废弃的炼铁炉周围嗡嗡作响。他感到前所未有的痛快，感到胸中的积郁如堤泄水般畅快，人一下了就轻松了许多。但随之而来的，是懊恼、自责和对自己的怒恨，怎么就骂人了呢？我啥时骂过人？活了几十年没骂过人，怎么就骂人了呢？这不和矢志不渝坚守妇道的良家妇女失身一样，虽然是一次，一次也是不能原谅的。石垒的牌坊说倒就倒么？那也是太不坚固了。他痛苦地摇着头，深深地自责，并且在心里说这是第一次，也是最后一次，再骂人，我撕烂你的嘴。他还感到背脊丝丝地疼起来，那次母亲用鸡毛掸子打他时，下手很重，不小心打到脊骨上，他当时就疼得哭起来，他从小就瘦，一身的骨头。多少年过去了，没想到这次却疼了起来，他想母亲在九泉下一定是生气了，儿子这么大了，依然会骂人。

但他依然觉得很痛快，几十年没骂过人，今天终于在这漆黑的旷野里骂了起来，这一骂，把他无法排解的积郁，心中的屈辱、恼怒全部宣泄了出来，整个身心都放松了，从肉体到灵

过注

魂都变得轻快起来。他不知道如果没有这一声撕心裂肺排山倒海的骂他会怎样，憋在心里，不成精神病也会成抑郁症。他想骂人真是痛快，为什么要压抑自己呢，为什么要被人凌辱呢，为什么不一泻千里、痛快淋漓地骂人呢？

但是，几十年严格的家庭教育，长期养成的习惯，已经深深地扎在心里，他在骂人不骂人这事上很矛盾、很纠结。一会儿觉得要学会骂人，哪怕别人认为自己已不是个读书人，不是个有教养的人，为了读书人的形象和面子，必须克制自己，变成一个彬彬有礼、谦逊礼貌的人。他为骂与不骂矛盾着、纠结着，不清楚自己该怎样办才好。

操场的事始终没有得到解决，厂保卫科叫他们耐心等待，说正在联系有关部门连同前几桩挖地的事一并协商解决。每天带着我们几十个半工半读的学生在坑坑洼洼，砖头、石头绊脚的操场升旗、做体操的许老师，眉头紧锁、脸色阴沉，我知道他内心里不知道多么地愤懑、无奈，多么地屈辱、忧伤。他瘦高的身子也不再挺拔，就像雪压霜欺的树干，他的脸色更加苍白，人憔悴而无精神，他的内心在受着煎熬，我们同样也愤怒和不满。

这家人也算是骄横惯了，那天我们正在上课，一群人浩浩荡荡地提着板锄、条锄和提箩从坡下来了，他们是来种苞谷和洋芋的。看到被他们挖过的地又被我们踩平，那个壮汉怒气冲冲地破口大骂起来，日他妈的，啥子龟儿养的把我的地踩平了，你爷爷愚愚倒是吃着政府的白米饭，老子种点地你们也见不得，我们不种庄稼你们吃个球。一如既往，这人一张口就是铺天盖地的污言秽语，也不晓得他对我们的愤怒到底有多少，也不晓得岁月的艰苦、日子的煎熬给了他多少积怨，只要他一张口就不由自主地倾泻而出。他一开口，他的一家人犹如池塘里的青蛙，七高八低，轰轰烈烈地骂起来了。许老师先是愕然，问题没得到解决，打伤学生没受到惩罚，他们倒打上门来了。他停下课，听他们的咒骂，继而他的脸由青到白，由白到紫，呼吸沉重起来，看得出来他的愤怒和屈辱。

许老师出去了，我们呼啦啦地也跟着出去了，许老师压制着怒火说请问，你们要干什么？这是我们的操场。壮汉说你们的？什么时候成你们的，老子们祖祖辈辈在这里耕田种地，我们在这里的时候，你们在哪里？种了多少代人的地咋就成你们的了。许老师说地是政府的地，政府划给机器厂，这地当然就是我们的了。那人说放屁，划个圈就是你们的了。我还想把你们那个烂厂划掉，农民不种粮你们吃个球。许老师还要说什么，那人说不要和他们费口舌，挖地，挖了哪个敢搬石头来就打谁。

他的话一出口，那帮人就挥舞着板锄、条锄疯狂地挖了起来。许老师气得脸色青白，他大喝一声，不准挖，我告诉你们不准挖，这事厂里会和你们商量解决。那人说挖，商量个球，我们的地还要和哪个商量？许老师的话像茶壶里的水蒸气，缥缥缈缈不见痕迹，许老师说我再说一遍，请停止你们的行动，要不然你们要负一切责任。那人说没得那个耐烦听你的屁话，挖！许老师气得额上青筋紫胀，手也抖了起来，他抓住那个小伙的板锄说放下，再不放下我就……小伙说不放下你会吃人。两人抢夺起板锄来，许老师人虽高却瘦弱，小伙年轻敦实，你推我搡地在地里争夺。许老师毕竟是读书人，力气不如小伙，几个回合就被推倒在地，我们见许老师被推倒在地，气得不得了，大家呼啦啦一哄而上，和小伙及那家人打了起来。

我们人虽多，但毕竟不是那帮人的对手，打斗激烈，我和几个同学已被打倒在地，眼看要出事，许老师气得抓天无路，他担心自己的学生吃亏，也担心搞出人命来。他大喊不准打，不准打，快停下。可没谁听他的，事态已发展到失控的状态，许老师急火攻心，从地下捡起一块半截砖头，猛地朝自己脑门拍去，顿时鲜血直流，他抢过一把板锄，血红着眼睛说都别动，谁动我打死谁。大家都被他的举动吓到了，停止了打斗。那带

过注

头的汉子也被吓住了，他怕许老师失控，一锄头挖伤或挖死他的家人，他喊放下、放下，走，这狗日的疯了。那帮人呼啦啦地提着手里的锄头、条锄走了。

许老师兀自站着，任头上的血往下流，润湿胸部一大块。我们围着他，喊着许老师、许老师……他颓然倒下，我们一帮同学不顾一切地忙着把教室的门卸下，抬上他往厂卫生所一路小跑。

许老师在家躺了半个月，厂里也派马车拉他去城里医院做了检查，躺在家里，厂卫生所的医生每天到他家为他输液，换头上的包敷，许老师的妻子眼泪汪汪，每天炖老母鸡汤给他喝，煮红糖鸡蛋给他吃。我们去看他，他头上包满纱布，像从前线下来的伤兵。我们难过得说不出话，许老师说没什么、没什么，几天就好了，你们好好地上课，不要担心啥。同去的技术员老师说老许，你不要担心，课不会落下的，好好休息。

打这之后，这家人再也没来了，我们在许老师的带领下，用石灰、黄泥和公分石将操场平整好了。三合土的操场平平整整、光光溜溜，比水泥地面也差不了多少。厂里给我们做了一个带滑轮的不锈钢旗杆，从此我们的升旗仪式更加的庄严肃穆了。许老师又向厂里申请买了篮球架、篮球、排球和乒乓球桌，我们的体育活动也开展起来了。

四

我发现许老师的脾气有了变化，变得有些粗暴了。我们班的学生成绩不好，基础差，学得吃力，教得也吃力。许老师是班主任，教语文、历史、地理和政治课，厂里派来的技术员教数学、物理、化学、机械制图、应用技术等。许老师教我们是小菜一碟，教学灵活生动而有趣，我们勉强还听得懂，也有些进步。对技术员老师的课，我们就非常害怕，非常厌倦了。这位老师没教过书，缺少教书经验，课讲得干巴巴的，几乎是照本宣科，我们更学不进。他很生气又没有办法，就常常向许老师告状。许老师听多了也照样生气，上他的课时他发了好几次脾气，一不小心还爆了粗口，过后他又非常后悔，他在下一次课时向我们道歉，检讨自己不该讲粗话。

机械厂有个"五七"农场，机械厂的占地面积很大，仅机械厂的围墙就有两里宽、五里长，围着围墙走一圈，会把脚脖子都走酸。围墙内除了隔得很宽的几个车间外，大都是闲置的空地，不知什么时候也不知从哪里来的种子，厂里有大片大片波斯菊，在风的吹拂下像海浪一样起伏，极其壮观。

正像办半工半读的潮流一样，厂里也顺应潮流办起了"五七"农场，机械厂是有条件办农场的，既有大片的闲置土地，又有大量的闲置人员，厂里有不少工人是从北方来这边的，他们的家属多半没工作，随着丈夫举家来了，还有不少人的家属也没有工作。厂里兴办起"五七"农场，正好把他们用起来了。厂里不知出于什么考虑，任命从北方来的孙师傅妻子当场长，孙师傅人老实，闷头葫芦一个，只知道埋头干活。他的妻子胡桂芬牛高马大，面阔手长腰圆，浑身是劲。胡桂芬是个出了名的泼妇，孙师傅被她压得抬不起头来，他们经常吵架，孙师傅从不开腔，任由她骂，她还经常摔打家私。有次孙师傅实在忍不住顶撞了她，两人厮打起来，孙师傅竟不是她的对手。被她打翻在地压在身下，还不忘狂扇他的脑袋和脸，孙师傅被扇得嗷嗷叫，引来好多人围观，这成了孙师傅的笑话，经常被人提起。胡桂芬经常为一点点琐事或者不是什么事的事和人吵架，每次吵架她必大获全胜，就是厂里的头儿也怵她。有些事工人师傅有意见不便说，就怂恿她去，她雄赳赳气昂昂直奔厂部，把正在开会的一班人吵得灰头土脸，不知费多少劲才把她弄走。

让胡桂芬当场长真是最英明的决策，她一上任，就宣布了好些纪律，并且说这些规定从老娘做起，老娘做不到你们扇我的嘴巴，骂我的祖宗八代，你们屙尿把我浇死。谁做不到，老娘一样对待。

要说这胡桂芬也真是好样的，她牛高马大，浑身是劲，开垦厂里荒地，她一个顶仨。下班时间到了，厂里的工人从车间蜂拥而出，喊她们吃饭了。胡桂芬正干得起劲，说再挖一会儿把这块地挖完再吃，其他人早累得人困马乏，手脚酸得抬不起来了，况且丈夫和一帮娃娃还等着做饭呢。可谁也不敢吭气，她们知道胡场长的厉害。不敢和胡场长顶撞就找别人发泄吧，王仁翠和郑友芬吵起来了，王仁翠说郑友芬的锄头砸到她的脚了，郑友芬说明明是石头碰得你眼睛瞎了，吵着吵着就打起来了。胡桂芬大喝一声，住手，打啥打，再不住手老娘把你俩提了喂狗去。见她们仍不住手，她怒气冲冲地过去，双手分别抓住两人的领子，把两个打得不可开交的人提了起来，拖了一段路才丢开。

农场里的人渐渐少了，胡桂芬场长太凶太恶，动不动就骂人，有时一骂就是个把小时，把人家的祖宗八代都羞辱了。再就是一些工人师傅家里没人管小孩和做饭，只得不来了。厂里也找胡场长谈过话，叫她注意工作方式，不要简单粗暴，她说你有办法你去管，老娘还不耐烦当这个破场长哩，要管好厂里的这帮婆娘还真只有她哩，只得任她去了。

正赶上春耕大忙时节，农场人手不够，胡桂芬去厂部反映，厂里商量了一下，决定从各车间抽点人去支援一下。被抽的人中有许老师的爱人，她是一个娴静老实、做事认真的人。一些被抽的人不愿去，她们知道胡场长的凶恶和厉害。许老师的爱人姓方，我们都叫她方师母，她说不就是去支援一下吗，我去。其实她也是不想去的，她并不是不知道胡场长的厉害，只是想我按照她的安排去做，不顶撞她，总不会无缘无故地被骂吧。

农场是刚收了一茬蔬菜、一茬庄稼，所有的地都要深耕，另外胡桂芬场长还决定在农场里开挖水渠。她真是个有事业心的人，有了水渠以后灌溉就方便了。不知是她想出的主意还是听从了别人的建议，她决定采取承包制，把水渠划成若干小段，平均分到每个人，在限定时间内完成。

这还真是管用，那些天，白天是农场的人在拼命地干，晚上就很热闹了，不少农场的家属全上阵了。他们把车间的电线牵出来点上了灯，挑灯夜战，有的工人师傅家里人多，连大人带孩子五六个，工人师傅多是从农村出来的，吃苦耐劳力气大，那些半大的小子也顶得半个劳动力，他们挖地修渠的任务很快就完成了。方师母家就只有许老师一个劳力，娃娃只有三四岁。许老师个子虽然高，但瘦弱乏力，他们挖了几晚上进展缓慢，眼看其他家的任务快完成了，他们完成的还没有人家的一半。方师母已经累得浑身酸疼无力，腰都直不起来，她更心疼许老师，他虽然是男人，毕竟是读书人，长期不参加体力劳动，连续几天干下来，脸色苍白，虚汗长流，扶着锄头直喘粗气，方师母心疼，几次想让他去叫我们来帮一下忙，但又开不了口。她知道许老师为人正派，胆子又小，绝不会让自己的学生来帮忙的。直到许老师"哎哟、哎哟"地叫起来，他是用力过猛闪到腰，方师母才嗫嚅着说老许，是不是请几个学生来帮帮忙？你的腰……许老师一脸正色，想都没想就说不行，绝对不能叫他们，这是我们的事，他们来了算啥子？拼了命也不能叫他们。许老师一生谨慎，他出身不好，不想让这事生出是非。

方师母第二天去晚了，她一连干了几天，累得腰酸背痛手都抬不起来了，恰巧又来了月子，一夜折腾得睡不着。等她去的时候，胡场长正在帮她挖她名下的那截沟，见她来立即开骂，胡场长也是心急，沟再不挖通，地里的浇灌就赶不上节令了。她就是发一通脾气也好，问题是她一开口就是脏话，那些话之肮脏、难听，被骂的人是承受不了的，况且方师母是个温和善良、性格内向的人。她被胡场长骂得天旋地转、五内俱伤，脸色苍白木怔怔地站着。直到胡桂芬场长离去，她才"哇"的一

过注

· 231 ·

声哭起来，哭得伤心至极，万种屈辱、千般怨恨一泻而下。

许老师寻来，见她已哭得瘫软在地，抽抽噎噎、断断续续讲了事情原委，许老师气得汗毛直竖，全身发抖。他和方师母感情极好，两人都是温和文静的人，结婚多年从来没有一句粗野伤人的话，就是有时闹矛盾，也是冷战两天。他们都很看重面子，看重各自的尊严，尊重自己，也尊重对方以及各自的父母，像这种侮辱自己以及父母的话，是他无论如何接受不了的。许老师把方师母送回家，怒气冲冲地去找胡桂芬，胡桂芬是何等人物，不要说你一个白面书生，就是五大三粗的莽汉，打滚撒泼的刁妇也全不放在眼里。她把手里的碗一顿，出门就骂，劈头盖脸铺天盖地倾泻而出。许老师气得一口气上不来，差点喷出满口鲜血。半天，终于骂出一句日你妈，你这个烂尸。胡桂芬一听怒不可遏，多少年来很少有人敢寻来吵架，更不敢开口骂人。她边骂边跑，要来抓住许老师打架，许老师仿佛看见一只虎口大张、虎爪锋利、毛发怒张的老虎扑来，他尽管气愤，理智还是有的，想若是被这人扑来厮打起来，不管打得赢打不赢，吃亏的都是他。若是被她打了压在下面，那这辈子的脸都丢尽了，以后何以做人、何以教书育人。若是把她打了压在下面，也不成体统，一个男子汉、一个教书育人的压在一个女的身上，那不让人笑掉大牙，以后还有什么脸在厂里混、在社会上混。思索片刻，他决定以虚避实，以游击战对付阵地战。他见胡桂芬快跑拢了，拔腿就跑。许老师人高脚长，年轻时跑田径赛还得过奖。胡桂芬牛高马大，人长得极胖，走路浑身的肉都在打颤，走几步都要喘气，跑更是她的弱项。果然，才跑一小段她就跑不动了，停住骂。她停许老师停，许老师又骂一句，胡桂芬被激怒，又边骂边追，她今天若是追上许老师，一定不会轻饶，一定会有一场大战出现。许老师见她跑得一身肥肉乱颤，像一座移动的肉山，气喘吁吁，还不忘边跑边骂。许老师想这招管用，她是永远追不上的，愿骂就让她骂吧，让她累得半死不活，看她以后还猖狂不？

　　胡桂芬场长终于跑不动了，她一屁股坐在地上，一边喘气一边骂，尽管骂得断断续续，尽管骂得高一声低一声、长一声短一声，但斗志仍然是顽强的，作风仍然是强悍的，保持了永不言输的坚韧劲。许老师见她坐下来知道不能这样和她耗，你骂一句她骂几十句，况且句句翻新，没有重复，极尽肮脏侮辱。许老师就跳起脚来想像她一样乱骂，但终究还是骂不出口，只那一句，胡桂芬被他的挑衅激怒，爬起来，又边骂边追。

　　这一场搞笑的闹剧吸引了很多人，那时正值中午，下班吃完饭的工人师傅和我们加入了看热闹的队伍。这场戏的两个主角对比太鲜明，一个粗胖，一个瘦高；一个是泼辣的工人家属，一个是有文化的教师；一个脏话连天，一个竟然还会骂人，虽然就那么一句。

　　看热闹的人起初很多，他们都知道胡桂芬是厂里的一霸，不少人和他们的家属都被她骂过、欺负过，都是忍气吞声。终于有人挑战她了，大家都很兴奋，甚至还有些幸灾乐祸。他们都说许老师快骂呀，怎么就是那么一句话呀。有的甚至还教许老师怎么骂。许老师不是不会，但总骂不出口，话到嘴边又吞了回去。他想怎么能像她那样呢？再气愤也不能把自己变成个流氓样的人。说到底，自己还是个读书人，还是个教师呢。

　　许老师的战术是正确的、成功的，他就这么和胡桂芬兜圈。他们边骂边跑，边跑边骂，围着厂的围墙兜圈，他们越跑越远，机械厂这么长的围墙都跑两圈了，还没停歇的意思。看的人越来越少，快到上班时间了，大家还要上班呢。我们班的不少人也跟着看，跟着起哄，跟着为许老师加油，一会儿人也渐渐少了，只有我和王志新几个还跟着。

　　厂里上班的汽笛响了，许老师停下脚步，对着我们大声喝道快回去上课，跟着干啥子？许老师的声音大而屈辱，大而恼怒，他是不希望自己的学生看到这场面的，这对他是不堪的，

过注

· 233 ·

但他又不能停下脚步，他要将这场较量进行到底，否则以后他就无法待在这个厂了。胡桂芬是极其泼而且极有韧劲的人，她和有的人较上劲，可以走到哪追到哪，连续几天几夜骂不绝口的。

许老师就这样跑跑停停，停停跑跑，等胡桂芬刚刚歇下，他又骂一句。胡桂芬平生没受过这种挑衅，怒火中烧，鼓起劲爬起身，不顾疲乏至极，不顾头晕眼花、口干舌燥，跌跌撞撞，气喘吁吁，奋力直追。渐渐地，她感到体力全部耗尽，跑已经不是跑了，变成蹒跚而行，走一步都累得喘不过气来，嘴里仍然没停住骂，但声音嘶哑，断断续续，越来越低，最后干脆坐在地上不起了，哭了起来，她的哭是伤心而委屈的，是多少年来从来没有失败过，从来都是把人骂得彻底服输的；她的哭犹如一个一直保持冠军位置，现在却输给了一个根本不是一个级别的选手伤感地哭，在厂里，几乎没有人见过她哭过，这真是难以预料的。

五

自那以后，胡桂芬场长的脾气改了不少，很少见到她无遮无拦、一骂几天的场面了，当然也不可能彻底不骂人，只是骂得节制了。厂里的人都说许老师创造了奇迹，把胡桂芬收拾得服服帖帖的不是别人，而是一个知书达理的文化人，是一个教书育人的教师。工人师傅见到许老师，都夸他干得好。有的啥也不说，伸出大拇指赞扬他。

许老师内心五味杂陈，每当大家称赞他，向他伸大拇指时，他也有点欣慰，也有点小得意，但他实在不想要这种称赞。他知道自己的形象建立起来了，同时也毁了，他啥时变成了这种人，但不这样行吗？

许老师陷入矛盾和纠结之中，他还是希望保持一个读书人的温和与儒雅，但总有些让他无法保持温和儒雅的人和事，在他调离这个厂的日子里，还是和别人吵了架，并且骂出了粗俗的语言。他骂人的语言不再是一两句，而是顺畅连贯的一串，让人瞠目结舌，他说骂人也会上瘾，凡事一开了头，再改就难了。

许老师后来被调到其他学校了，再后来又调到百年老校市一中了，这是必然的事，他的父母曾当过这所名校的校长，他又是名校毕业的老牌大学生。

走之前，他给我们上了最后一堂课，课毕，他心情复杂地说这座工厂和这所学校让我学会了很多，使我能在任何环境下都可以适应，可以生存和发展，但也使我的性格有了很大的变化，我不再是那个温文尔雅的人，我学会了不该学的东西，到了新环境不知道能不能改，能不能改彻底……

我们相信，许老师在新的环境里，一定会变成从前那个温文尔雅、彬彬有礼的人。

过
注